Bis auf den Grund

Zur Autorin:

Kathrin Heinrichs wurde 1970 im Sauerland geboren, studierte in Köln Germanistik und Anglistik und arbeitet seit 1999 als Autorin und Kabarettistin. Bekannt wurde sie mit ihrer Krimireihe um Hauptfigur Vincent Jakobs. Zuletzt erschien mit „Nichts wie es war" der erste Kriminalroman um ihre Figuren Anton und Zofia.
Kathrin Heinrichs hat drei erwachsene Kinder und lebt mit ihrem Mann in Menden.

Mehr zur Autorin unter www.kathrin-heinrichs.de

Kathrin Heinrichs

Bis auf den Grund

Kriminalroman

Blatt-Verlag, Menden

2018 by Kathrin Heinrichs

Alle Rechte vorbehalten

Umschlag & Satz: Olaf Warburg

Druck: booksfactory

Dritte Auflage 2023

ISBN 978-3-934327-29-0

Ein Buch vom

Blatt-Verlag

Im Tiefen Winkel 22
DE-58706 Menden
kontakt@blattverlag.de

Für die vielen polnischen Pflegekräfte,
die hierzulande mit großem Engagement
alte Menschen betreuen

1

Anton Wieneke wusste nicht, wann er zuletzt so unglücklich gewesen war. Vielleicht, als seine Frau gestorben war. Vielleicht nach seinem Schlaganfall, der ihm die linke Seite lahmgelegt hatte. Vielleicht, als seine Pflegekraft Zofia nach Polen abgereist war. Was er aber wusste: Seit Krystina in sein Leben gepoltert war, war das Unglücklichsein Dauerzustand.

„Smacznego!" Mit einem ‚Mahlzeit' knallte ihm die neue Pflegekraft seinen Teller vor die Nase. Darauf der immer gleiche Sauerkrauteintopf mit Schweinefleisch und Speck. Bigos sollte das sein. Anton mochte Bigos. Eigentlich. Sein Sohn Thomas hatte es einmal sehr lecker gekocht. Doch seitdem die stämmige Polin bei ihm wohnte, gab es praktisch täglich Bigos und das schmeckte kein bisschen.

Zugegeben, anfangs hatte sie noch andere Dinge gekocht. Aber die waren ähnlich fettig gewesen, so dass Antons Magen sie nicht gut vertrug. Krystina war enttäuscht gewesen, wenn Anton nicht aufgegessen hatte. Und dann beleidigt. Und irgendwann wütend. Zwischen ihnen hatte sich eine unselige Spirale entwickelt. Und eine von Krystinas Waffen war tägliches Bigos.

„Bezczelność!", murrte sie jetzt und wischte unwillig einen Krümel vom Tisch. Vielleicht war es besser, dass er nicht alles verstand.

Sicher hatte Krystina auch Qualitäten. Die Fenster waren

bei Zofia nie so sauber gewesen und die Küche war immer tipptopp. Nur legte Anton darauf nicht allzu viel Wert. Auch nicht darauf, dass sie ihm ständig den Mund abwischte wie einem kleinen Kind. Und dass sie einfach in sein Badezimmer stürmte, wenn er sein Geschäft verrichtete. Er würde ja abschließen, aber sie hatte den Schlüssel abgezogen, um das zu verhindern.

Krystina konnte auch nett sein. Zum Beispiel wenn sie am Telefon mit ihrem Enkelsohn sprach. Dann ging ihre Stimme ganz hoch, sie war fröhlich und ganz aus dem Häuschen. Anton glaubte deshalb, dass Krystina einfach am falschen Ort war. Er hatte mit dem Gedanken gespielt, sie nach Hause zu schicken. Aber bei einigen Dingen brauchte er Hilfe und wenn er Krystina hinauswarf, blieb nur noch das Heim.

Inzwischen hatte Anton allen Widerstand aufgegeben; er wartete einfach, dass es vorbeiging. Zwei Tage noch, dann würde Zofia zurückkommen.

Sicherheitshalber tastete Anton nach dem schnurlosen Telefon in seiner Tasche. Er hatte den Hörer immer dabei, damit er ihren Anruf bloß nicht verpasste. Heute oder morgen würde sie sich melden und sagen, ob alles nach Plan lief.

„Jedz!", sagte Krystina ungeduldig. Anton wusste, was das hieß: „Iss!" Der Polin war es wichtig, die Küche so schnell wie möglich wieder in Ordnung zu bringen.

Trotzig begann er mit der Gabel in seinem Essen zu stochern. Doch just, als er den ersten Bissen in den Mund schieben wollte, klingelte es in seiner Jacke. Krachend ließ er die Gabel fallen. Krystina warf ihm einen wütenden Blick zu, doch Anton ließ sich nicht beirren.

Vor Aufregung konnte er den Hörer kaum greifen, aber dann hatte er ihn doch und ein Blick darauf ließ sein Herz

hüpfen. 0048 – die Vorwahl von Polen!

„Zofia“, keuchte er glücklich in den Hörer hinein.

Ein Moment Stille. Dann eine männliche Stimme mit polnischem Akzent. „Hier ist *Carenow*, Ihren Pflege-Agentur. Spreche ich mit den Herrn Anton Wieneke?“

Mehr als ein heiseres „Ja“ brachte Anton nicht heraus.

„Ah, guten Tag. Möchte ich Sie nur über einen kleinen Änderung informieren. Wird Ihre Pflegekraft Zofia Bartoszewski später anreisen. Eine Woche, vielleicht mehr.“

Es war Anton, als würde ihm der Kreislauf wegbrechen. „Wie kann das sein?“

„Muss Frau Bartoszewski eine Reise antreten. Wegen Familie.“

„Eine Reise? Was ist passiert?“

„Für Sie alles ist geregelt, keine Verschlechterung für Sie. Wird Frau Mazowickie länger bleiben bei Ihnen. Wenn Sie sie mir nur jetzt geben, dass wir alles besprechen.“

Anton sah hoch – direkt in Krystinas mürrische Augen.

„Nein!“, sagte er tonlos in den Hörer hinein.

„Ist Frau Mazowickie nicht da?“

„Schon, aber – “, Anton suchte krampfhaft nach Worten. „Rufen Sie bitte heute Abend noch einmal an. Ich will – ich muss – erst etwas klären.“ Dann drückte er mehrere Tasten auf einmal, damit das Gespräch ganz sicher weg war.

„Mein Sohn“, murmelte er nach einer Schrecksekunde. Im selben Moment fiel ihm ein, dass er den natürlich nicht siezte. Egal, Anton nahm seine Gabel. Krystina verstand sowieso nichts.

––––––––

„Pragnienie jest gorsze ni t sknota za domem“, das war einer der Sprüche seiner Mutter gewesen. „Durst ist schlimmer als Heimweh.“

Er wusste nicht allzu viel über Heimweh. Er hatte einfach nur schrecklichen Durst.

Offenbar war er nicht allein. Es war ein Klappern zu hören. Im nächsten Moment wusste er, woher das Geräusch kam. Von seinen Zähnen, die aufeinanderschlugen wie Kastagnetten.

Seine Lider waren schwer, als er die Augen öffnete. Eine weiße Wand. Holz. Eine Leiste. Er lag auf einem Sofa, von den Holzdielen am Boden strömte starker Wachsgeruch aus.

Und dann kam die Erinnerung. Er hatte sich in dieses Ferienhaus geschleppt. Der Schlüssel hatte tatsächlich hinter der Regentonne gelegen. So hatte es ihm der Besitzer vor Monaten in der Hotelbar erzählt.

Hier angekommen, hatten ihn offenbar die Kräfte verlassen. Er hatte auf dem Sofa gelegen und endlos geschlafen. Wie lange? Zehn Stunden, zwölf, zwanzig ...?

Alles an ihm schmerzte, seine Glieder waren steif, als hätte er draußen in der Kälte gelegen. Und dann dieser Durst! Das Fieber musste ihn ausgetrocknet haben. Resigniert schloss er die Augen, doch sofort flogen Bilder ihn an, Bilder und Fragen. Er riss die Augen auf, klammerte sich an das, was er sah. Eine Wand. Einen Fußboden. Eine Leiste.

Mühsam setzte er sich auf, orientierte sich. Küche und Wohnzimmer waren ein einziger offener Raum – dahinten eine Küchenzeile, ein Spülbecken, ein Wasserhahn!

Als er aufstand, wurde er von Schwindel erfasst. Er klammerte sich an einen Sessel, ruhte kurz aus, tastete sich dann Richtung Spülbecken vor. Dort betätigte er den Wasserhahn und trank. Trank, trank, trank. Nur um plötzlich zu spüren, wie es warm wurde zwischen seinen Beinen. Psiakrew, er nässte sich ein wie ein Kind!

Den Bootstrailer entdeckte er, als die Tränen weniger wurden. Man konnte ihn durchs Küchenfenster sehen, er stand draußen im Nieselregen neben einem Schuppen. Der Trailer

war nicht groß, darauf ein Schlauchboot mit Außenborder, wie sie es in Polen gehabt hatten. Das Boot war notdürftig mit einer Plane abgedeckt; sofort wollte er hingehen und nachsehen, ob es fahrtüchtig war. Doch als diesmal der Schwindel kam, hielt es ihn kaum auf den Beinen. Er taumelte zum Sofa, ließ sich dort fallen. Es blieb ihm nichts anderes übrig, er musste erst Kraft tanken, schlafen, das Fieber loswerden. Als er die Augen schloss, war er am See, am Zbiornik Sosnówka. Es war warm, sie saßen am Ufer, er spielte auf der Gitarre „Gdy bym miał gitarę". Vielleicht nannten die Leute so etwas Heimweh.

„Herr Anton!" In Zofia stieg Freude auf, als sie sah, wer da anrief, aber auch ein bisschen Sorge. Der alte Mann hatte sich während ihres Heimaturlaubs kein einziges Mal gemeldet, nun zeigte ihr Handy gleich mehrere Anrufe an.

„Zofia", seine Stimme klang dünn, so kannte sie ihn nicht, „ich wollte mich melden, weil –" Zofia hatte Probleme, Herrn Anton zu verstehen. Weil er zittrig sprach und weil sie vier Wochen kaum Deutsch gehört hatte.

„Die Agentur hat hier angerufen und mir gesagt –"

O kurde! Sie hatten versprochen, sich nicht bei Herrn Anton zu melden!

„– dass Sie später zurückkommen. Was ist denn passiert?"

Zofia schluckte, der alte Mann war ja ganz aus der Fassung.

„Das tut mir sehr leid", testete Zofia ihre ersten Worte auf Deutsch. „Wollte ich nicht, dass Sie alles erfahren von der Agentur. Wollte ich selber anrufen sehr bald."

„Nicht schlimm", hörte sie den alten Mann sagen, aber in Wirklichkeit klang er, als wäre doch alles sehr schlimm.

„Es ist so", Zofia versuchte sich zu konzentrieren. „Machen wir uns große Sorgen um Kajas Bruder. Er arbeitet auf

eine deutsche Insel, aber seit Tagen wir können ihn nicht erreichen."

„Kajas Bruder", hörte Zofia den alten Mann sagen, „Janek. Der mit Ihnen Trauzeuge war."

Zofia musste lächeln. Herr Anton hatte sich alles gemerkt, was sie vor ihrer Abfahrt erzählt hatte. Er war ein guter Zuhörer.

„Aber er war doch auf Kajas Hochzeit?", fragte er jetzt nach. Seine Stimme hatte sich etwas erholt.

„Ja, er war da. Aber ist er lange zurück in Deutschland. Lebt er auf einen Ostfriesischen Insel. Er spielt als Musiker da. Ich glaube, die Insel heißt Just."

„Juist", verbesserte Herr Anton.

„Auf jeden Fall wir bekommen keine Nachricht von ihm."

„Aber das muss doch nichts heißen. Vielleicht ist einfach sein Handy kaputt."

Zofia holte tief Luft. „Es ist so: Janek hat am Donnerstag bei Kaja gemeldet. Er hat geschrieben, er hat großen Ärger und sie müssen telefonieren am Freitagabend."

„Und dann hat er sich nicht gemeldet?"

„Nein, und auch nicht am Samstag. Und heute ist schon Sonntag und er hat wieder nicht gemeldet."

„Wenn aber tatsächlich sein Handy kaputt ist –"

„Kaja kann nicht ihn über Handy erreichen, nicht über Skype und auch nicht über den Hotel, in dem er arbeitet als *pianista*."

„Kaja hat im Hotel angerufen?"

„Hat sie, aber niemand weiß, wo Janek ist. Ist er nicht bei Arbeit gewesen. Und auch nicht in seinen Wohnung. Eine Frau hat gesagt, dass er oft hat gesprochen von Polen, sie sagt, bestimmt er ist auf den Weg, aber ein Mann sagt, die Konzertgitarre von Janek ist noch in Hotel. Ohne die geht Janek nicht weg. Darum wir haben Sorgen." Zofia machte

eine Pause. *O kurde*, war das ein Geeiere. Es kam ihr vor, als könnte sie keinen richtigen Satz mehr auf Deutsch. Alles klang krumpelig und schief.

„Ich kann Ihre Sorge verstehen", sagte Herr Anton. „Vielleicht sollte man eine Vermisstenanzeige aufgeben."

„Haben wir gemacht", platzte Zofia heraus. „Haben wir Polizei angerufen; sie haben alles aufgeschrieben, aber sagen sie, Janek ist ein erwachsener Mann und sicher er kommt bald zurück."

„Das glaube ich auch", beharrte Herr Anton. „Was sagt denn Thomas? Er hat doch bei der Polizei ständig mit sowas zu tun."

„Habe ich keinen Kontakt." Zofia schwieg verlegen. Sie hatte sich von Tomasz eine Pause erbeten. Es war kompliziert.

Am anderen Ende hörte sie jetzt Herrn Anton laut atmen. „Hören Sie, Zofia, womöglich ist dieser Janek bald wieder da. Wenn er Ärger hat, ist er vielleicht ein paar Tage untergetaucht."

„Aber was ist das für einen Ärger?" Zofia schob beiseite, dass sie vielleicht wusste, was das war. „Und warum meldet er nicht bei seiner Schwester?"

Herr Anton schwieg. Darauf wusste er natürlich auch keine Antwort.

„Habe ich Kaja versprochen, ich fahre hin, wenn er sich bis morgen nicht meldet."

„Auf die Insel?" Herr Anton klang plötzlich wieder heiser.

„Kaja kann nicht weg hier, ihre Mutter ist krank, ihr Vater tot. Ich bin Kajas Freundin, da muss ich helfen, das verstehen Sie doch?"

Es kam keine Antwort vom alten Mann.

„Vielleicht ich bin ja schon nächstes Wochenende zurück", versuchte Zofia es weiter.

„Nächstes Wochenende?" Herr Anton sagte das, als hätte sie einen Termin im nächsten Jahr vorgeschlagen.

„Was ist los?", fragte Zofia. „Was ist nicht in Ordnung?"

„Es ist –", Herr Anton begann zu stottern, „also, wenn ich ehrlich bin –"

Und dann hörte Zofia eine Stimme, eine polnische Stimme. Und was genau sie da hörte, machte sie blass. So wurde auf dem *bazar* in Polen gesprochen.

„Was ist das?", brachte Zofia heraus.

„Sie will, dass ich aufhöre zu telefonieren. Sie hat ihren Namen gehört."

„O Boże!" Zofia wurde jetzt selbst laut. „Was ist das für einen Mensch?"

„So ist es immer", Herr Anton klang verzweifelt. „So ist es von morgens bis abends."

„Lieber Himmel, warum weiß nicht Tomasz davon? Oder Ihren Tochter, Sabine?"

„Sie sind sehr beschäftigt. Außerdem wollte ich nicht – ich dachte doch, Sie kommen bald wieder, und ich schaffe vielleicht –", hier brach er ab und Zofia presste ihre Faust vor den Mund. Alles war schon so schlimm genug! Warum musste es jetzt auch noch Herrn Anton schlechtgehen?

Am anderen Ende hörte Zofia eine Tür knallen, dann ein Aufatmen. „Sie ist aus dem Zimmer."

„Das ist alles sehr furchtbar", sagte Zofia.

„Ja, das ist es, und deshalb – bitte – seien Sie nicht böse, aber ich habe mir meine Gedanken gemacht", der alte Mann klang angespannt, aber nicht mehr so verzweifelt wie vorher. „Es ist ungewöhnlich, aber vielleicht – also – ich wollte immer schon eine Ostfriesische Insel bereisen – warum fahren wir nicht einfach zusammen?"

Zofia war nicht sicher, ob sie richtig verstand. „Sie wollen mit auf den Insel?"

„Für meine Bronchien ist es sicher gut, an die Nordsee zu reisen. Und ich habe viel mit dem Rollator geübt. Wir machen dort Urlaub – wäre das nicht eine Idee?"

„Ich weiß nicht –" In Zofias Bauch verklumpte sich etwas. Janek hatte erzählt, dass auf der Insel keine Autos fahren durften. Wie sollte das mit dem alten Mann gehen?

„Bitte, Zofia! – Wie heißt das Hotel? Ich buche zwei Zimmer und zahle sie auch. Es ist kein allzu großer Umweg, übers Sauerland in den Norden zu fahren. Wenn Sie schon morgen abreisen, können Sie hier übernachten, dann nehmen wir am Dienstagmorgen das Auto und noch am selben Abend sind wir auf der Insel."

„Aber was ist mit Krystina?"

„Die freut sich nach Hause zu kommen; sie fährt ja nur einen Tag früher."

Zofia wusste nicht, was sie sagen sollte. Herr Anton hatte sich tatsächlich viele Gedanken gemacht. Dann waren plötzlich wieder Geräusche zu hören. So als würde bei Herrn Anton eine Tür aufgerissen, kurz darauf wieder die schreckliche Stimme. „Ciągle jeszcze? Immer noch dran?"

„Ich versuche", flüsterte Zofia, „ich versuche, ob vielleicht geht. Aber geben Sie mir für den Planung ein paar Stunden Zeit."

2

Anton wusste selbst nicht, warum, aber als das Schiff die Fahrrinne verließ und ins offene Meer stieß, liefen die Tränen. Die schreckliche Zeit mit Krystina, die Angst, dass Zofia nicht zurückkommen würde, all das fiel jetzt von ihm ab und blieb auf dem Festland zurück. Vielleicht war dies das berühmte Inselgefühl?

Verlegen wischte er sich mit der gesunden Hand durchs Gesicht und schaute über die Reling. Genoss das Kreischen der Möwen, die das Schiff begleiteten, freute sich am leichten Seegang, an der salzigen Luft und an der weißen Gischt, wenn eine Welle sich überschlug.

Plötzlich spürte er eine Hand auf seiner Schulter. Das war es, was er so schätzte. Zofia fragte nicht. Zofia drängte sich nicht auf. Zofia war einfach da, wenn er sie brauchte. Unbeholfen fasste er ihre Hand.

Für die junge Polin war alles sehr hektisch gewesen, die Fahrerei, das Packen, sie wirkte völlig erledigt.

„Wollen wir reingehen?“, fragte sie matt.

Anton warf einen letzten Blick aufs Meer. „Von mir aus. Wobei das mit dem Gehen …“, er klopfte auf die Lehne seines Rollstuhls, „naja, egal.“

Drinnen an den festgeschraubten Tischen und Bänken war es gemütlich. Junge Leute mit großen Rucksäcken, Familien mit kleinen Kindern, Handwerker, die vor sich hindösten oder mit ihren Handys herumspielten. Es war ein bisschen rummelig und gleichzeitig gedämpft. Auf jeden Fall war es hundertmal besser als mit Krystina zu Hause.

„Ist hier noch frei?"

Anton fuhr herum. Ein Mann stand im Gang. Er war drahtig und trug eine Nickelbrille, von der selbst Anton wusste, dass sie nicht mehr oft vorkam. Dadurch wirkte er auf eine altmodische Weise intellektuell.

„Dieser ist besetzt", Anton zeigte auf den Platz neben seinem Rollstuhl. „Meine Pflegerin holt uns gerade einen Kaffee. Aber der Platz gegenüber ist noch frei."

Der Mann schälte sich aus seiner Jacke und zog Schal und Handschuhe aus.

„Man muss hier wohl auf jedes Wetter eingestellt sein", begann Anton ein Gespräch.

Der Fremde ließ sich auf dem Sitz nieder. „Ja, wir hatten jede Menge Regen letzte Woche. Und Nebel. Und Graupel."

„Du liebe Güte", Anton schlug sich aufs Knie. „Und ich dachte, wir wären für alles gerüstet. Wohnen Sie auf der Insel?"

Der Mann nahm seine beschlagene Brille ab, sofort wirkte er älter. „Ja, ich bin Insulaner. Wettermäßig kann mich nichts mehr erschüttern."

„Was macht man auf einer Insel bei schlechtem Wetter?"

Der Einheimische lächelte nachsichtig, als hätte Anton eine falsche Frage gestellt. „Hmmh, leben?" Er rieb seine Brille an seinem Pullover. „Aber Sie haben schon recht, es ist nicht ganz leicht. Im Winter trinken die Insulaner zu viel."

Die Insulaner. Das klang, als gehörte der Nickelbrillenmann doch nicht so richtig dazu.

„Und zur Not haben wir ja auch noch unsere Tanzgruppe."

„Ihre Tanzgruppe?"

Der Fremde setzte seine Brille wieder auf. „Wir üben Volkstänze ein. Schauen Sie mal zu, wenn Sie Gelegenheit haben."

Noch bevor Anton antworten konnte, stellte Zofia zwei Tassen vor ihnen ab. „Gut, dass Sie kommen", bezog Anton sie ein. „Der Herr erzählt gerade von seiner Volkstanzgruppe."

„Ah", Zofia lächelte freundlich zu ihm hinüber, „haben wir auch in meinen polnischen Dorf."

Ein Leuchten huschte über das Gesicht des Mannes. „Darf ich mich vorstellen? Feiko Harms. Freut mich Sie kennenzulernen."

Feiko war ein seltsamer Name, fand Anton, verkniff sich aber eine Bemerkung. „Anton Wieneke", kam er stattdessen seiner Pflegerin zuvor, „und das ist Zofia – Bartoszewski", er sagte den Namen, so gut es eben ging. Als Zofia damals zu ihm gekommen war, hatte er lange geübt.

„Wir wollen jemanden besuchen", plauderte Anton weiter drauflos. „Jemanden aus Polen. Einen Freund von Zofia."

Die setzte sich hin und griff ihren Kaffee.

„Verstehe", der Fremde nickte. „Auf der Insel arbeiten viele Polen, vor allem in der Saison."

„Vielleicht kennen Sie ihn. Er heißt Janek."

Der Fremde runzelte die Stirn. „Arbeitet er als Musiker drüben?"

„Genau", auch Zofia wurde jetzt wacher. „Kennen Sie ihn?"

Der Mann mit der Nickelbrille schien darüber nachzudenken. „Die Insel ist klein", sagte er schließlich. „Er ist ein guter Pianist, so etwas spricht sich herum."

„Moin, Feiko!"

Da rief jemand von hinten. Anton wandte sich um, kam aber nicht so weit, wie er wollte.

„Kommst du rüber? Hier ist noch ein Platz frei."

Der Mann mit der Nickelbrille zögerte einen Moment. Dann griff er seine Sachen und stand auf. „Sorry, aber

drüben wird jemand fürs Skatspiel gesucht." Er wandte sich an Anton. „Kartenspielen ist bei Regen unsere Hauptbeschäftigung – neben Tanzen und Trinken."

Bevor er tatsächlich ging, warf er Zofia noch einen bedauernden Blick zu. „Ich bin sicher, wir sehen uns wieder. Wie ich schon sagte, die Insel ist klein."

„Bis dann!" Zofia strahlte ihm hinterher.

„Ist was?", wandte sie sich an Anton, als Feiko Harms außer Sichtweite war. „Sie gucken sehr komisch!"

„Hmmh", Anton griff nach seiner Tasse Kaffee. „Das weiß ich noch nicht. Aber es bleibt ja Zeit, das herauszufinden. Schließlich haben wir Urlaub."

Na großartig, Überraschung gelungen, sie waren nicht da! Thomas hatte sich im Auto mehr als einmal vorgestellt, wie sie schauen würden, wenn er zum Abendessen plötzlich vor der Tür stand. Natürlich hatte er sich vor allem vorgestellt, wie *sie* schauen würde, wenn er plötzlich vor der Tür stand.

Für Polen hatte sie sich „einen Pause zum Nachdenken" gewünscht. Sie fand es schwierig, für „Herrn Anton" zu arbeiten und gleichzeitig mit dessen Sohn zusammen zu sein. Thomas hatte das akzeptiert, aber er hoffte trotzdem nach ihrem Urlaub auf eine neue Chance.

Heute jedenfalls sah es nicht danach aus; der Wagen war weg, das Haus dunkel und verwaist. Aber verflixt, sie musste doch angekommen sein, heute war Dienstag, der Termin stand ewig lang fest! Und da hing auch eine ihrer Jacken an der Garderobe. Rollstuhl und Rollator allerdings waren nicht zu sehen, hinten waren außerdem die Rollläden heruntergelassen. Was, wenn sein Vater erneut ins Krankenhaus gekommen war?

Hektisch zog er im Wohnzimmer die Medikamenten-

schublade auf. Leer. Er ging ins Schlafzimmer seines Vaters. Das Bett war gemacht, aber auch hier wirkte alles sehr trist. Kein Buch auf dem Nachtschränkchen, keine Pantoffeln unterm Bett. Er riss die Tür zum Badezimmer auf. Es fehlten alle Waschutensilien.

Resigniert lehnte sich Thomas an die Badezimmertür. War Zofia tatsächlich angekommen? Wenn ja, wo waren die beiden jetzt hin? Und warum, verflixt nochmal, hatte man es nicht für nötig gehalten, ihn zu informieren? Er war schließlich der Sohn.

Das Gefühl, etwas Verbotenes zu tun, meldete sich bereits, als er nur die Treppe hochstieg. Er klopfte zunächst, als gäbe es noch die Möglichkeit, dass Zofia sich in ihrem Zimmer versteckte. Natürlich keine Reaktion. Vorsichtig öffnete er die Tür.

Auch hier war das Bett ordentlich gemacht, ansonsten fehlte fast alles, was er an ihr kannte. Ihre Reisetasche lag nicht auf dem Schrank. Ihre sonnengelben Turnschuhe schauten nicht unter dem Bett hervor. Das hellblaue Schlafhemd hing nicht über dem Stuhl. Nur auf dem Schreibtisch herrschte Chaos: eine Fahrkarte für den Fernbus nach Deutschland, ausgestellt auf den gestrigen Tag. Sie war also definitiv angekommen, sogar einen Tag früher als geplant. Ein Übungsbuch zur deutschen Grammatik. Ein paar Zettel mit Notizen. Thomas zwang sich, sie nicht zu lesen. Unter einem Wörterbuch lugten ein paar Fotos hervor. Thomas zog sie heraus. Fotos von Kajas Hochzeit. Zofia als Brautjungfer in einem schlichten, aber sehr pfiffigen Kleid. Es war von Kaja selbst genäht worden, Zofia hatte immer wieder irgendwelche Körpermaße durchgeben müssen. Es hatte sich gelohnt, Zofia sah umwerfend aus. Nicht nur wegen des Kleides – Zofia gehörte zu den Frauen, die hübsch waren, ohne es selbst zu registrieren. Ihre großen

runden Augen, ihr kurzgeschnittenes Haar, das sie auch für die Hochzeit nicht aufgestylt hatte, ihr breites, aber so hübsches Gesicht. Thomas musste sich zwingen, das Foto weiterzuschieben.

Auf dem nächsten Bild das Brautpaar, eingerahmt von den Trauzeugen. Der Mann neben Kaja musste ihr Bruder sein, Janek, Zofia hatte ihn erwähnt. Dann Kaja mit einer von Krankheit gezeichneten Frau, wahrscheinlich ihre Mutter. Die Hochzeit hatte so schnell stattfinden sollen, damit Kajas Mutter sie noch erlebte. Kaja mit Janek, ihrem Bruder. Ein gutaussehender Kerl. Schlaksig, blond, dunkel umschattete Augen, ein Künstlertyp. Das passte, Zofia hatte erzählt, dass er Musiker war.

Eine weitere Aufnahme zeigte die Trauzeugen; dieser Janek hatte den Arm um Zofia gelegt. Es war eine freundschaftliche Geste, so wie man sie auf Fotos oft machte, dennoch versetzte sie Thomas einen Stich. Diese Bilder entstammten einer Welt, zu der er keinen Zugang hatte. Er hatte ganz zu Anfang ihres Heimaturlaubs einmal mit Zofia telefoniert, aber speziell von der Hochzeit hatte sie wenig erzählt. Warum fiel ihm das gerade jetzt wieder ein?

Er wusste es beim nächsten Bild. Es war der Blick, mit dem dieser Janek sie betrachtete. Wie zur Bestätigung auch noch ein Foto, auf dem sie tanzten. Was tanzte man da in Polen? Das sah nach Klammerblues aus. So etwas wurde hier in Deutschland schon ewig nicht mehr getanzt!

Wütend pfefferte er die Bilder auf den Schreibtisch. Von wegen, Arbeit und Beziehung gingen nicht zusammen. Der Grund für Zofias Reserviertheit hieß Janek.

Es war sein Smartphone, das Thomas ins Hier und Jetzt zurückholte. Eine Mail wurde angezeigt. Von seinem Vater!

Hektisch klickte Thomas sie an. Und konnte kaum fassen, was er da las. Sein Vater war nicht im Krankenhaus, das war

schon mal gut. Stattdessen machten die beiden kurzfristig Urlaub! Auf einer Ostfriesischen Insel!

„Das Wetter ist hier viel besser als zu Hause", schrieb sein Vater vergnügt. *„Vielleicht mache ich morgen mal eine Thalasso-Therapie."*

Alles an dieser Mail machte Thomas wütend. Zofia war gestern erst angereist – warum war sie dann jetzt auf einer Insel? Und wieso mit seinem Vater und nicht mit ihm? Und warum hielt man es erst jetzt für nötig, ihm mit Zofias Tablet eine E-Mail zu schreiben?

„Mach dir keine Sorgen!", schrieb sein Vater zum Schluss. *„Du hast sicher viel Arbeit."*

„Nein, im Gegenteil. Ich habe drei Tage frei!", brüllte Thomas und erschrak vor seiner eigenen Stimme.

Ich werde verrückt, sagte er dann leise zu sich selbst. *Diese Frau macht mich verrückt.*

———

Zofia stand vorm Salatbuffet und wusste nicht, was tun. Sie hatte großen Hunger nach diesem anstrengenden Tag. Riesengroßen Hunger, um genau zu sein. Und da waren verschiedene Salate. Berge von Salaten, um genau zu sein. Aber sie war hier in einem piekfeinen Hotel, wie verhielt man sich da?

Sie nahm ein bisschen grünen Salat, ein paar Tomatenscheibchen und etwas Mais. Herr Anton sah sie mit großen Augen an, als sie damit zum Tisch zurückkam.

„Machen Sie eine Diät?", wollte er wissen.

„Nein", sie ruckte vor und versuchte möglichst leise zu sprechen. „Aber alles hier ist sehr fein. Ich weiß nicht, wie man hier isst."

„Ich glaube, mit dem Mund!" Herr Anton gab sich leider überhaupt keine Mühe, leise zu sprechen. „Zumindest

machen das alle anderen." Vergnügt schob er ihr das Brotkörbchen hin und ein Tellerchen mit Butter.

„Aber", Zofia versuchte verzweifelt, ihrem Tonfall mehr Dringlichkeit zu verleihen, „bin ich eben über den Flur gegangen und da hat eine Dame auf meine Turnschuhe gestarrt." Sie ruckte noch weiter nach vorn. „Außer mir überhaupt keiner hier trägt gelbe Turnschuhe."

„Ist das eine neue Erfahrung?" Herr Anton grinste ein klein bisschen frech. „Und übrigens: Außer mir fährt überhaupt keiner hier einen Rollstuhl."

Zofia schaute sich um. Rechts saß eine Dame, die ungefähr siebzig Jahre alt war. Sie trug einen Rollkragenpullover, der auch ungefähr siebzig Jahre alt war. Dazu eine graue Strickweste und eine sehr, sehr ordentliche Frisur. Sie sah wie eine ehemalige Lehrerin aus. Und sie schaute interessiert zu ihnen herüber. Zofia schob sofort ihre Füße weiter unter den Tisch.

„Auf jeden Fall ist es hier sehr, sehr fein", beharrte Zofia.

„Finde ich gar nicht", widersprach Herr Anton und sah sehr munter dabei aus. „Dahinten sitzt ein Mann mit Gammelturnschuhen und einem Vollbart, der längst hätte gestutzt werden müssen. Das Hotel ist stilvoll, aber die Leute sind ganz normal."

„Herzlich willkommen noch einmal in unserem Hause!"

Zofia fuhr herum, da stand die Frau, die eben beim Einchecken schon nicht zurechtgekommen war.

„Entschuldigen Sie bitte die Turbulenzen bei Ihrem Empfang! Ich hoffe, Sie haben in Ihren Zimmern alles gut vorgefunden?"

Zofia hielt den Atem an. Die Zimmer waren toll. Allerdings hatte der alte Mann festgestellt, dass die Tür zu seinem Badezimmer quietschte. Bestimmt sagte er das jetzt, er holte schon Luft.

„Wir überlegen gerade, wie viel Salat man nehmen darf!"

Zofia wollte sterben! Das war eindeutig schlimmer, als etwas übers Badezimmer zu sagen. Sie funkelte den alten Mann an, aber der schien es überhaupt nicht zu merken.

„Wie viel Salat?" Die Frau sah Herrn Anton ernst an. „Für jeden sind 200 Gramm vorgesehen. Inklusive Dressing."

Zofia erschrak. Was war hier los? Sie wartete auf ein Zeichen, dass diese Frau Spaß gemacht hatte. Die Deutschen benutzten oft Ironie. Aber da kam nichts. Und dann irgendwann doch – ein winzig kleiner Anflug von Lächeln, Zofia atmete auf. Diese Hotelfrau hatte offenbar einen sehr eigenen Humor. Zofia konnte sie sich besser in Jeans und gelben Turnschuhen vorstellen als im schwarzen Hoteldress.

„Nehmen Sie, sooft Sie wollen. Ich empfehle besonders den Bulgursalat nach dem Rezept unserer Empfangsleiterin Beata." Sie warf Zofia einen aufmunternden Blick zu. Zofia wusste, warum. Diese Beata war Polin. Eine Frau mit akkuratem Pagenschnitt und sehr blauen Augen. Sie allein hatte es hingekriegt, dass Zofia und Herr Anton am Ende ihre bestellten Einzelzimmer bekamen, obwohl die Buchung falsch aufgeschrieben war. Zofia hätte sie danach gern nach Janek gefragt, aber dazu hatte Herr Anton zu dringend auf die Toilette gemusst.

„Richtig lecker ist außerdem der Krautsalat mit ange- bratenem Speck und Champagner. Probieren Sie mal!"

„Ah, vielen Dank, aber wir hätten gleich noch eine Frage." Herr Anton lehnte sich zurück. Bestimmt kam jetzt die Badezimmertür. „Ist es möglich, mit Ihrem Pianisten zu sprechen – Janek – äh –" Der alte Mann schaute Zofia hilfesuchend an.

„Sinkiewicz", sagte sie, erleichtert, dass er dieses Thema ansprach – und nicht die Badezimmertür.

Die Hotelfrau schaute überrascht. „Sie möchten Herrn Sinkiewicz sprechen? Geht es um Musik für eine Feier?"

„Nein, er ist ein – hm, alter Bekannter. Allerdings können wir ihn im Moment nicht erreichen."

„Verstehe." Die Hotelfrau strich über die gestärkte Tischdecke, obwohl Zofia den Eindruck hatte, dass sie absolut glatt war. „Da kann ich Ihnen leider nicht helfen. Herr Sinkiewicz ist zur Zeit nicht verfügbar. Wir wissen nicht, wo er sich aufhält."

„Ist das normal?", mischte Zofia sich ein. „Ist es öfter, dass Sie nicht wissen, wo sich Herr Sinkiewicz aufhält?"

Die Hotelfrau überlegte kurz. „Ich bin nur aushilfsweise hier", sagte sie dann. „Mit dem derzeitigen Personal bin ich nicht sehr vertraut. Aber angeblich hat Herr Sinkiewicz bei Kollegen von einer Rückkehr nach Polen gesprochen. Ich gehe davon aus, dass er einfach abgereist ist."

„Aber es hieß, Janeks Gitarre sei noch hier. Meinen Sie, er ist ohne sein Instrument abgefahren?" Herr Anton blickte zu dem schwarzen Klavier hinüber, das in der Ecke des riesigen Speisesaals stand – fast als überlegte er, ob Janek das nicht auch gut hätte mitnehmen können.

„Ich kann es Ihnen wirklich nicht sagen", die Hotelfrau zuckte bedauernd die Schultern. „Mein Bruder und seine Frau, die das Hotel eigentlich führen, sind im Urlaub. Morgen ist mein Bruder zurück, vielleicht wissen wir dann mehr."

„Verstehe", Herr Anton nickte großmütig. „Dann warten wir mal ab. Zofia, wenn Sie mir auch ein wenig Salat holen würden? Der Bulgursalat soll ja köstlich sein."

Die Hotelfrau zögerte kurz, dann nickte sie und zog sich zurück.

„Komisch, dass hier keiner Bescheid weiß." Nun war es Herr Anton, der sich zu ihr über den Tisch beugte.

„Ich würde vorschlagen, Sie nehmen Kontakt zu dieser Empfangsdame auf."

Dann stach er ein Stück Butter ab und wickelte es, so gut es mit seiner gesunden Hand ging, in eine Serviette.

Zofia beobachtete ihn mit einem großen Fragezeichen im Kopf. „Ist das für die Not?"

„Nein", der alte Mann wirkte plötzlich sehr heiter. „Damit öle ich gleich meine Badezimmertür."

Einen Moment schaute Zofia ihn einfach nur an, dann platzte sie heraus. „Sie haben recht, so fein ist es hier gar nicht."

Erschöpft hielt er inne. Den Bootstrailer vom Grundstück Richtung Dünen zu ziehen, war gefährlich gewesen. Immer wieder hatte er auf die Fenster der umliegenden Häuser geschaut, um zu sehen, ob jemand wach geworden war. Aber alles war dunkel geblieben, vielleicht hatte das Crescendo des Windes alle Geräusche verschluckt.

Jetzt allerdings musste er mit dem Trailer über den Sand, eine Strapaze. Sein Fieber war gesunken, aber er fühlte sich immer noch matt. Einen Moment sammelte er sich, dann biss er die Zähne zusammen und zog.

Es ging besser, als er befürchtet hatte, der Sand war hart, die Reifen sanken nicht ein. Erst am Wasser wurde es knifflig. Die Gummistiefel, die er im Haus gefunden hatte, liefen voll. Er musste tief hinein und das eiskalte Wasser lähmte ihn für einen Moment. Irgendwann ließ sich der Anhänger keinen Millimeter mehr ziehen. Mit klammen Fingern löste er die Gurte, mit denen das Boot auf dem Trailer festgezurrt war. Eine Welle half ihm, das Schlauchboot ins Wasser zu ziehen; er hievte sich ins Innere und blieb entkräftet liegen.

Das sanfte Schaukeln der Wellen, der Wind, vor dem man

geschützt war; es war eine verlockende Vorstellung, einfach nicht mehr weiterzumachen. Dann sah er plötzlich seine Schwester vor sich, seine Schwester und seine Mutter. Und sie stellten Fragen. Warum, warum, warum?

Abrupt fuhr Janek hoch, krabbelte nach hinten zum Motor und senkte den Außenborder ins Wasser. Jetzt kam die Stunde der Wahrheit. Er hatte den Motor nicht testen können; zu groß seine Angst, dass ihn jemand hörte. Er konnte nur hoffen, dass er seetüchtig war – und dass er mit der Bedienung klarkam!

Er öffnete den Benzinhahn, zog den Choke. Der Motor stotterte, sprang aber nicht an. Beim zweiten Zug kam er, er kam, es war kaum zu glauben. Janek holte tief Luft, versuchte das richtige Maß an Gas zu geben, steuerte langsam aufs offene Meer. Er musste um die Insel herum, um ans Festland zu kommen. Bei der Dunkelheit beinah unmöglich. Mochte Gott ihm helfen – nur noch dieses eine Mal!

„Oh ja, Seeluft macht müde!"

Anton fuhr hoch. Waren ihm tatsächlich die Augen zugefallen? Er hatte nach dem Abendessen in der Hotelbar noch ein letztes Getränk nehmen wollen, während Zofia diese Empfangsdame suchte. Nun stand ihre betagte Tischnachbarin vor ihm und hatte ihn bei einem Nickerchen erwischt.

„Darf ich?" Sie zeigte auf den Stuhl ihm gegenüber. Was sollte er sagen? ‚Tut mir leid, ich halte alle Stühle frei, falls ich vom Rollstuhl mal rüberrucken will?'

„Aber natürlich", murmelte er.

„Sie haben sich nach dem Pianisten erkundigt", begann die Dame das Gespräch. Mit einem Mal war Anton hellwach. Und mit einem Mal fand er ihre graue Strickweste fast attraktiv.

„Er hat bis letzten Donnerstag abends im Restaurant Klavier gespielt", erklärte die Dame. „Danach habe ich ihn nicht mehr gesehen."

Anton nickte. Das passte zu dem, was Zofia sagte. Leider enthielt es keinerlei neue Information.

„Darf ich mich vorstellen?", fragte die Dame. „Hannelore Schwarz. Ich komme seit zweiundfünfzig Jahren in dieses Hotel."

„Respekt!" Anton war ehrlich beeindruckt. Zweiundfünfzig Jahre! Im Grunde hatte Frau Schwarz mit dem Hotel ja schon Goldene Hochzeit gefeiert.

„Früher bin ich in den Schulferien gereist – aus beruflichen Gründen."

„Sie waren Lehrerin."

„Nein."

Anton fuhr erstaunt hoch.

„Ich war Schulleiterin. Übrigens: Als ich das erste Mal herkam, war gerade der kleine Redolf geboren."

„Redolf?"

„Redolf Jenssen, der jetzige Hotelchef."

Anton schmunzelte, Redolf, Feiko, offenbar wurden bei den ostfriesischen Vornamen gern Buchstaben vertauscht. Hier oben würde er wohl Inton heißen. Oder Antok.

„Er ist nicht da", wollte Anton auch mal etwas beitragen.

„Stimmt! Erst ist Redolf in Urlaub gefahren, am Wochenende dann auch noch seine Frau, aber ganz ehrlich: So kurz vorm Saisonstart – das hätte es bei den alten Jenssens nicht gegeben."

Da war sie, die Klage seiner Generation: Früher hätte es das nicht gegeben!

„Und wo dieser Janek sein könnte, wissen Sie nicht?"

„Wie sollte ich?" Frau Schwarz' Antwort kam heraus wie ein Tadel an einen ihrer schlechtesten Schüler. „Ich erinnere

mich nur, dass er leichenblass war, als er letzten Donnerstag spielte. Er hatte irgendetwas in den Knochen. Daher war ich nicht überrascht, als er am Freitag nicht kam."

Endlich einmal eine neue Information. Dankbar speicherte Anton sie ab.

„Darf ich Ihnen etwas bestellen?", kam es ihm plötzlich in den Sinn.

Frau Schwarz überlegte. „Eigentlich trinke ich abends immer einen *Sex on the beach*. Aber auch Bartosz ist weg; der Barkeeper macht ein paar Tage Urlaub und er ist der Einzige hier, der die Cocktails gut mixt", Frau Schwarz klang schon wieder ein bisschen verschnupft. „Egal. Versuch ich's halt mit einem doppelten Grog."

Anton nickte nach kurzem Zögern. Gut, dass er um ihre Standardbestellung herumgekommen war. *Sex on the beach!*

Zofia war furchtbar erschöpft, als sie über den Flur ging. Das Abendessen hatte sie zusätzlich müde gemacht. Aber als sie plötzlich die beiden Zimmermädchen vor sich Polnisch sprechen hörte, machte sie das wieder wach. Auch einer der Kellner war Pole gewesen. Die Ostfriesischen Inseln schienen ein kleines Polen zu sein.

„Przepraszam!", rief sie ihnen nach. „Darf ich euch etwas fragen?"

Erstaunt drehten sie sich um. Zofia beeilte sich und holte sie ein.

„Znacie Janka tego pianistę? Wiecie gdzie on jest?"

Die beiden schauten sich an. „Napewno z szeową w łóżku!", sagte die eine und dann kicherten sie.

Zofia glaubte nicht recht zu hören. „Was soll das heißen?"

Die Mädchen wurden sofort ernst. „Przepraszam, wir haben es eilig." Im nächsten Moment waren sie weg.

Zofia war geschockt. Was redeten die? Sie musste mit dieser Beata sprechen, sofort.

Sie fand die Empfangsleiterin an der Rezeption. Sie saß hinter dem weiß-blauen Tresen an einem Schreibtisch und arbeitete dort am Computer.

„Hallo", sagte sie überrascht, als Zofia angestürmt kam. „Hat alles geklappt mit Ihrem Patienten?"

Zofia wollte sagen, dass Herr Anton nicht ihr „Patient" war, aber das war eigentlich egal. Etwas anderes war wichtig.

„Alles sehr gut", sagte Zofia. Sie fühlte sich ganz durcheinander. Am liebsten hätte sie Polnisch gesprochen, aber diese Beata machte den Eindruck, als wäre das unter ihrem Niveau. „Habe ich eine Frage, eine dringende Frage."

„Immer heraus damit!" Beata lächelte nachsichtig. Sie trug jetzt eine sehr blaue Brille, die ihre sehr blauen Augen betonte.

„Frage ich um einen Bekannten", Zofia überlegte, wie sie es formulieren sollte. „Sein Name ist Janek und er kommt aus meinem Dorf. Ich weiß, er arbeitet hier, aber seit Tagen wir können ihn nicht erreichen."

„Janek?" Beata fasste unsicher an ihre Brille, dann stand sie auf und kam näher heran. „Sie kennen Janek?"

„Von früher", erklärte Zofia. „Ist er den Bruder von meiner Freundin. Er wollte sich melden bei Kaja vergangenen Freitag, aber dann er hat nicht gemacht. Wir machen uns Sorgen, sogar haben wir die Polizei angerufen."

Beata hörte aufmerksam zu, sie wirkte überrascht und blieb doch ruhig und souverän. Zofia versuchte sich eine Scheibe abzuschneiden von dieser Person. Aber wie sollte das gehen, wenn man so aufgeregt war?

„Habe ich gerade zwei Zimmermädchen nach ihn gefragt und die eine hat gesagt –", sie brachte es kaum über die Lippen, „die eine Zimmermädchen hat gesagt, bestimmt er

wäre bei der Chefin in Bett."

„Oh je", Beata fasste sich an die Stirn. „Diese jungen Dinger."

„Ist denn das wahr?"

Beata schien zu überlegen. „Kommen Sie mal herum", sagte sie schließlich. Im Grunde war das bereits eine Antwort.

„Haben wir vorher auch eine andere Frau nach Janek gefragt", sprudelte es aus Zofia heraus, während sie zu Beata hinter den Tresen trat. „Sie ist die Schwester von Ihren Hotelchef. Und sie hat gesagt, keiner weiß, wo Janek ist. Es ist doch komisch, dass niemand das weiß. Und dass auch niemanden das interessiert."

Beata betrachtete sie ernst. Es sah aus, als überlegte sie, was sie ihr zumuten konnte. „Setzen Sie sich!"

Da war ein zweiter Stuhl an Beatas Schreibtisch. Zofia setzte sich vorsichtig hin.

„Wissen Sie, Zofia – Sie heißen doch Zofia, nicht wahr?"

„Ja", beeilte sich Zofia zu sagen.

„Ich heiße Beata", ein dünnes Lächeln zeigte sich auf ihrem Gesicht. Ein Lächeln, das sagte, dass es eigentlich nichts zu lächeln gab. „Darf ich ehrlich mit Ihnen sein?" Zofia nickte beklommen.

„Sie haben recht, Janek ist verschwunden. Aber das eigentliche Problem ist: unsere Hotelchefin auch."

Zofia versuchte das zu verstehen. „Sie ist in Urlaub mit ihren Mann, hat diese Hotelschwester gesagt. Und dass es ist deswegen sehr hektisch."

„Nein", sagte Beata bestimmt. „Nur der Chef ist im Urlaub. Er ist ein paar Tage segeln gegangen. In der Zwischenzeit ist seine Frau –", Beata hielt plötzlich inne, „aber nein, darüber darf ich mit Gästen nicht sprechen."

„Aber bin ich kein normaler Gast", Zofia wäre beinah

aufgesprungen, „Herr Anton und ich sind extra auf diesen Insel gefahren, um über Janek etwas zu erfahren.“

Die Empfangsdame sah sie durchdringend an. Sie schien nachzudenken, eine ganze Weile tat sie nichts anderes, dann schließlich hatte sie sich offensichtlich entschieden. „Nun, ich denke, Sie und Ihre Freundin haben ein Recht zu erfahren, was hier sowieso alle wissen. Es ist so: Man vermutet, dass Frau Jenssen einfach abgehauen ist und Janek gleich mit.“

„Das heißt –“, Zofia stotterte beinahe, „die beiden sind – zusammen –“.

„Durchgebrannt“, erklärte Beata. „So sagt man im Deutschen. Natürlich weiß es keiner genau. Sie sind ja in aller Stille verschwunden, aber die Leute machen sich ihre Gedanken, auch die Schwester vom Chef.“

„Aber – waren denn die beiden – also Janek und diese Chefin …?“

„Sie haben gehört, was die Mädchen gesagt haben. Wer nicht blind ist, hat etwas gemerkt.“

„O Boże! Wie ist denn das alles gekommen?“

„Was soll ich sagen?“ Beata seufzte. „Sie haben unser Hotel gesehen. Ein schönes Hotel mit 160 Betten. Dennoch ist es nicht üblich für Hotels unserer Größenordnung, einen Hotelpianisten zu zahlen. Die Leute sagen, Frau Jenssen habe Janek nur eingestellt, um ihn in ihrer Nähe zu haben.“

Zofia fasste sich ins Haar. Janek war nach Jan Pawel II. benannt, dem polnischen Papst. Er hatte immer Priester werden sollen, wie jeder dritte Junge im Dorf. Aber bei ihm hatte man es wirklich geglaubt. Er hatte schließlich in der Kirche die Orgel gespielt. Und jetzt hatte er ein Verhältnis mit seiner Chefin …?

„Er hat früher im Warschauer Sinfonieorchester gespielt“, erklärte Beata. Zofia machte sich nicht die Mühe zu sagen,

dass sie das wusste. „Das Orchester spielt den Sommer über auf Norderney. Dort hat Frau Jenssen ihn entdeckt.“

„Entdeckt?“

„Naja, sie haben sich kennengelernt. Und sie hat ihm gesagt, er solle sich melden, falls er mal eine Stelle suche. Offenbar hat er ihr gefallen.“

„Und dann er hat tatsächlich eine Stelle gesucht“, murmelte Zofia. Kaja hatte es damals erzählt.

„Im vergangenen Herbst – zu einer Jahreszeit, da man als Hotel niemanden *einstellt*, sondern *entlässt*.“ Beata sah Zofia durchdringend an, wohl um ihr zu zeigen, wie ganz und gar unmöglich so etwas war.

„Offiziell ist er in der Haustechnik beschäftigt“, Beata verdrehte die Augen. „Aber Janek taugt für gar nichts außer Musik.“

„Kann ich mir das denken.“ In Zofia stiegen Bilder auf. Kaja hatte immer zu Hause mithelfen müssen, während Janek am Klavier gesessen hatte – oder in der Kirche.

„Aber wenn alle hier wissen“, kam es Zofia in den Sinn, „weiß dann nicht ihr Mann?“

„Ich vermute schon. Dass er vor Saisonstart so überstürzt auf Segeltour geht, das ist nicht seine Art.“ Beata nahm ihre blaue Brille ab. Das veränderte sie. Es war, als sei alle Farbe aus ihrem Gesicht gewichen. Sie sah jetzt müde aus. „Ich sollte das alles gar nicht erzählen. Es geht schließlich um unser Hotel.“

„Es geht um Janek“, drängte Zofia, „seine Familie ist in sehr großer Sorge.“

Beata rieb sich die Stirn. „Dieses ganze Verhalten ist so – verantwortungslos“, ihre Stimme drückte Unverständnis aus, „mich belastet das alles, ich wünschte, es wäre wieder wie früher.“ Sie setzte ihre Brille auf und wandte sich Zofia zu. „Sie haben gefragt, ob ihr Mann nichts gemerkt hat. Es

ist so: Hier im Hotel haben die Chefin und Janek immer Abstand gewahrt. Frau Jenssen hat offiziell Klavierstunde bei Janek genommen. So konnte sie jede Woche zu ihm in die Wohnung, und die liegt auswärts im Loog, das ist ein kleinerer Ortsteil, zwei, drei Kilometer von hier. Tatsächlich hat man ihm extra ein E-Piano in die Wohnung gekarrt, damit der Unterricht dort stattfinden konnte." Beata schüttelte den Kopf, wohl um zu betonen, wie durchsichtig das alles war.

Zofia hatte nicht alles hundertprozentig verstanden. Aber sie fragte nicht nach. Was sie hier erfuhr, war anders als alles, was sie erwartet hatte. Janek hatte ein Verhältnis mit seiner Chefin. Er hatte sich *aushalten* lassen. Fast fand sie das schlimmer als das Verhältnis.

„Ist ganz sicher, dass sie zusammen sind weg?", kam es Zofia in den Sinn. „Haben sie das irgendeinen gesagt?"

„Das nicht, aber alles deutet darauf hin." Die Empfangsdame sah Zofia ernst an. Dann holte sie tief Luft, als wollte sie etwas sehr Wichtiges sagen, doch im letzten Moment schüttelte sie den Kopf. „Es gibt weitere Hinweise, aber es verbietet sich, davon zu erzählen."

„Hinweise?", fragte Zofia aufgeregt. „Dass die beiden wirklich durchgerannt sind?"

„Es hat mit Geld zu tun", Beata schüttete noch einmal den Kopf. „Deshalb ist es sehr delikat."

„Geld?" Zofia bekam einen Schrecken. Janek hatte ihr auf der Hochzeit Geld angeboten, um ihre Schulden zu be-gleichen! Was, wenn das irgendwie zusammenhing?

„Sie müssen mir sagen", drängelte sie. „Sonst ich kann nie wieder schlafen. Was ist das mit Janek und Geld?"

„Tut mir leid, Zofia, aber das ist wirklich intern."

„Aber werde ich sehr delikat damit umgehen!"

Die Empfangsdame rang mit sich. Zofia hatte fast ein

schlechtes Gewissen, dass sie sie so sehr bedrängte.

„Wenn Sie mir versprechen, die Sache diskret zu behandeln …?"

Zofia nickte heftig mit dem Kopf.

Schließlich seufzte Beata geschlagen. „Es ist so: Frau Jenssen hat am Freitag eine große Summe Bargeld aus dem Hotelsafe genommen. Ich habe sie darauf angesprochen, weil das sehr ungewöhnlich ist, doch sie hat kein einziges Wort der Erklärung gesagt", Beata hob pikiert die Augenbrauen, sie waren sehr fein gezupft. „Abends hat sie das Hotel verlassen und ist nicht mehr zurückgekehrt. Ich nehme an, sie und Janek haben die späte Fähre genommen, die letzte ging um halb acht."

Zofia schluckte. „Und was hat der Ehemann zu den ganzen Sache gesagt?"

„Keine Ahnung. Wahrscheinlich weiß er noch gar nichts", Beata hob die Hände, als müsste sie das nun wirklich nicht wissen. „Ich habe keine Handy-Nummer von unserem Chef. Und wenn ich eine hätte, würde ich nicht wagen ihn zu informieren. Ich mache so viel Drecksarbeit für dieses Hotel, da brauche ich sowas nicht auch noch."

Zofia war erschrocken. Die feine Empfangsdame benutzte sehr klare Worte. Bestimmt musste sie doppelt arbeiten, wenn sonst alle weg waren.

„Ich habe ja selbst zwei Tage gebraucht, um eins und eins zusammenzuzählen." Jetzt hatte sie sich wieder gefasst. „Die Chefin meldet sich bei keinem von uns ab. Ich habe gedacht, sie sei am Freitag ganz normal nach Hause gekommen und am Samstag vielleicht zum Shoppen aufs Festland gefahren. Sie hat keine festen Dienste, ihre Abwesenheit fällt nicht sofort auf. Am Montag dann habe ich ein paar Fragen gehabt. Da habe ich sie gesucht und nicht gefunden. Daraufhin habe ich mich an die Schwester vom Hotelchef

gewandt.“

„Verstehe“, sagte Zofia. „Und Janek hat keiner vermisst?“

„Jemand meinte, er sei krank gewesen und daher am Donnerstag vorzeitig nach Hause gegangen. Am Freitag hat keiner etwas gehört. Am Samstag hat der Restaurantchef versucht ihn anzurufen, aber er war nicht zu erreichen. Auch auf das Klopfen seines Hausgenossen hat er nicht reagiert. Es wurde viel spekuliert, auch dass er kurzerhand nach Polen gereist sei.“

Zofia nickte, den Teil der Geschichte kannte sie schon. Resigniert stand sie auf. Dabei fiel ihr Blick auf ein Foto, das neben Beata an der Wand hing.

„Ist das die Familie?“ Neugierig trat sie näher und erkannte sofort die Schwester vom Chef. Daneben ein großer Blonder, das musste der Hotelchef sein. Ein bisschen hatte er Ähnlichkeit mit Janek, diese Frau Jenssen hatte also einen Typ. Allerdings wirkte er weniger schlaksig, eher gemütlich. Zofia konnte sich vorstellen, dass so jemand lange ahnungslos blieb.

„Hier“, Beata zeigte auf die Frau, die auf der anderen Seite des Hotelchefs stand. „Das ist Kirsten Jenssen.“ Sie sagte das mit einem Hauch von Verachtung.

Zofia schaute ganz genau hin. Die Frau hatte langes blondes Haar in einem locker gebundenen Zopf, dazu ein makelloses Gesicht und eine perfekte Figur – solche Model-Frauen machten Zofia immer Angst.

„Sie ist jünger als er“, stellte sie fest.

„Dreizehn Jahre“, bestätigte Beata.

„Und das ist die Mutter?“ Zofia zeigte auf die alte Frau, die vor den drei anderen kerzengerade auf einer blauen Bank saß. Das Bild war vor dem Hotel aufgenommen worden.

„Die Seniorchefin“, bestätigte Beata. „Sie wohnt nicht weit, an der evangelischen Kirche. Tadine Jenssen ist 84,

aber immer noch fit. Das macht die gute Seeluft."

Zofia schnaubte. „Wird das Bild nicht mehr lange hier hängen, wenn Frau Jenssen durchgerannt ist."

„Kann sein." Beatas blaue Augen verengten sich leicht. „Andererseits, wenn die Chefin schlau ist, kommt sie zurück. Der Goldesel steht hier – und nicht bei Janek in Polen."

———

Ein Plätschern. Ein sanftes Schlagen von Wellen. Wo war er? Lebte er noch? Sein Körper war ein Eisblock. Kälter konnte es auch im Wasser kaum sein.

Er musste eingeschlafen sein, nachdem der Motor ausgefallen war. Eine Weile lang hatte er versucht, eine Lösung zu finden. Hatte den Motor immer wieder gestartet, ohne Erfolg. Hatte versucht, mit den Händen zu rudern. Hatte überlegt, einfach zu schwimmen, aber das wäre sein Todesurteil gewesen. Irgendwann hatte er sich seinem Schicksal ergeben. Er war ausgeliefert, nicht mehr lange und er würde erfrieren. Oder gefunden werden und dann in den Knast gehen. Was auch nicht besser war.

Nun aber war er auf Grund gelaufen. Wo war er? Auf dem Festland? Nein, wahrscheinlich wieder zurück auf der Insel.

Er begann seine Glieder zu bewegen; alles an ihm schmerzte, er war unterkühlt. Trotzdem gab er nicht auf. Versuchte die Arme kreisen zu lassen, die Beine, den Kopf.

In weiter Ferne sah er Lichter, die regelmäßig aufleuchteten – die Windriesen vom Festland. Ein Stöhnen entfuhr ihm. Er war also tatsächlich nicht auf dem Festland, sondern auf einer Insel gestrandet. Wieder auf Juist? Oder zumindest auf Norderney? In der Dunkelheit war außer ein paar dumpfen Lichtern nichts zu erkennen.

Als er von Bord ging, erstarrte er vor Schreck. Das Wasser

war doch viel kälter als er selbst.

Nicht aufgeben, beschwor er sich. Noch nicht!

Er begann zu hüpfen, ruderte mit den Armen, am liebsten hätte er dazu noch geschrien. Schließlich zog er das Klappmesser aus der Jackentasche und friemelte mit steifen Fingern die Klinge heraus. Er hatte es aus dem Ferienhaus mitgenommen, es war scharf, der Kunststoff gab irgendwann nach. Das Boot sollte untergehen. Niemand durfte wissen, wo er war.

3

Der nächste Tag brachte Sonne und das war gut. Am Abend hatte Zofia noch mit ihrer Freundin Kaja geskypt. Das war kein angenehmes Gespräch gewesen, auch wenn Zofia versucht hatte, das Beste daraus zu machen.

„Wahrscheinlich geht es ihm gut!", hatte sie fröhlich verkündet. „Er ist nur mit seiner Chefin unterwegs."

Aber Kaja war nicht dumm. Sie hatte nachgefragt und noch mehr nachgefragt. Und am Ende hatte sie auch das ganz schön schlimm gefunden: dass Janek mit seiner Chefin abgehauen war.

„Bestimmt kommt er zurück", hatte Zofia sich alle Mühe gegeben. „Alle hier sagen, er hat oft von zu Hause gesprochen. Vielleicht steht er morgen schon vor eurer Tür."

„Mit dieser Frau?", hatte Kaja gemeint. „Das soll er mal wagen."

Aber dann immerhin hatte sie sich bedankt, weil Zofia und ihr alter Mann sich aufgemacht und das alles herausgefunden hatten.

„Ich weiß gar nicht, wie ich das wiedergutmachen soll", hatte Kaja gesagt.

„Das musst du nicht", Zofia hatte es ganz ehrlich gemeint. „Wir machen einen sehr schönen Urlaub!"

Tatsächlich war sie nach dem ersten Schock richtig erleichtert. Sie hatte Janek auf der Hochzeit von ihrem Elternhaus erzählt; die Bänker machten ihr Druck: einen Teil der

Schulden ablösen oder verkaufen. Janek schien eine größere Summe zu erwarten und wollte ihr etwas leihen. Doch zurück in Deutschland war er verschwunden. Eine Weile hatte Zofia gedacht, das hinge womöglich zusammen. Nun aber schien alles ganz anders. Das war schlimm, aber auch irgendwie gut, denn ihm war ja nichts passiert. Sollte sich Janek doch mit dieser Hoteltante vergnügen! Sein Geld wollte sie nicht, egal, was aus ihrem Elternhaus wurde. Sie ging jetzt mit Herrn Anton zum Schwimmbad und das würde sicher sehr schön.

Im Ort gab es kleine Geschäfte und viel zu gucken. Herr Anton war heute mit dem Rollator unterwegs und blieb überall stehen. Jetzt gerade war er sehr interessiert an einem Schaufenster, hinter dem Gemälde ausgestellt waren. Bilder vom Meer und vom Strand und wieder vom Meer. Bestimmt kam das bei Inseltouristen gut an. Ihr selbst gefiel im Schaufenster gegenüber ein schicker, kurzer Mantel in einem kräftigen Rot. Sie lief hinüber und presste die Nase an die Scheibe. 84 Euro. Das war viel Geld und sie musste sparen, wenn sie jemals ihr Elternhaus in Polen ablösen wollte. Andererseits: Konnte sie sich nicht ausnahmsweise mal etwas gönnen? Zu dem Mantel gab es eine lustige Hutkappe in demselben Ton. Sie schaute genauer hin und mit einem Schlag fielen ihr die Augen aus dem Kopf. Es war die Kappe, die 84 Euro kostete, der Mantel 649! Schnell rannte sie zurück zum alten Mann.

„Und? Gibt es hier schöne Sachen?“, wollte er wissen.

Zofia schüttelte den Kopf. „Ist nicht in meinem Stil.“

„Moin!“ Ein Fahrrad überholte sie und hielt dann plötzlich an. Der Mann von der Fähre! Zofia fand, mit seiner kleinen runden Brille sah er wie ein lustiger Kinderarzt aus. Wie hatte er noch geheißen – Feiko oder so ähnlich?

„Ich sag doch, auf der Insel trifft man sich wieder.“ Er

lächelte freundlich. „Wo wir uns gerade sehen – hätten Sie
Lust, sich heute Nachmittag von mir die Insel zeigen zu
lassen?"

Er sah dabei nur Zofia an, was sehr unhöflich war. Doch
dann kam Zofia in den Sinn, dass der alte Mann am Nachmittag ausruhen wollte. Das wurde nach diesem Thalasso-
Dings empfohlen, hatte er gesagt.

„Warum nicht?", sagte sie vorsichtig und schaute zu
Herrn Anton hinüber, der aber fummelte an der Bremse
seines Rollators herum.

„Wunderbar!" Wieder das gewinnende Kinderarzt-
Lächeln. „Um halb drei vor Ihrem Hotel?"

„Sehr herzlich gern."

Er schwang sich aufs Rad und im nächsten Moment war
er weg.

„Sowas", sagte Herr Anton patzig und Zofia wusste nicht
genau, was er meinte: die Bremse, an der er noch immer
herumwerkelte, oder die Verabredung, die sie gerade eingegangen war. Dann kam ihr plötzlich ein ganz anderer
Gedanke. Woher wusste der Kinderarzt überhaupt, wo sie
wohnte?

———

Die Hunde tobten herum. Gesa stand am Strand, die
dicken Wanderschuhe zur Hälfte im Sand versunken. So
konnte sie stundenlang stehen, vor allem wenn sie zur Ruhe
kommen wollte. Ihr Leben war in den letzten Tagen hektisch geworden, das war ihr nicht mehr vertraut. Nachher
musste sie erneut ins Hotel – sehen, ob es dort halbwegs
lief. Sie war froh, wenn Redolf am Abend zurück war.
Dann würden zwar unangenehme Gespräche anstehen,
aber der Alltag würde sich normalisieren. Diese Zeit der
Ungewissheit war für niemanden gut.

Gesa konzentrierte sich auf das Wasser. Jede Welle, die sich in der Brandung brach, war ein neues Schauspiel für sie. Da kam eine mit hohem Kamm, ihre Kraft war lange erkennbar, sie kam näher, zögerte das Überspülen hinaus, dann brach sie mit lautem Getöse.

Die weiße Gischt schoss dem Strand entgegen, weiter als die Wellen zuvor. Gesas Sohlen wurden umspült, ganz sanft nur, dann zog sich das Wasser wieder zurück.

Gesa wusste, was die Menschen suchten, die hierherkamen. Warum sie sich nicht sattsehen konnten am Meer. Sie spürten die Energie. Das Wasser kam, das Wasser ging, ohne erkennbaren Antrieb. Alles andere verbrauchte sich, wurde alt, Menschen, Bäume, Autos. Das Meer war anders. Es erschuf sich immer wieder neu. Eine archaische Kraft, in der man das Göttliche spürte.

Gesa drehte sich nach den Hunden um und bekam einen Schreck. Dahinten kam Ann. In ihrem grasgrünen Regenmantel und den passenden Gummistiefeln war sie nicht zu übersehen. Ann ging nah am Wasser und hatte den Blick auf den Boden gerichtet. Bestimmt suchte sie Material für ihre Bilder, Muscheln, Holz, Algen, seit neuestem arbeitete sie Strandgut in ihre Kunstwerke ein.

Gesa reagierte sofort. Möglicherweise hatte Ann sie noch nicht gesehen. Sie stieß einen Pfiff aus und drehte sich um. Nichts wie weg hier, die Hunde würden schon hinterherkommen.

***

Anton kam sich vor wie ein Brotteig. Wie dieser Lukas seine Muskeln durchknetete, das war schon beeindruckend.

Wegen seiner einseitigen Belastung hatte Anton oft mit Verspannungen zu kämpfen. Nun hatte er auch noch Verspannungen, weil Zofia von wildfremden Männern ein-

geladen wurde – all dem sagte der Masseur gerade den Kampf an.

Lukas kam selbst nicht von der Insel, nur seine Frau. Vielleicht war er deshalb so redselig. Die ganze Zeit hatte er von dem Projekt erzählt, das er mit seiner Frau gerade anstieß. Barrierefreier Urlaub. Also Urlaub für Leute wie Anton. Sie wollten ihre Pension darauf spezialisieren. Acht speziell eingerichtete Zimmer sollten es am Ende sein, dazu Physio- und Thalasso-Therapie im eigenen Haus.

„Wir machen Ihnen gleich noch eine schöne Schlick-Packung", erklärte er jetzt. „Die ist gut gegen Arthrose."

„Aha", Anton konnte kaum sprechen. Sein Gesicht war ja ins Handtuch gedrückt.

„Eine Algenpackung. Die entspannt und mineralisiert."

Eine Algenpackung? Wenn Anton mit Algen irgendetwas verband, dann war es Gestank. Vielleicht entspannte man, weil man durch den Gestank ins Wachkoma fiel?

„Ich weiß nicht …", murmelte er in sein Handtuch hinein. Doch dann fiel ihm ein, dass er im Moment alles ausprobierte. Weil er nicht wusste, ob sich dazu in seinem Leben noch eine zweite Gelegenheit bot. Wenn er jetzt ablehnte, würde er nie wissen, ob eine Algen-Packung tatsächlich stank.

„Meine Frau ist Altenpflegerin", erklärte Lukas weiter. Man konnte ihm nicht vorwerfen, dass er schlechtes Marketing betrieb. „Wenn es mit den barrierefreien Zimmern nicht läuft, machen wir eine Alten-WG."

„Ist immer gut, ein Plan B", murmelte Anton mit Frottee zwischen den Zähnen.

„Nur, falls Sie mal umsiedeln wollen –" Lukas nahm sich jetzt das rechte Schulterblatt vor. „Ich gebe Ihnen gleich eine Visitenkarte mit."

Anton hätte gern geschnaubt. Einen alten Baum wie ihn

verpflanzte man nicht. Ausprobieren hin oder her. Andererseits – wenn Zofia wieder Heimaturlaub brauchte – oder wenn sie mit diesem Feiko ein neues Leben begann – wo sollte er dann hin? Apropos Zofia …

„Ein Bekannter meiner polnischen Pflegekraft ist umgesiedelt", wechselte Anton zu dem Thema, das ihn am meisten interessierte. „Er ist Pianist und hat –"

„Ach, Janek", wurde er schon unterbrochen.

„Sie kennen ihn?"

„Ja klar. Allzu viele Pianisten gibt es hier auf der Insel ja nicht."

Anton meinte einen Unterton zu hören. Deshalb wagte er sich vor. „Ich habe gehört, die Hotelchefin hatte ein besonderes Interesse an ihm."

„Nett formuliert!" Wieder dieser Ton. „Meine Frau hat mal an Karneval mit ihr und anderen Frauleuten in der Kneipe gesessen. Ist ja selten genug, die Jenssen geht nicht viel vor die Tür. Auf jeden Fall hat sie nach drei Bierchen erzählt, dass im Hause Jenssen dringend auf Nachwuchs gehofft wird, aber dass sie unsicher ist, ob das in Redolfs Alter noch klappt. Als ich dann hörte, dass sie mit dem Pianisten was hat, war mir klar, sie hat sich was Frisches gesucht."

Anton schluckte. Das war eine Erklärung, aber keine schöne.

„An die Gäste immerhin hat sie sich nicht rangemacht", erklärte Lukas nun weiter. „Obwohl da sicher der ein oder andere Goldfisch dabei gewesen wär."

„Wie meinen Sie das?"

„Na, Sie wissen schon. Hier auf die Insel kommen viele Bestverdiener, allerdings keine Protzköpfe, die fahren nach Sylt. Bei uns ist Understatement angesagt. Dezente Reiche, wenn man so will."

Dezente Reiche … Anton ließ die Tischnachbarn an sich vorbeiziehen. Der Vollbärtige mit den Gammelturnschuhen, Frau Schwarz in ihrer Weste …

„Mir ist das recht." Lukas bearbeitete Antons Schulterblatt sehr intensiv. „Ich hasse diese Großkotze, ich hab mal eine Weile in Timmendorfer Strand gearbeitet."

„Aber es kommen doch auch ganz normale Leute her?", fragte Anton nach. „Also, dezente Normale, wenn man so will?"

„Ja klar." Lukas klatschte ihm auf den Rücken, er war mit seiner Massage offenbar durch. „Unter anderem jede Menge alleinreisender Frauen. Wenn ich nochmal Bedarf habe, suche ich auf jeden Fall hier auf der Insel." Er ging in den Nachbarraum und holte etwas. Etwas in einem Glas in der Farbe Grün-Braun. Anton kam nicht umhin an die Pferdeäpfel zu denken, die hier immer mal wieder auf den Wegen zurückblieben.

„Und falls *Sie* mal Bedarf haben: Ich trage jetzt den Thalasso-Schlick auf, macht wunderbar weiche Haut."

Anton grunzte. Immerhin wieherte er nicht. Er musste an Frau Schwarz denken. Sie war eigentlich ganz patent. Und dennoch, nein, nein, er hatte keinen Bedarf.

———

Er hatte ein Tandem dabei. „Ich dachte, so kann ich Ihnen am besten alles zeigen."

„Aber das war sicher sehr teuer!", rutschte es Zofia heraus. „Auf dieser Insel alles ist sehr teuer."

Der lustige Kinderarzt hielt einen Moment lang den Kopf schief. „Hat mir ein Freund geliehen", sagte er dann.

Der Freund musste der Besitzer des Fahrradverleihs sein. Denn Zofia hatte inzwischen ein dickes Schild hinten am Fahrrad entdeckt – *Tims Fahrradverleih*. Immerhin, leihen

war sicher bezahlbar.

„Ich habe eine schöne Tour zusammengestellt. Wir fahren ins Loog, stellen dort das Rad ab, wandern von dort aus um die Spitze der Insel und laufen dann durchs Wäldchen und am See entlang zurück."

Zofia erschrak. Herr Anton war sowieso ein bisschen brummig gewesen, als es um diese Tour gegangen war; sie wollte nicht länger fort sein als unbedingt nötig.

„Ihren Tour reicht für einen ganzen Tag", sagte sie, „aber meine Zeit dauert nicht mal zwei Stunden."

„Wie bitte?" Feiko Harms schien entsetzt. „Ist das Ihr Ernst?"

„Ich habe einen Job", sagte Zofia, „einen wichtigen Job."

Der lustige Kinderarzt dachte nach. Er sah dabei gar nicht lustig aus. Er sah aus, als sei er es nicht gewohnt, seine Pläne zu ändern. „Okay", meinte er dann. „Wir machen es anders. Wir kürzen die Wanderung ab und fahren vorher zum Strand, aber nicht hier im Dorf, hier ist es zu voll."

Voll war es eigentlich nirgendwo, fand Zofia. Nicht am Strand. Nicht im Hotel. Nicht auf der Straße. Es war wohl so, wie alle sagten: Die Saison hatte noch nicht begonnen. Gut, dass Janek vor der Saison durchgerannt war. Sonst hätten Herr Anton und sie sich hier im Gedränge bewegt.

Immerhin, Feiko hatte seine Enttäuschung verpackt. Er zeigte jetzt freudig aufs Rad. „Ist nicht schwer, einfach draufsteigen und treten."

Zofia hätte gern gesagt, dass die Erfindung des Fahrrads sich auch in Polen durchgesetzt hatte. Und auch ein Tandem hatte sie dort schon gesehen. Aber sie sagte nichts, sie stieg einfach auf.

„Hintendrauf müssen Sie sich nicht konzentrieren, sondern können einfach gucken."

Das mit dem Gucken war so eine Sache, fand Zofia, denn

wenn man hinten saß, konnte man eigentlich nur den Rücken des Vordermanns sehen. Der war in eine dunkelgrüne Windjacke gepackt, die sich bei der Fahrt aufblies wie ein Ballon. Zofia fand das Fahren trotzdem sehr schön. Die Sonne schien warm, deshalb schloss sie die Augen und ließ sich bescheinen. Wenn nicht auch die Sonne eine Freundin vom Kinderarzt war!

Es ging ein Stück Richtung Hafen und dann eine schnurgerade Straße entlang. Links sah man das Wattenmeer, rechts die roten Häuser, die wie an einer Perlenkette aufgeschnürt waren.

Im Sauerland waren die meisten Häuser verputzt oder mit Fachwerkbalken gemacht. Aber auch diese roten Häuschen gefielen Zofia; den roten Backstein hatte sie schon an der polnischen Ostseeküste gesehen. Was allerdings besonders war: Hier schien es kaum normale Häuser zu geben, alles Gäste- und Ferienhäuser, so sah es aus.

Zofia fragte sich, wie weit sie fahren mussten, bis es für den Kinderarzt leer genug war. Vielleicht war das der Vorteil beim Tandem. Wenn man vorn saß, durfte man alles bestimmen.

„Es gibt auf der Insel seltene Vögel", brüllte ihr Vordermann jetzt.

Zofia musste grinsen, aber er sah es ja nicht. „Ein seltener Vogel", das sagte manchmal Herr Anton. Ziemlich sicher war auch dieser Feiko ein seltener Vogel.

„Wiesenpieper, Austernfischer, Rotschenkel – vielleicht kriegen wir später ein paar Exemplare zu sehen."

„Sind Sie Vogelbeobachter?", fragte Zofia. Ein Vogelwissenschaftler passte zu ihm.

„Nur hobbymäßig", hörte Zofia ihn rufen.

„Dann Sie sind Kinderarzt?"

Feiko lachte und drehte sich um, so weit es eben ging.

„Wie kommen Sie darauf?"

„Sie sehen so aus."

„Aber nur von hinten, was?" Wieder lachte der seltene Vogel. „Nein, ich bin kein Kinderarzt, tut mir sehr leid."

Gott sei Dank schaute er jetzt wieder nach vorn. „Achtung, jetzt kommen wir ins Loog."

Ins Loog. Den Ausdruck hatte Zofia schon gestern gehört. Sie kamen an einem Café vorbei, dann fuhren sie geradeaus einen schmaleren Weg lang, obwohl der Hauptweg links abbog. Der Ort lief hier aus.

„Moin, Feiko!"

Da rief jemand. Zofia lehnte sich zur Seite, um besser sehen zu können. Eine Frau stand vor einem der Häuser – und zwar eine Frau, die sie kannte!

Feiko hielt an. „Moin, Gesa!"

Die Schwester vom Hotelchef hatte zwei große Hunde dabei, die zum Glück sehr freundlich aussahen. Und so, als würden sie gehorchen.

„Oh, ein Fahrradausflug?" Die Hotelschwester warf Zofia einen Blick zu. Erst neugierig, dann überrascht. Man konnte sehen, dass sie versuchte die Sachen zusammenzubringen.

„Ja, ich zeige einer Freundin das Meer."

Zofia schluckte. *Eine Freundin.*

Feiko redete ein bisschen übers Wetter. Die Hotelschwester hörte zu oder tat zumindest so. Zofia hatte Gelegenheit, sie noch einmal zu betrachten. Sie hatte feine Züge und ein reifes, sehr hübsches Gesicht. Sie war kein bisschen geschminkt, und Zofia hätte gern gewusst, wie sich diese Gesa mit ihrer Schwägerin verstand, die ganz bestimmt viel Zeit vorm Spiegel verbrachte.

„Da wünsch ich man viel Spaß." Nochmal ein strenger Blick. „Obwohl dieser Weg bekanntlich für Fahrräder gesperrt ist."

„Jaja“, meinte Feiko und fuhr selbstverständlich an.

Zofia drehte sich noch einmal um. Wieder kein Zeichen, dass die Hotelschwester Spaß gemacht hatte. Auf dieser Insel gab es offenbar jede Menge seltener Vögel.

Es war verrückt. Bestimmt sechzig Jahre war Anton nicht mehr Kutsche gefahren. Er und Theres hatten keine Hochzeitskutsche gehabt, und diese Planwagenfahrten, die es im Sauerland für Kegelclubs gab, hatte er auch nie mitgemacht. Als Junge hatte er mal auf dem Gutshof in seinem Dorf mitfahren dürfen, und jetzt saß er wieder auf dem Bock, eingepackt in eine dicke Decke, die die Kutscherin dabeigehabt hatte. Er hatte mit vorne sitzen wollen, weil man dort besser sah, außerdem konnte ihm Aukje so mehr erzählen.

Als Erstes hatte sie ihm erzählt, dass es womöglich bald keine Kutschen mehr gab. Weil keiner mehr Kutscher werden wollte oder Kutscherin wie sie. Irgendwann würden sicher E-Autos eingesetzt werden. Anton hielt das für keine gute Idee. Schließlich kamen die Touristen, weil hier alles so gemütlich war. Ein ganz anderer Rhythmus, der von Tiden und Pferdekutschen bestimmt war.

„Was genau von der Insel wollen Sie sehen?“, riss Aukje Anton aus seinen Gedanken.

„Hmmh“, er dachte nach, er hatte ja diese Kutschfahrt ganz spontan gebucht. Zofia hatte ihn in den Salon gebracht, wo er lesen und ein wenig ausruhen wollte. Dann war sie verschwunden und Anton hatte dagesessen und sich geärgert. Er hatte sich geärgert, weil sie mit diesem Feiko verschwand. Gleichzeitig hatte er sich geärgert, weil er sich ärgerte. Dazu hatte er kein Recht. Zofia konnte tun, was sie wollte. Und wenn sein Sohn Thomas dumm genug war sie

laufenzulassen, war das seine eigene Schuld.

Aus seinem ganzen Ärger war er aufgeschreckt worden, als eine Servicekraft rufend durchs Hotel gelaufen war. Offenbar hatte jemand eine Kutsche bestellt, der jetzt nicht mehr auffindbar war. Man hatte überall nach einem Herrn Evers gesucht, auch im Salon. Die Kutscherin hatte gerade unverrichteter Dinge wieder abfahren wollen, da hatte Anton zugegriffen. Ausruhen konnte er schließlich noch lange genug.

Kurz darauf hatte die Kutscherin einen Hotelangestellten gefunden, der half, Anton auf die Kutsche zu hieven; deshalb saß er jetzt hier.

„Ich würde gerne das Meer sehen", stieß Anton hervor. „Ist es vielleicht möglich, mit der Kutsche –?"

„Ja klar!" Aukje ließ die Pferde laufen. „Die Tour fahre ich gern, zur Domäne Loog und von da aus auf den Strand."

———

Sie brauchten von der Hotelschwester aus nicht mehr weit, dann bog Feiko zum Strand ab. Zofia nutzte die Zeit, um über sein Alter nachzudenken. Ganz am Anfang hatte sie gedacht, er wäre jung. Er hatte so eine jungenhafte Figur. Und eine jungenhafte Brille. Selbst seine glatten Haare sahen irgendwie jung aus. Aber wenn man genauer hinschaute, dann sah man Falten um seine Augen. Er hatte sich zwar jung gehalten, bestimmt lebte er sehr gesund mit Blättern und Körnern, aber er war gar nicht so jung, glaubte Zofia. Bestimmt ein Stück über fünfzig.

Zofia wartete kaum ab, bis Feiko das Fahrrad abgestellt hatte. „Sie kennen Gesa Jenssen?"

„Ich sagte doch, die Insel ist klein. Hier kennen sich alle."

Zofia wusste inzwischen, wie solch eine Antwort hieß. Es war eine *ausweichende* Antwort. Aber sie würde sich nicht

so leicht abwimmeln lassen.

Feiko Harms hatte jetzt seinen Rucksack vom Gepäckträger genommen und schwang ihn über die Schulter. „Können wir?", fragte er munter.

„Können wir über den Hotelfamilie sprechen?", hielt Zofia dagegen. Er verzog das Gesicht, aber antwortete nicht. Sie setzten sich in Bewegung Richtung Strand.

„Sie kennen alle auf der Insel", ließ Zofia nicht locker, „dann kennen Sie auch alle Jenssens."

„Stimmt!", sagte Feiko. „Ich bin mit Redolf befreundet und mit seiner Schwester."

Zofia wartete, aber mehr sagte er nicht. Sie musste ihn also noch weiter schubsen. „Man hat mir gestern im Hotel alles erzählt", erklärte sie, „mit Janek und seinen Chefin."

Feiko atmete tief aus. „Okay, vielleicht können Sie dann verstehen, dass ich Janek gegenüber nicht gerade aufgeschlossen bin. Und Kirsten gegenüber sowieso nicht."

„Naturlich", gab Zofia zu.

Sie waren jetzt am Meer angekommen. Die Flut zog sich gerade zurück.

„Gehen wir ein Stück", schlug Feiko vor. „Am Meer öffnen sich die Bronchien und es öffnet sich das Herz."

Zofia fand das Meer gut, aber ob sich dort alles öffnete …? Dieser Feiko war wirklich ein seltener Vogel.

„Um ehrlich zu sein, ich finde es entsetzlich, was Kirsten mit ihrem Mann macht", sagte Feiko nach ein paar Schritten. „In der Tanzgruppe zerreißt man sich darüber das Maul. Sie gibt ihn der Lächerlichkeit preis, das hat er nicht verdient."

Zofia hatte nicht alles verstanden, aber *lächerlich*, das kannte sie, und sie konnte sich vorstellen, warum es hier passte.

„Warum macht er das mit?", wollte sie wissen.

Feiko schnaubte. „Weil er sie liebt?“ Er wandte sich ihr zu. „Frag mich einer warum, aber so ist es nun mal.“

Zofia schwieg. Mit solchen Beziehungsdingen kannte sie sich nicht besonders gut aus.

„Wenn die beiden trotzdem glücklich miteinander sind, soll es mir recht sein.“

„Frau Jenssen ist nicht mehr da“, sagte Zofia. „Und wenn stimmt, was Beata sagt, dann auch nicht Janek.“

„Wie bitte?“ Feiko blieb abrupt stehen. „Soll das heißen, die beiden haben die Insel verlassen?“

„Durchgerannt“, sagte Zofia.

„Durchgebrannt.“ Ein kleines Lächeln überflog sein Gesicht. Dann wurde er sofort wieder ernst. „Was für ein Mist!“

Eine Weile gingen sie schweigend. Feiko Harms schien aufgewühlt und Zofia hielt lieber den Mund.

„Diese Frau hat von Anfang an nicht auf die Insel gepasst“, brach es dann irgendwann doch aus Feiko heraus.

Zofia dachte über den Satz nach. „Wann passt man denn auf die Insel?“

„Es ist so“, er sprach jetzt ruhiger. „Dauerhaft hier zu leben, ist nicht ganz leicht. Klar, im Sommer kommen viele Menschen, alles ist lustig und bunt. Im Winter aber ist die Lage ganz anders. Man hat kein Unterhaltungsprogramm, das einen ablenken kann, kein Kino, keine Clubs oder sonstwas. Viele Leute erleben die Insel im Urlaub und glauben, alles würde gut, wenn sie immer hier lebten. Und nach zwei, drei Jahren sind sie wieder weg. Die Realität hat sie eingeholt. Man kann sogar sagen: Je größer die Anfangseuphorie, desto schlimmer der Absturz.“

Zofia musste sich sehr konzentrieren, um auch nur die Hälfte zu verstehen. „Und bei Kirsten Jenssen war es so? Dass sie irgendwann nicht mehr wollte?“

„Bei ihr war es anders. Sie ist ja sehr diszipliniert. Trotzdem hat sie sich irgendwann Abwechslung besorgt.“

Zofia seufzte innerlich. Die Abwechslung war Janek – ein bisschen tat ihr der Gedanke immer noch weh.

„Haben Sie einen Ahnung, wo die beiden gegangen sind?“, fragte sie nach.

„Keine Ahnung!“ Feiko hob die Hände. „Ich weiß nicht mal, wo genau Kirsten herkommt. Sie war bei ihrem ersten Besuch für ihre Firma hier, das hat Redolf erzählt. Damals hieß sie noch Kirsten Riesmann und hat in seinem Hotel ein Meeting geplant. Alles im Vorfeld organisiert, dabei sind sie sich nähergekommen. Eine Firma aus dem Sauerland, Megalux heißt sie, sie ist hier auf der Insel bekannt.“

„Aus dem Sauerland?“ Zofia blieb wie angewurzelt stehen.

„Ja, wieso? Kennen Sie die Gegend?“

„Naturlich kenne ich“, Zofia konnte kaum an sich halten. „Ich wohne da. Herr Antons Dorf ist da. Wir sind gestern von Sauerland gekommen.“

„Ach so“, Feiko nickte. „Ich glaube fast, es kommen viele Gäste von dort. Die Firma Megalux hat sogar ein Gästehaus hier.“

Zofia fiel etwas ein. Auf Kajas Hochzeit, da hatte Janek seltsam reagiert, als sie erzählt hatte, dass sie jetzt im Sauerland wohnte. Er hatte nachgefragt. Und nochmal nachgefragt. Aber selbst nichts gesagt. Jetzt wusste sie, warum. Seine Freundin kam von dort. Vielleicht wollte er mit ihr ins Sauerland durchrennen oder sowas in der Art.

„Wollen wir zurückgehen?“, fragte Feiko jetzt. „Ich würde Ihnen gern noch einen anderen Ort zeigen.“

Zofia sah auf die Uhr. Gleich schon halb vier. Eigentlich wollte sie zurück ins Hotel. Herr Anton würde bald genug ausgeruht haben und dann brauchte er sie.

„Dauert nicht lange“, erriet Feiko ihre Gedanken. „Und es

ist wichtig, dass Sie das sehen."

„Wichtig?"

„Es gibt auf dieser Insel mystische Orte. Das ist der sogenannte Kalfamer an der Ostspitze, ein Gebiet, das im Winter wie eine Mondlandschaft aussieht. Und das ist das Wäldchen um das Wärterhaus herum. Und das ist der Hammersee, da gehen wir jetzt hin."

Zofia hatte nur die Hälfte verstanden, aber *mystisch* war hängengeblieben. Das Wort war im Polnischen ähnlich. Zofia kannte mystische Orte. Im Sauerland gab es viele davon, die liebte sie sehr.

„Warum muss ich sie sehen?", fragte sie trotzdem.

Feiko fasste freundschaftlich ihren Arm. „Nur wenige Frauen passen auf diese Insel." Er kniff die Augen zusammen. „Aber ich glaube, Sie gehören dazu!"

Aukje erklärte Anton alles über die Insel. Sie war mal zweigeteilt gewesen. Dann war die Kluft aber aufgeschüttet worden, deshalb war die Insel jetzt wieder ganz. Anton verschwieg, dass ihm das schon Frau Schwarz erzählt hatte. Von Aukje hörte er es gern ein weiteres Mal.

Aukje hatte auch vom Biologielehrer Otto Leege gesprochen, der sich als Tier- und Pflanzenkenner um die Vogelinsel Memmert verdient gemacht hatte. Und von der „Schule am Meer", die als reformpädagogisches Internat über Jahre sehr bekannt gewesen war. Jetzt gerade fuhren sie ein Stück an der Wattseite lang.

„Auf diesem Weg geht's zum Bill", erklärte die Kutscherin. „Das ist die Westspitze und *das* Ausflugslokal auf der Insel, wenn man mit dem Fahrrad unterwegs ist."

„Oder mit der Kutsche", stellte Anton klar. Er schaute sich um. Womöglich trafen sie gleich Zofia und ihren neuen

Freund, wenn es hier zu *dem* Ausflugsziel ging. Das wäre Anton dann doch ein bisschen peinlich gewesen.

Kurz darauf bog die Kutsche rechts ab. „Domäne *Loog*" konnte Anton lesen, auch dies ein Ausflugslokal. Dann kam ein Reitstall, schließlich ging es bergauf.

„Jetzt geht's an den Strand", sagte Aukje. Anton war sich nicht sicher, ob zu ihm oder zu ihren Pferden. Oben auf der Kuppe hielt die Kutscherin noch einmal an.

„Einmal links gucken", wies sie ihn an. Anton nahm sein Fernglas zur Hand.

„Das ist der Hammersee, der ist von der Inselteilung geblieben, inzwischen aber durch Regenwasser versüßt. Es gibt wunderschöne Wanderwege rundrum, aber da können wir leider nicht hin."

„Macht nichts", sagte Anton und linste weiter durchs Fernglas. „Ist doch schön, dass ich es überhaupt sehe." Der See hatte kein gangbares Ufer, bis ans Wasser wuchsen kreuz und quer Bäume und Gestrüpp, für Tiere sicher ein Naturparadies. Lautes Vogelgeschrei gab ihm recht. Wie aus dem Nichts flogen Anton zwei Graugänse vor die Linse, er konnte aber ihrem Flug nicht so schnell folgen.

„Herrlich", sagte er trotzdem erfüllt.

Dann wanderte er mit den Augen weiter den See ab. Am Seeufer war ein Vogelschwarm zu sehen. Waren das Zugvögel, die auf der Durchreise waren und hier eine Pause einlegten? Nein, gewöhnliche Möwen, sie hatten Beute gemacht, die sie hektisch kreischend umflogen. Anton sorgte am Fernglas für Schärfe. Sie hackten auf ein Paket ein, ein längliches Paket in den Farben Blau-Grün. Antons Puls ging plötzlich schneller. Das konnte doch nicht – es wär doch nicht möglich, dass –

Dann riss er das Fernglas herunter. „Da ist ein Mensch", schrie er panisch.

Aukje sah ihn stirnrunzelnd an, dann sagte sie trocken: „Ja, die gibt's hier auch."

———

Der Weg war wirklich mystisch, immerhin war dieser Feiko kein Lügner. Zwar hatte man keinen Blick auf den See, weil Bäume und Büsche die Sicht versperrten, aber diese Bäume und Büsche waren besonders, und das machte es schön.

Die Bäume waren klein und duckten sich im Wind. Einige hatten Korkenzieheräste, alles stand wild durcheinander. Fast wie ein Tunnel war der schmale Weg, sie mussten hintereinandergehen und manchmal sogar die Köpfe einziehen. Dazu hörte man ein Vogelgeschrei, das beinahe unwirklich war.

„Sind das die Wiesenpieper?", fragte Zofia. Das war der einzige Name, der noch in ihrem Kopf war.

„Unter anderem", Feiko hielt beim Lauschen den Finger in die Luft, „außerdem Feldlerchen. Die machen einen Heidenlärm, um ihr Revier zu markieren." Er drehte sich lachend zu ihr um. „Natürlich nur die Männer."

„Iih!" Zofia sprang zur Seite. Da lagen Knochen, ein ganzes Skelett.

Feiko kam die paar Schritte zurück. „Ein Kaninchen. Oder zumindest die Reste davon."

„Ein Kaninchen?" Zofia stellte sich das kleine kuschelige Tier vor, wenn es nicht aufgefressen war. Sie hatte auf der Insel einige gesehen.

„Fressen und gefressen werden, so ist das nun mal."

Aha, so war das nun mal. Vielleicht war der lustige Kinderarzt nicht Kinderarzt und nicht Vogelforscher, sondern Großwildjäger. Oder Kleinwildjäger. Oder sowas in der Art.

„Gleich kommt die einzige Stelle auf dieser Seite, an der

wir mal an den See treten können!"

Zofia nickte. Solange kein weiteres Kaninchen herumlag …

„Wohnen Sie hier in der Nähe?", fiel es ihr ein. Sie wusste immer noch so gut wie nichts über ihn.

„Nee, am anderen Ende der Insel. Eins der letzten Häuser, wenn man zum Flughafen fährt."

Ratunku!, Zofia war auf ihn aufgelaufen – warum war er so abrupt stehen geblieben?

Sie trat neben ihn, tatsächlich war hier ein Zugang zum See. Und dahin starrte er auch, genauer auf eine Meute von Vögeln im seichten Wasser – Möwen, die auf etwas einhackten. Aber woran zogen sie da? Feiko ging näher heran, Zofia folgte ihm langsam. Das da war kein Kaninchen, es war größer und es war blau-grün. Ihr stockte der Atem – und dann lief Feiko plötzlich los, schrie laut und versuchte die Vögel zu vertreiben. Sie flogen kreischend auf und dann sah Zofia das Unfassbare. Da im Wasser lag ein Mensch, die Vögel hatten an einem Menschen herumgehackt!

Feiko stand jetzt nur noch wenige Meter von dem Menschen entfernt, Zofia trat vorsichtig zu ihm, obwohl es sie abstieß. Es stieß sie ab, aber es zog sie auch an. Und dann sah sie: Der Mensch hatte kein Gesicht mehr, die Vögel hatten es genommen. Zofia begann zu schwanken und Feiko griff nach ihr und hielt sie ganz fest.

„Polizei", sagte er. Er stammelte es. „Wir brauchen Polizei." Und dann ließ er sie los und griff nach seinem Rucksack, zog ein Smartphone heraus, brauchte mehrere Anläufe, um es zu starten. Doch dann kamen die Vögel zurück. Zofia begann zu schreien.

Feiko trat an die Wasserkante und brüllte herum; wieder zogen sie ab, dann schaffte er es endlich, sein Smartphone zu bedienen.

„Eine Leiche", sprach er hinein. „Hammersee, Wattseite,

mittlerer Aufgang. Kommen Sie schnell." Und dann sagte
er noch etwas: „Ich glaube, es ist Kirsten Jenssen."

Zofia stand noch immer wie angewurzelt da, sie konnte
sich nicht mehr bewegen. Jetzt wandte sich Feiko ihr zu.
„Sie müssen hier weg! Ich bleibe und halte die Vögel in
Schach. Sie müssen unten an den Weg und die Polizei hier-
herleiten."

Zofia nickte. Sie bewegte sich nicht, aber sie nickte.

„Gehen Sie!", wiederholte Feiko eindringlich.

Jetzt wurde sie wach. Drehte sich um und lief. Lief so
schnell sie konnte. Ihr wurde schlecht, aber sie lief weiter.
Stolperte einmal über eine Wurzel, fing sich und lief.
Irgendwann links, den Pfad hinauf, an dem Aussichtsdings
vorbei und runter auf den Teerweg, auf dem sie mit dem
Fahrrad hergefahren waren.

In der Ferne sah sie eine Kutsche herankommen. Waren
das Urlauber oder schon die Polizei?

Jetzt kam die Übelkeit erneut, sie musste sich anlehnen,
sie lehnte sich an das Holzgeländer, das für die Fahrräder
war. Und dann kam die Kutsche. Sie kam sehr schnell. War
das wirklich schon die Polizei?

„Zofia!" Die Stimme vom alten Mann. Er saß auf der
Kutsche! Warum, lieber Gott, saß der alte Mann auf der
Kutsche? Sie lief ihm entgegen, und er streckte seinen Arm
von oben herunter und griff nach ihrer Hand. Jetzt kamen
die Tränen und die Übelkeit, alles kam jetzt auf einmal.

„Da drüben!", heulte sie. „Am See, da liegt Kirsten
Jenssen. Sie ist tot und sie hat kein Gesicht mehr."

Herr Anton war nicht aufgeregt. Er flüsterte: „Ich weiß."

Er sagte es ganz ruhig und ganz fest. Und so hielt er auch
ihre Hand.

———

Der Anruf erreichte Thomas beim abendlichen Einkauf gegen halb sieben. Er war am vergangenen Abend noch zurück nach Bielefeld gefahren. Allein in seinem Elternhaus, das machte ihn traurig. Seitdem Zofia bei seinem Vater lebte, war er eigentlich gern dort. Manchmal kochte er für sie alle, sie spielten Karten oder er ging mit Zofia wandern. Aber ohne sie war das Haus öde und leer. Dann lieber in seine Wohnung am Ravensberger Park.

Er stand vor dem Kühlregal – und tatsächlich hatte er gerade an seinen allerersten Einkauf mit Zofia gedacht – als es in seiner Brusttasche summte. Eine Handy-Nummer, die er gut kannte.

Er kam nicht dazu, seinen Namen zu nennen, sofort schwappten ihm Worte entgegen. „Thomas? Bist du dran?“ Die Stimme seines Vaters. Angespannt. Thomas lief ein Schauer über den Rücken – was war mit Zofia?

„Ist etwas passiert?“

„Ja“, sagte Anton. „Zofia – sie ist – sie hat –“

Thomas rastete aus. „Papa, was ist los?“

„Warte, ich geb sie dir mal selbst.“

Thomas wusste nicht, ob er beruhigt sein sollte. Sie lebte. Sie konnte sprechen. Sie war da!!!

„Tomasz?“ Eine zittrige Zofia. Er hob die Hand, als könnte er sie damit berühren.

„Zofia, was ist los?“

„Da war ein toter Mensch, das war die Hotelfrau, aber hatte sie keinen Gesicht, das haben die Vögel gehackt.“ Und dann schluchzte sie los. „War ich mit dem lustigen Kinderarzt unterwegs, und dann war da dieses Geschrei von denen Vögeln und ich dachte, es wäre ein Kaninchen, weil vorher war da schon ein totes Kaninchen, aber es war kein Kaninchen, es war wirklich ein Mensch.“ Dann kam nichts mehr. Nur noch Schluchzen. Thomas fand es unerträglich.

Er wollte jetzt da sein, wo sie war. Er wollte sie trösten.

„Wo seid ihr?“, sprach er gegen das Schluchzen an. „Zofia, seid ihr noch auf der Insel?“

„Ja, auf der Insel“, sagte sie, „aber Janek ist nicht da. Vielleicht er hat auch kein Gesicht mehr. Vielleicht das haben auch die Vögel gehackt.“ Dann wieder nur Schluchzen. Thomas schluckte. Sie waren Janek hinterhergereist. Aber was war dann weiter passiert?

„Thomas, ich bin es wieder, dein Vater.“

Und dann kam endlich ein vernünftiger Bericht. Thomas hätte sich am liebsten irgendwo hingesetzt, aber im Kühlregal wäre ihm der Hintern eingefroren.

„Ich bin etwas überfahren“, sagte er zum Schluss. „Aber natürlich komme ich morgen und hole euch ab.“

„Wie bitte?“ Jetzt kam sein Vater in Fahrt. „Das kommt überhaupt nicht in Frage.“

Beinahe wäre Thomas geplatzt. Kriegte sein Vater überhaupt nicht mit, was mit Zofia los war? Er wollte gerade loslegen, doch plötzlich war Zofia wieder am Apparat.

„Tomasz?“ Ein Schniefen, sie zog offenbar die Nase hoch. „Habe ich eine Bitte an dich. Du bist doch Polizei. Kannst du fragen, was ist mit Janek? Ob sie ihn auch gefunden haben? Vielleicht in Meer? Ob er gesucht wird? Wir machen uns großen Sorgen, Kaja und ich. Aber die Polizisten sagen mir nichts, sie haben nur selber mir eine Millionen Fragen gestellt.“

Thomas war sprachlos. Es hieß nicht, er sollte kommen. Es hieß nicht, er wurde gebraucht. Es hieß, er sollte seine Polizeikontakte nutzen. Warum war er am Ende immer der Depp?

„Thomas?“ Jetzt wieder sein Vater. „Die verstorbene Frau kommt aus dem Sauerland. Kirsten Jenssen heißt sie, früher Kirsten Riesmann. Könntest du nachforschen, ob es etwas

über sie gibt? Ob etwas über sie in euren Polizeicomputern steht?"

Was kam noch? Sollte er vielleicht Janeks Familie betreuen? Oder den Trauzeugen machen, wenn es mit Janek und Zofia doch etwas wurde?

„Vielleicht kannst du ja auch bei ihrer Familie vorbeifahren, falls du ins Sauerland kommst. Könnte ja sein."

Thomas war kurz davor, die rote Taste zu drücken. Wie alt musste er werden, um sich nicht mehr von seinem Vater dirigieren zu lassen?

„Tomasz?" Jetzt wieder Zofia. Die rissen sich ja gegenseitig den Hörer aus der Hand. „Mein Lieber, kannst du das machen? Das wäre sehr schön."

Ihre Stimme war weich. Und verletzlich. Er blickte ins Kühlregal. Auf allen Joghurts stand *Ja!*

Einen kleinen Moment brauchte er noch. „Tak!", sagte er dann.

Sie erwiderte etwas. *„Tęsknię za tobą"* oder so ähnlich. Er musste es nachschlagen. Und bis dahin würde er hoffen, dass es das Richtige war.

———

Draußen war um diese Zeit nichts mehr zu erkennen. So betrachtete Gesa die Regentropfen, die von außen an der Scheibe herunterliefen. Erst rannen sie langsam, sobald sie sich aber mit einem anderen Tropfen verbanden, nahmen sie Fahrt auf. Vielleicht war das das Geheimnis einer guten Partnerschaft: dass man gemeinsam mehr Kraft entwickelte. Bei ihr und Ralf war das so gewesen, bei Kirsten und Redolf hatte es anders gewirkt, aber vielleicht lag sie da falsch.

Sie machte sich Sorgen um Redolf. Ihr Bruder wurde im Salon gerade von diesen Kommissaren befragt. Einer mit Namen Malecki war sportlich und schön, Marke Friesen-

Baywatch, der andere, Carsten Bruns, wirkte wie ein zu groß geratener Junge, der noch nicht bei Mama ausgezogen war. Im schlimmsten Fall waren sie ein ausgebufftes Team und nahmen Redolf arg in die Mangel.

Als es klopfte, fuhr sie zusammen. Hier oben in die Familienwohnung verlief sich selten jemand, der klopfte.

„Ja?"

Beata steckte den Kopf zur Tür herein. „Bitte entschuldigen Sie. Herr Feiko Harms würde Sie gern sprechen."

Im nächsten Moment schob Feiko sich schon an Beata vorbei.

„Danke, Beata." Gesa nickte der Empfangsleiterin zu. Die Polin sah abgekämpft aus. Seit Tagen hielt sie hier praktisch alleine die Stellung.

„Sind Bar und Restaurant inzwischen geschlossen? Dann machen Sie auch Schluss, Beata."

Beata wirkte nicht glücklich. „Meinen Sie wirklich? Aber die Polizei ist im Haus und für morgen –"

„Es wird sich alles finden", sagte Gesa sanft, aber bestimmt. „Ich werde mit meinem Bruder gleich das weitere Vorgehen besprechen. Sie sind morgen die Erste, die davon erfährt."

„In Ordnung", Beata nickte zögerlich.

Gesa war sicher, dass sie nicht sofort nach Hause gehen, sondern doch noch das Nötigste wegarbeiten würde.

„Bis morgen, Beata. Versuchen Sie ein wenig zur Ruhe zu kommen. Wir brauchen Sie jetzt dringender denn je."

Beata nickte nur stumm. Feiko wartete ab, bis die Empfangsdame die Tür hinter sich zugezogen hatte, dann kam er auf sie zu. „Gesa!"

„Danke, dass du mich nach dem Fund sofort angerufen hast." Ihr Satz war kühl genug gewesen, um ihn von einer Umarmung abzuhalten.

„Ich wollte fragen – ich mache mir Sorgen um Redolf."

„Es wird nicht leicht für ihn werden, aber irgendwann ist alles vorbei.“

„Er ist ein sensibler Mensch.“

„Das stimmt. Aber möglicherweise bleibt ihm jetzt Schlimmeres erspart.“ Gesa sah Feiko vielsagend an. Zumindest darin, glaubte sie, war man sich einig.

„Nimm es mir nicht übel, Feiko, aber ich möchte jetzt ein wenig allein sein. Und Redolf braucht vermutlich auch etwas Ruhe.“

Ihr Tonfall wirkte auch bei ihm. Sanft, aber bestimmt. Sie hatte gelernt, sich abzugrenzen. Nach Ralfs Tod hatte die ganze Welt sie aufbauen wollen. Alle hatten Ratschläge gehabt, wie mit dem Tod des geliebten Partners umzugehen war. Gesa hatte sie alle in die Flucht geschlagen. Sanft, aber bestimmt.

„Wie du meinst.“ Feiko ging zur Tür. Aber als er die Klinke drückte, wandte er sich doch noch einmal um. „Ich muss morgen aufs Festland. Vorher komme ich noch einmal vorbei.“

Das war keine Frage. Er würde vorbeikommen. Feiko Harms ließ sich nicht so einfach abwimmeln. Gesa überlegte, ob es einen Machtkampf wert war. War es nicht. Sie brauchten Verbündete, Redolf und sie.

„Okay“, sagte sie leicht. „Und mach dir nicht zu viele Gedanken!“

Er schaute noch einmal zurück. „Wenn das so einfach wäre.“ Dann war er weg.

Redolf sah grauenhaft aus, als er zehn Minuten später kam. Seine Haut hatte beim Segeln Farbe bekommen, aber sein Zustand war so desolat, dass das nichts half. Gesa hatte Tee gekocht, eine Tasse Tee war besser als jede Umarmung. Sie füllte vorsichtig eine Tasse und reichte sie ihm. Mechanisch nahm er sie entgegen.

„Ich verstehe das nicht“, er schüttelte apathisch den Kopf. „Sie müssen ihn suchen. Sie dürfen nicht hier sitzen und fragen. Sie müssen ihn suchen.“

„Mit ‚ihn‘ meinst du den Polen?“, fragte Gesa nach.

„Sie haben mich hundertmal gefragt, wo ich heute war, wo ich gestern war, wie meine Segelroute verlief, wer mich wo gesehen hat.“ Jetzt sah er sie unumwunden an. Er hatte brandrote Augen. „Sie verdächtigen *mich*, kannst du dir das vorstellen?“

Gesa versuchte Ruhe auszustrahlen. „Wahrscheinlich werden diese Fragen standardmäßig gestellt.“

„Aber der Fall ist doch klar“, seine Stimme kippte. „Kirsten hat ihn entlassen und er hat sich gerächt.“

„Das wird sich alles klären.“

„Nichts wird sich klären, wenn sie nicht nach ihm suchen. Der ist doch längst in den Osten verschwunden, nach Polen, Russland, was weiß ich. Er ist ein verschlossener Mensch, aber er hat seine Kontakte.“

„Sie werden ihn finden“, behauptete Gesa, damit er sich beruhigte. Dann fasste sie seinen Oberarm. „Setz dich. Und trink einen Schluck.“

Sie zog ihm einen dieser grauenhaften Schwingstühle heran, die Kirsten angeschafft hatte. Sie musste etwas nachhelfen, bis er sich endlich darauf niederließ.

„Sie ist schon am Freitag verschwunden“, sagte er, die Tasse noch immer unbenutzt in der Hand. Gesa nickte. „Ich weiß.“

„Mein Gott, warum habe ich mich nicht gemeldet? Warum habe ich mein Handy nicht aktiviert?“ Die Tasse in seiner Hand zitterte jetzt.

„Weil das so abgesprochen war. Weil du ihr Gelegenheit geben wolltest, die Sache zu klären. Redolf, das konnte nicht länger so weitergehen. Die ganze Insel sprach über euch.“

„Aber jetzt ist sie tot, und ich bin daran schuld“, seine Stimme brach ein. „Gesa, ich hätte sie damit nicht alleinlassen dürfen. Ich hätte ihn selbst hinauswerfen müssen. Ein Machtwort sprechen, das hab ich nicht getan.“

„Redolf!“ Sie fasste seine Schulter, versuchte ihm Halt zu geben. „Dass die Sache so eskaliert, konnte kein Mensch vorhersehen.“

„Vielleicht doch!“ Er klang verzweifelter denn je. „Ich hätte das sehen und sie schützen müssen. Aber das habe ich nicht. Und nun ist sie tot und wird nicht wieder lebendig.“ Er hielt plötzlich inne, schien das erst jetzt in seiner ganzen Tiefe zu realisieren. „Gesa, ich hab sie verloren. Du weißt, was das heißt.“

Gesa musste schlucken. Sie hatte geahnt, dass der Punkt irgendwann kommen würde. Der Punkt, da es auch sie ankratzen würde.

„Ja“, sagte sie schwer. „Keiner weiß besser als ich, was das heißt.“

Dann nahm sie ihm die Tasse ab, stellte sie auf den Tisch und nahm ihn in den Arm. Manchmal war eine Umarmung doch besser als eine Tasse Tee.

———

Als vor ihm in der Dunkelheit das Ortseingangsschild auftauchte, fuhr Thomas rechts ran und nahm erneut sein Handy zur Hand. Er hatte die Nummer des Leitenden Ermittlers von Stefan bekommen, einem ehemaligen Kollegen, der jetzt in Norddeutschland wohnte. Angeblich war Thomas diesem Carsten sogar mal auf einer Fete begegnet. Wenn ja, war die Erinnerung gleich null.

Thomas hatte es schon zweimal vergeblich versucht, einmal um acht, einmal um halb neun, diesmal ging der Anruf erstmalig durch. Nach dem fünften Klingeln sprang

allerdings die Mailbox an, verdammt. Thomas drückte sie weg. Was jetzt? Er erschrak, als das Handy in seiner Hand plötzlich zu vibrieren begann.

„Wieneke?"

„Carsten Bruns. Ich hatte drei Anrufe dieser Nummer auf meinem Handy."

Eine sehr tiefe Stimme. Mit norddeutschem Dialekt.

„Danke, dass Sie zurückrufen. Ich weiß, dass Sie im Stress sind."

„So ist das. Was gibt's?"

„Wir kennen uns von einer Party beim Kollegen Stefan Habicht in Leer, von ihm hab ich auch deine Nummer." Er war einfach zum Du übergegangen, jetzt da eine private Verbindung hergestellt war. „Er sagt, du leitest mit einem Kollegen die Ermittlungen im Mordfall auf Juist."

Ein kurzes Zögern am anderen Ende der Leitung. „Wir haben gerade einen alten Mann namens Wieneke verhört. Ihr seid nicht etwa verwandt?"

„Mein Vater. Von ihm weiß ich das Nötigste. Auch dass das Opfer aus dem Sauerland stammt. Braucht ihr Unterstützung? Ich bin in Dortmund im KK 11."

Das war nur halbrichtig. Er war für eine Ermittlung der Dortmunder Mordkommission ausgeliehen und kurz vor der Rückkehr ins Bielefelder Drogendezernat. Wenn es nach ihm ginge, könnte das allerdings noch ein bisschen warten.

„Wir brauchen jemanden, der die Todesnachricht überbringt. Ich hätte gleich in Dortmund angerufen."

Thomas versuchte gelassen zu bleiben. „Könnte ich machen, wenn du mir noch ein bisschen Hintergrundinfo gibst."

Bruns begann zu berichten, zunächst zögerlich, dann immer unbefangener. Wann man die Tote gefunden hatte und wo. Wieso die Leiche nach Tagen hochgetrieben war

und warum man von Fremdverschulden ausging. Wann Kirsten Jenssen zuletzt gesehen worden war und warum keiner sie vermisst hatte.

„Am Freitagabend ist sie verschwunden, der Arzt sagt, das könnte gut der Todeszeitpunkt sein. Zu der Zeit war der Ehemann angeblich segeln. Unsere Leute checken das, denn ein Motiv hatte er schon: Das Mordopfer hatte etwas mit einem der Angestellten. Ein Pole. Vielleicht hat der Gatte sich an beiden gerächt."

„Der Pole ist noch nicht wieder aufgetaucht?"

Thomas bemerkte zu spät die Doppeldeutigkeit seines Satzes. Bruns bemerkte sie gar nicht.

„Nein, ist er nicht. Und wenn die Taucher ihn morgen nicht aus dem See ziehen, wird er für uns sehr interessant. Angeblich hat er am Vorabend des Mordes eine Auseinandersetzung mit Kirsten Jenssen gehabt. Das sagt zumindest ein Koch. Wir haben ihn zur Fahndung ausgeschrieben – als wichtigen Zeugen."

Thomas wusste, was das hieß. „In der Wohnung keine Hinweise?"

„Nichts. Und auf der Fähre und im Flieger hat ihn ebenfalls niemand gesehen. Wir krempeln gerade die Insel um und rechnen mit allem. Morgen wissen wir mehr. Zumal wir dann hoffentlich die Telefonauswertung haben."

„Okay, wen soll ich informieren?"

„Die Mutter heißt Erika Riesmann. Wohnt zusammen mit ihrem Sohn Klaus in Brenholthausen. Wernscheider Straße 23."

„Hab ich notiert."

„Ich möchte wissen, was Kirsten Jenssen für eine Frau war. Ob die Ehe immer schon schlecht war. Ob sie von diesem Polen erzählt hat. Ob es andere Konflikte gab."

„Also alles – verstehe."

„Alles – genau. Und ich hätte es gern noch heute Abend."
Thomas hob den Kopf und blickte auf das Ortsschild von
Brenholthausen.

„Müsste klappen", sagte er.

————

So nah waren sie sich schon lange nicht mehr gewesen.
Gesa hielt seine Hand und er sprach. Dass Kirsten gar nicht
so kalt gewesen war, wie alle dachten. Dass sie verletzlich
gewesen war und voller Ängste. Gesa widersprach nicht.
Wahrscheinlich hatte sie viel zu oft widersprochen. Das
Ganze war in einer Katastrophe geendet.

„Ihr anderen habt nur ihre Oberfläche gesehen. Aber ich
– ich konnte in sie hineinsehen – bis auf den Grund." Sein
Haar klebte ihm am Kopf, offenbar hatte er länger nicht
geduscht. Er war ja kaum zu Hause gewesen, als die Todesnachricht hereingekommen war. Jetzt blickte er hoch, seine
Augen waren nach wie vor rotunterlaufen. Gesa sah den
kleinen Bruder, der beim Wenden das Segel an den Kopf
bekommen hatte. Der mit rotziger Nase in den Speisesaal
gelaufen war und dafür vom Vater eine Ohrfeige kassiert
hatte.

„Gesa, es ist anders als alle denken. Kirsten und ich, wir
waren ein Team. Natürlich bin ich froh, dass du mir von
den Gerüchten erzählt hast –"
Gesa zuckte zusammen. „Was hätte ich anderes tun sollen, wenn mich das Personal informiert?"

„Ich bin es, der falsch reagiert hat. Ich hab es Kirsten über-
lassen, dabei wäre es mein Ding gewesen, es zu beenden."
Gesa wollte ihm widersprechen. Es war schließlich Kirsten
gewesen, die Mist gebaut hatte, nicht er. Aber Redolf
schluchzte jetzt nur noch. Gesa fasste ihn fester. In diesem
Moment wurde die Tür aufgerissen.

„Warum sagt mir niemand Bescheid?“

Die Augen ihrer Mutter funkelten. Sie zu übergehen, kam Hochverrat gleich. Gesa hatte trotzdem gehofft, bis zum Morgen Ruhe vor ihr zu haben. Nichts da. Auch wenn ihre Wohnung zwei Straßen entfernt lag, sie war informiert. Der Inselfunk war einfach zu schnell.

Jetzt erst trat sie ganz in den Raum, immer noch eine imposante Erscheinung. Groß und schlank, ihre Arthrose merkte man ihr kein bisschen an.

„Die ganze Insel weiß Bescheid und eure eigene Mutter lasst ihr im Dunkeln?“

Ah, es war wie immer! Was die Leute wohl dachten! Tadine Jenssen fürchtete um ihren guten Ruf. Beziehungsweise um den des Hotels.

Gesa stand auf. „Ich hielt es für besser, dir deinen Schlaf zu lassen, damit du morgen in aller Frische –"

„Papperlapapp! Ihr wolltet mich raushalten!“ Ihre Mutter war sichtlich erregt. „Ist das der Dank, dass euer Vater und ich euch unser Lebenswerk vermacht haben?“

Gesa atmete tief durch. Was kam als Nächstes? Die schwere Geburt? Das entbehrungsreiche Arbeitsleben? Die enttäuschenden Kinder? Mein Gott, wie sie das alles hasste!

„Mutter!“, sie versuchte ihrer Stimme den nötigen Nachdruck zu verleihen. „Redolf hat eben vom Tod seiner Frau erfahren. Hältst du es für angebracht, jetzt über Befindlichkeiten zu diskutieren?“

Das saß. Gesa sah, wie ihre Mutter mit sich rang. Schließlich wandte sie sich Redolf zu. „Mein herzliches Beileid!“

Wenn es nicht so traurig gewesen wäre, Gesa hätte gelacht. Mal schauen, was als Nächstes kam. Die Organisation des Hotelalltags oder die Frage, welche Sprachregelung angebracht war. Es kam anders, leider nicht besser.

„Du wirst darüber hinwegkommen.“

Redolf hob den Kopf. „Nein, das werde ich nicht.“

„Natürlich wirst du das.“ Ihre Mutter trat energisch auf ihn zu. „Auch wenn es dir im Moment unmöglich erscheint. Die Zeit heilt Wunden. Bis dahin musst du dich ablenken, dich in die Arbeit stürzen am besten.“

Gesa konnte ein Schnauben nicht unterdrücken. Genau darum ging es. Dass das Hotel weiterlief. Dass die Gäste nichts merkten. Ihr und Redolf war das schon mit der Muttermilch eingeflößt worden. Als Erstes das Hotel, dann das Hotel und schließlich das Hotel.

„Ich werde das Haus morgen schließen“, sagte Redolf sehr klar. „Die Gäste werden anderweitig untergebracht. Nach der Beerdigung sehen wir weiter.“

Gesas Blick schoss zu ihrer Mutter. Man hätte ihr keine größere Überraschung zumuten können. Den Tod eines Familienmitglieds konnte man verkraften, aber das Hotel schließen? Daran war nicht zu denken.

„Aber –“, setzte sie an.

„Kein aber“, ging Redolf dazwischen. Und seine Augen, obwohl noch immer brandrot, strahlten die Unerbittlichkeit aus, die Gesa sonst nur von ihrer Mutter kannte. „Ich habe mit Beata alles besprochen.“

Das überraschte selbst Gesa. Ihr Bruder hatte auf dem Weg hierher alles geregelt?

Ihre Mutter rang ganz offensichtlich mit sich. „Wenn du meinst“, sagte sie schließlich, dann drehte sie ab.

Redolf sah ihr aufmerksam nach, als wollte er einem möglichen Überraschungsangriff zuvorkommen. Und Gesa wusste plötzlich, dass es stimmte, was er gesagt hatte. Er würde über Kirstens Tod nicht hinwegkommen.

———

„Haus Riesmann" – der Name des Gasthofs war so originell wie die ausgeblichene Schrift an der Hauswand. Das Haus schien seinen Renovierungsnotstand nach draußen auf die Straße zu schreien.

Parkplätze immerhin gab es genug. Der Gasthof hatte mal rosigere Zeiten erlebt. Thomas passierte einen Aufsteller, der den Mittwoch als Schnitzel-Tag deklarierte. Hier konnte man tatsächlich noch wählen zwischen „Zigeuner", „Jäger", „Exotisch" und „Rosi's Spezial". Thomas schätzte, dass sich hinter „Exotisch" ein Ananasring mit Cocktailkirsche verbarg. Bei „Rosi's Spezial" konnte er nur spekulieren.

Die Sauerländer Gasthöfe hatten sich in den letzten Jahren einen Spitzenruf erarbeitet. Zwischen Sterne-Koch und origineller Landhausküche war hier alles zu haben. „Haus Riesmann" allerdings schien an diesem Trend nicht direkt beteiligt.

Als er eintrat, hob sich ein Kopf an der Theke, von dem sich ein „N'Abend" ablöste. Thomas grüßte zurück. Ansonsten: Ein Tisch mit zwei älteren Paaren, die gerade bezahlten. Der Wirt war ein Langer, Schmaler mit wenig Haaren und noch weniger Ausstrahlung. Er trug Jeans und Karohemd, dazu Plastikcrocs. So würde es mit „Haus Riesmann" definitiv nicht bergauf gehen.

Thomas wartete das Abkassieren ab und studierte währenddessen den Laden. An einer Wand hing ein Sparclub-tresor, wie er ihn schon lange nicht mehr gesehen hatte. Auf einem einzelnen Regalbrett standen Pokale des lokalen Fußballclubs, die gut mal hätten abgestaubt werden können. Zwei Wimpel vom Fanfarenchor waren mit Reißzwecken am selben Holzbrett befestigt.

„Neu hier?" Der Thekenhocker konnte noch mehr als nur „N'Abend'.

„Kann man so sagen."

„Dann weißt du nicht, warum hier auf dem Dorf keiner Komasaufen kennt?"

Thomas wartete brav auf die Auflösung. Kam auch.

„Bei uns heißt das Vorglühen."

„Schorsch, hältst du wieder Reden?" Der Wirt war endlich fertig und trug die leeren Teller vorbei. Auf einem konnte Thomas eine Cocktailkirsche erkennen.

„Er ist neu hier", erklärte Schorsch dem Wirt, obwohl der schon in der Küche verschwunden war. „Er kennt sich nicht aus." Schorsch wandte seinen lahmen Blick nun wieder Thomas zu. „Stell dich drauf ein, wir haben hier im Dorf eine Menge zu bieten. Von A wie Apotheke bis B wie Bäckerei."

„Gibt keine Apotheke", kanzelte der Wirt ihn ab, als er ohne Teller zurückkam. „Und eine Bäckerei auch nicht. Was darf's denn sein?"

„Sie sind Klaus Riesmann?", fragte Thomas nach.

Der Wirt guckte alarmiert.

„Thomas Wieneke. Polizeikommissariat Dortmund. Wir müssten mal sprechen."

Der Wirt sprang ihn fast an. „Ist was mit Pascal?"

Thomas kannte das. Der erste Gedanke galt dem eigenen Kind. „Nein, keine Sorge."

In Thomas' Rücken verabschiedeten sich jetzt die zwei Paare. Der Wirt hob abwesend die Hand. Dann sah er zu Schorsch hinüber, dem die Neugier ins Gesicht geschrieben stand. „Und du gehst jetzt mal besser nach Hause."

„Vielleicht kann ich was helfen", zierte er sich.

„Das glaube ich kaum."

Schorsch zog ein Gesicht, stand aber auf und legte einen Schein auf den Tresen. Das schienen hier sehr eingeübte Muster zu sein.

„Komm gut nach Hause!", rief der Wirt, als wollte er doch

noch etwas Versöhnliches sagen.

Schorsch schenkte ihm keinen Blick mehr. „Wer schwankt, hat mehr vom Gehen." Dann war er weg.

„Ist was mit Nicole?", fragte der Wirt, sobald die Tür zugefallen war.

Thomas ging nicht darauf ein. „Vielleicht setzen wir uns einen Augenblick hin?"

Der Mann war maximal nervös, als sie endlich saßen.

„Herr Riesmann, Sie leben allein hier?"

„Nein, nicht allein." Klaus Riesmann zeigte an die Decke. „Meine Mutter. Meine Mutter wohnt oben."

„Verstehe. Und wer ist Nicole -?"

„Meine Exfrau. Ist vor sieben Jahren einfach weg. Von einem Tag auf den anderen. Aber Pascal ist geblieben. Er will das hier alles mal machen."

„Den Gasthof?"

„Ja, er lernt Koch. Im Schmallenberger Raum. Ein todschickes Hotel. Und nachher macht er hier richtig was draus."

„Verstehe." Thomas schluckte hinunter, dass der Bursche dann ein paar hunderttausend Euro mitbringen musste.

„Herr Riesmann, ist Ihre Mutter zu sprechen?"

„Sie ist krank. Liegt oben im Bett. Nicht ansprechbar. Aber warum sind Sie jetzt hier?"

„Wegen Ihrer Schwester."

Der Gastwirt sah ihn verdutzt an. „Kirsten? Wieso?"

„Es tut mir sehr leid." Thomas holte tief Luft. „Ihre Schwester ist tot. Sie wurde ermordet."

Ein Ruck ging durch Riesmanns Körper. „Ermordet? Warum?"

„Es ist zu früh, das zu sagen." Thomas war bereit alles aufzusaugen, was er sah. Jeden Wimpernschlag. Jedes Erröten. Jede Bewegung. Alleine, da kam nichts.

„Kennen Sie Juist?“

Keine Reaktion.

„Herr Riesmann?“

Noch immer nichts. Er stand unter Schock. Hockte einfach nur da und starrte vor sich hin. Sauerländische Trauer.

„Herr Riesmann, waren Sie schon mal auf der Insel?“

Jetzt fuhr er erschrocken hoch. „Ja klar. Da wohnt schließlich meine Schwester.“

„Okay, dann kennen Sie sich aus. Es gibt dort einen Süßwassersee. Dort hat man sie geborgen.“

„Sie wurde – ertränkt?“

„Genaueres wird sich herausstellen.“

„Aber warum ermordet? Warum nicht ertrunken?“

„Herr Riesmann, wann haben Sie zuletzt Kontakt zu Ihrer Schwester gehabt?“

„Kontakt?“

„Ihre Mutter ist sehr krank. Da wird man doch regelmäßig Kontakt gehabt haben.“

„Ab und zu.“

„Wann war zuletzt ab und zu?“

„Irgendwann, ich weiß nicht.“

„Bitte erinnern Sie sich!“

Er fuhr sich über seinen Haarkranz. Die Haare waren zu lang, das sah ungepflegt aus. „Letzte Woche. Sie hat angerufen. Gefragt, wie es ist.“

„Letzte Woche, das ist nicht lange her. Wie verlief das Gespräch?“

„Sie hat angerufen. Gefragt, wie es ist.“

Thomas versuchte die Geduld zu bewahren. „Wie es mit Ihrer Mutter ist, meinen Sie?“

„Ja.“

„Verstehe. Und Ihre Schwester – hat Sie auch etwas erzählt?“

„Nein."

„Sie hat von sich überhaupt nichts erzählt?"

„Vom Wetter vielleicht."

Thomas verzweifelte. „Herr Riesmann, erinnern Sie sich. Sie haben doch mit Ihrer Schwester bestimmt nicht nur übers Wetter gesprochen. Hat sie von Freunden erzählt? Möglicherweise von einem Polen?"

„Einem Polen, wieso?"

„Hat sie oder hat sie nicht?"

Der Wirt schüttelte unwillig den Kopf.

Thomas überlegte, wie es weitergehen konnte. So definitiv nicht. „Hätten Sie einen Schnaps für mich?"

„Was?" Riesmann sah erstaunt hoch.

„Einen Schnaps. Ich brauche einen Schnaps. Für uns ist das auch nicht so einfach. Immer diese Todesnachrichten überbringen."

Riesmann zögerte kurz. „Einen Klaren, meinen Sie?"

„Ganz egal. Hauptsache, ein paar Prozente."

Er stand auf und schlurfte zum Tresen hinüber.

„Und bringen Sie sich auch ein Glas mit. Alleine kann ich nicht trinken."

Riesmann kam zurück, eine Flasche und zwei Schnapsgläschen in den Händen. Den ersten trank Thomas mit. Riesmann füllte sofort wieder die Gläser. Er hatte recht gehabt. Riesmann war Profi. Den zweiten ließ Thomas stehen.

„Wann war Ihre Schwester zuletzt hier?"

„Vor ein paar Monaten, schätze ich."

„Was hat sie erzählt? Wie lief es in ihrer Ehe?"

Riesmann fuhr herum: „Hat Redolf Kirsten ermordet?"

„Das habe ich nicht gesagt. Mich interessiert nur, ob sie glücklich war in ihrer Ehe."

„Glücklich", Riesmann sagte das in einem seltsamen Ton. „Wann ist man schon glücklich?"

„Vielleicht, wenn man den richtigen Mann gefunden hat. War Redolf der richtige Mann?"

„Ja." Riesmann überlegte. „Er hatte ja Geld."

Thomas gratulierte sich zur Schnapsidee. Jetzt wurde mal Klartext geredet. „Ihre Schwester hat wegen des Geldes geheiratet?"

Riesman trank. „Auf jeden Fall wollte sie irgendwo Chef sein." Er machte eine Geste in die Kneipe hinein. „Das hier hat sie verachtet."

„Ist sie deshalb so selten nach Hause gekommen?"

Riesmann zuckte die Achseln. „Man kann ja mit Mama nicht sprechen. Und wegen mir ist sie bestimmt nicht gekommen."

„Hatte sie Feinde?"

„Feinde? Ich weiß nicht. Aber viele Freunde hatte sie nicht."

Thomas ließ das sacken. „Was ist mit Leuten von früher? Kollegen zum Beispiel."

„Sie hat vor ihrer Hochzeit bei Megalux gearbeitet, keine Ahnung, ob sie dahin noch Kontakt hat", Riesmann fuhr sich durchs Gesicht. „In der Schule gab's auch mal jemanden, der ist dann in die Verwaltung gegangen."

„Der Name?"

„Keine Ahnung, zu lange her."

Thomas verlor die Geduld. „Herr Riesmann, wo waren Sie am vergangenen Freitag?"

Sein Kopf fuhr herum. „Warum fragen Sie das?"

„Weil wir das alle fragen, die mit der Toten zu tun hatten. Und Sie sind immerhin ihr Bruder."

Er schüttelte verständnislos den Kopf. „Da, wo ich immer bin. Hier."

Zofia war furchtbar erschöpft und furchtbar überdreht. Sie war schon auf ihrem Zimmer gewesen, aber an Schlafen war nicht zu denken. Schließlich hatte sie entschieden, noch einmal zu Beata zu gehen. Unten im Hotel war ein großes Durcheinander gewesen, jede Menge Polizisten, die hin- und herliefen. Zofia hatte eine Bedienung angesprochen, die gerade das Salatbuffet räumte, das Restaurant wurde wegen des Todesfalls vorzeitig geschlossen. Die Bedienung wusste nicht, wo Beata war. „Vielleicht zu Hause?", vermutete sie.

Wenn sie Glück hatte, hatte Zofia gerade Beatas Zuhause gefunden. Von draußen war gedämpfte Musik zu hören, eins der Fenster stand auf. Ansonsten war es totenstill auf der Insel. Wegen der Uhrzeit. Und weil es hier auf der Insel eigentlich immer totenstill war, wenn man die Wettergeräusche wegrechnete.

An der Hauswand war ein Schild befestigt: *Personalhaus Hotel Friesengold.* Sie war also richtig.

Es gab zwei Klingeln. „*Szymiczek*" stand in ordentlichen Buchstaben auf der oberen, auf der unteren „*Jagda, Daniela, Bronislaw, Ela*", kein bisschen ordentlich. Es hatte auch noch „*Patrycja*" draufgestanden, aber der Name war durchgestrichen worden.

Zofia drückte bei „*Szymiczek*", das musste Beata sein. Nichts tat sich, sie drückte nochmal. Als sich plötzlich die Haustür öffnete, erschrak sie trotzdem.

„Beata nicht da", sagte ein Mädchen mit langem blondem Haar und hellblauer Leggins. Einen Moment später erkannte Zofia darin eins der kichernden Zimmermädchen wieder. Was für ein Unterschied! In Hotelkluft und mit ordentlich zusammengebundenem Haar hatte sie ganz anders ausgesehen!

„Oj!", sagte das Mädchen. Sie hatte Zofia also ebenfalls wiedererkannt.

Hinter ihr trat jetzt ein dunkelhaariger Junge hinzu, der Kellner aus dem Restaurant, heute allerdings in Jogginghose und T-Shirt. „Niespodzianka!", sagte er und lächelte freundlich. Endlich, hier sprach man Polnisch. Zofia fragte nach Beata.

„Scheint nicht da zu sein", der Junge blickte hinter sich auf die Treppe. „Ist wahrscheinlich noch im Hotel bei dem ganzen Schlamassel. Willst du reinkommen und warten?"

„Gern!" Zofia freute sich über das Du. Also war sie doch noch nicht steinalt. Genauso froh war sie, dass sie hereinkommen durfte, vielleicht konnte sie ja auch von den jungen Leuten etwas erfahren.

Die Küche war ein einziges Chaos. Da stand ein geöffnetes Glas Marmelade auf dem Tisch, zwei Packungen Milch und alte Brötchen. Überall benutzte Teller und Gläser, die Spüle war vollgestellt mit dreckigem Geschirr.

„Es ist etwas unaufgeräumt", sagte das Mädchen und begann den Tisch freizuräumen. Allerdings wusste sie gar nicht, wohin mit dem Zeug.

„Ganz egal", sagte Zofia und setzte sich hin. „Ich bin froh, dass ich hier bin." Das stimmte. Es war bei dem ganzen Chaos gemütlich in der Küche. An der Wand hing ein Poster mit einer Musikgruppe, die sie nicht kannte. Darunter eine Leine, an der mit Wäscheklammern Fotos aufgehängt waren. Gegenüber ein Poster mit einer Seenlandschaft. Waren das die Masuren?

„Du kennst Janek", sagte der Junge. „Im Hotel erzählen sie, dass er dein Bruder ist."

„Nein, nicht mein Bruder", beeilte sich Zofia zu sagen. „Wir kommen aus demselben Dorf, mehr nicht."

Der Junge sah sie an, als wollte er überprüfen, ob das stimmte. Zofia fühlte sich unwohl.

„Ich bin Broni", sagte er und gab ihr die Hand. „Und das

ist Jagda." Das Mädchen mit den langen blonden Haaren schaute hoch, immer noch verlegen.

„Ich bin Zofia."

„Zofia, okay", Broni lächelte. Zofia versuchte, sein Alter zu schätzen. Er war älter als das Mädchen, Mitte, Ende zwanzig vielleicht. „Zofia, du siehst aus, als könntest du einen Wodka vertragen."

Zofia stutzte. Wie musste sie aussehen, dass dieser junge Mann so etwas sagte?

„Nuja", sagte sie zögernd.

Broni griff in den Schrank. „Habe ich von zu Hause mitgebracht. Ich bin erst seit letzter Woche wieder hier auf der Insel."

„Die wollten wir mit Dani und Ela trinken", warf Jagda ein.

„Dann hol sie runter. Heute ist ein besonderer Tag. Ein besonders schlimmer", fügte er hinzu.

Jagda zog los. Broni suchte inzwischen ein paar Gläser zusammen und begann sie zu spülen. Zofia hörte, wie eine Zimmertür ging, dann, wie die Musik ausgemacht wurde, die sie von draußen gehört hatte. Kurz drauf erschien ein weiteres Mädchen in der Küche, sie trug ein langes T-Shirt und Slip.

„Zieh dir mal was an!", sagte Broni. „Wir haben Besuch."

Sie maulte ein bisschen, zog aber ab und kam keine Minute später in einer knatschengen Jeans zurück.

„Dani – Zofia", stellte Broni vor. „Was ist mit Ela?"

„Pennt."

„Selbst schuld, dann müssen wir ohne sie trinken." Er füllte reichlich Wodka in die Gläser. Es waren alle Formen dabei. Ein schmales, ein dickes, ein ehemaliges Senfglas und eins für Wein.

„Auf die Chefin", sagte Broni pathetisch. „Niemand hat es

verdient, so zu sterben."

Zofia schaute ihn an, während sie den ersten Schluck nahm. Das war ein komischer Satz.

„Wie war sie, die Chefin?", fragte sie nach.

Die drei jungen Leute blickten sich an.

„Schön", sagte schließlich Broni.

„Arrogant", meinte Jagda.

„Ehrgeizig", fügte Dani hinzu. „Unser Küchenchef sagt, sie wollte das Hotel modernisieren. Eine Wellness-Etage oben auf dem Dach. Sie war voller Pläne. Anders als der Chef. Der ist gemütlich."

„Der ist auch nicht so sportlich wie sie", sagte Jagda. „Die Chefin hatte eine tolle Figur."

Das Mädchen sagte das, als wollte es zumindest eine gute Sache über die Tote loswerden.

„Früher ist sie dreimal die Woche joggen gegangen", erklärte nun Dani. „Immer dieselbe Strecke über den Strand Richtung Loog, am Hammersee vorbei, dann um den See herum und über die Billstraße zurück. Das sind locker zehn Kilometer."

„Dreimal in der Woche?", wiederholte Zofia ehrfürchtig. „Aber dann hat sie es irgendwann nicht mehr gemacht?"

„Es gab Gerüchte", erklärte Dani, „ob sie vielleicht schwanger ist. Oder schwanger werden will und deshalb nicht mehr läuft. Irgendwann hat sie dann wieder angefangen mit dem Sport, aber unregelmäßig. Da gab es dann ein neues Gerücht: Es wird nichts mehr mit einem Kind."

„Hier auf der Insel wird viel geredet", erklärte Broni. „Die Chefin ist schwanger. Die Chefin ist nicht schwanger. Die Chefin kann nicht schwanger werden. Der Chef kriegt es nicht hin."

„Broni!", sagte Jagda tadelnd, grinste aber dabei. Broni war offenbar sehr geradeheraus.

„Ihr seid es doch, die am meisten tratschen“, verteidigte der sich und nahm einen Schluck.

„Am Freitag ist sie jedenfalls auch joggen gegangen“, kam er danach aufs Thema zurück. „Der Tag, an dem sie verschwand. Sie ist los, obwohl das Wetter nicht gerade toll war. Und dann ist sie nicht mehr wiedergekommen.“

„Moment!“ Zofia setzte sich auf. „Als sie joggen ging, hat man sie das letzte Mal gesehen?“

„Ja, davon ist sie nicht wiedergekommen.“

„Aber wie konnte man dann denken, sie sei mit Janek geflüchtet?“

„Naja, erstmal hat ja niemand bemerkt, dass sie weggeblieben ist“, verteidigte sich Broni. „Ich glaube, erst am Sonntag oder Montag hat man es gecheckt. Und dann wurde herumgefragt. Nach dem Joggen hatte niemand mehr die Chefin gesehen und Janek war auch wie vom Erdboden verschluckt. Da hat man dann Puzzleteil für Puzzleteil zusammengesetzt.“

„Und in dem Puzzle hat Frau Jenssen die Insel in Joggingsachen verlassen?“, fragte Zofia ungläubig nach.

„Ist doch klar, sie wollte es möglichst unauffällig machen.“ Jagda ging sich gelangweilt durchs Haar. „Die hat ihre Sachen vorher irgendwo versteckt.“

„Okay“, Zofia lenkte ein, obwohl sie fand, dass die jungen Leute etwas vorschnell waren mit ihren Schlüssen. „Hat jemand sie gesehen, als sie in Joggingsachen das Hotel verlassen hat?“

„Ich!“ Broni hob die Hand, als müsste er aufzeigen. „Ich war im Service und hab sie durchs Fenster loslaufen sehen. Das war vorm Abendessenstart, gegen viertel vor sechs.“

„Hast du sonst noch etwas bemerkt? Jemanden, der kurz nach ihr losgegangen ist?“

„Nicht dass ich wüsste. Aber kurz drauf kamen auch die

Gäste und es war eine Menge zu tun. Und dann suchte noch jemand seinen Mantel. Ich hätte es nicht mitbekommen, wenn ihr jemand gefolgt wär."

Zofia nickte stumm und ließ sich das durch den Kopf gehen. Doch dann sagte Dani plötzlich in die Stille hinein: „Das sind Fragen wie bei der Polizei."

„Stimmt!", pflichtete Jagda ihr bei.

Zofia merkte, wie ihr die Röte ins Gesicht stieg.

„Hat die Polizei dich undercover eingesetzt?", fragte Broni frei heraus.

„Um Gottes willen", Zofia schüttelte den Kopf. „Es ist nur so, die Polizei wird denken, dass Janek Frau Jenssen umgebracht hat."

„Echt?" Jagdas Augen waren tellergroß.

„Was hast du denn gedacht?" Broni verschränkte die Arme. „Die beiden hatten was miteinander. Entweder war es Janek oder der Chef."

„Der Chef? Nie im Leben!" Dani schüttelte energisch den Kopf. „Der hat seine Frau doch auf Händen getragen."

Broni schnaubte. „Umso schlimmer, wenn sie dann fremdgegangen ist."

„Der Chef war segeln", sagte Dani bestimmt. „Also war es Janek."

„Seht ihr", Zofia hatte dem Schlagabtausch hilflos zugehört. Hier flogen die Beschuldigungen wie auf einem Handballfeld umher. „Alles läuft auf Janek hinaus. Aber seine Schwester will das nicht glauben. Sie ist meine beste Freundin, ich habe eben mit ihr geskypt."

Die jungen Leute schwiegen betreten.

„Sie kann nicht herkommen, weil ihre Mutter sehr krank ist. Ich habe ihr versprochen hierzubleiben, für den Fall, dass sich etwas Neues ergibt."

Zofia dachte nicht gern an das Gespräch zurück. Kaja

rechnete mit allem – zum Beispiel, dass man auch Janeks Leiche noch fand. Oder dass er als Hauptverdächtiger galt.

„Sie bleibt in Polen, falls Janek dort auftaucht – und ich frage herum, um herauszufinden, was sich am Freitag wirklich abgespielt hat.“

„Verstehe“, meinte Dani. „Deshalb fragst du wie die Polizei.“

Zofia nickte und sah in die Runde. Die Sache schien jetzt in Ordnung zu sein. „Erzählt mir mehr über Janek“, wagte sie sich vor. „Er war am Freitag nicht im Hotel?“

„Nein“, meinte Broni. „Es hieß, er sei krank. Ich hab ihn den ganzen Freitag nicht gesehen.“

„Aber vielleicht hat sein Fernbleiben auch andere Gründe gehabt“, Jagda lehnte sich zurück. „Am Donnerstagabend hat Manni aus der Küche einen Streit mitbekommen. Die Chefin hat zu Janek gesagt, sie wolle darüber nicht diskutieren. So wäre es nun mal.“

„Worüber wollte sie nicht diskutieren?“

„Keine Ahnung. Manni hat nur diesen einen Fetzen mitbekommen. Aber im Hotel war man sich einig, dass die Chefin Schluss gemacht hat. Und dass Janek deshalb nicht mehr kommt – oder kommen soll.“

Zofia schluckte. Das war alles so erdrückend für Kajas Bruder. „Wo wohnt Janek? Hier in der Nähe?“

„Gar nicht.“ Broni trank sein Glas aus. „Er wohnt drüben im Loog. Mit Matus zusammen, unserem Haustechniker. Das Haus liegt neben dem Inselmuseum.“

„Früher hat Beata dort gewohnt“, Dani zeigte an die Decke. „Aber im letzten Herbst ist sie hergezogen, damit sie besser auf uns aufpassen kann.“

„Sie wohnt hier mit euch?“ Zofia blickte auf das Chaos in der Küche.

„Sie hat oben eine eigene Wohnung“, erklärte Broni und

verdrehte die Augen. „Trotzdem kommt sie dauernd runter und motzt.“

„Sodom und Gomorra“, ahmte Jagda sie nach. Alle lachten, und Zofia lachte mit. So langsam fiel etwas Spannung von ihr ab. Es tat gut, mit diesen unbeschwerten, jungen Leuten zusammen zu sein.

„Gott sei Dank arbeitet sie sechzehn Stunden am Tag“, meinte Dani. „Sonst hätten wir ein noch größeres Problem.“

Broni schenkte Wodka nach. „Na zdrowie!“, sagte er. Zofia war die Einzige, die noch nicht ausgetrunken hatte. Sie holte das nach, der Tag war wirklich eine Katastrophe gewesen.

„Kennt ihr Janek näher?“, fragte sie dann. „Und kommt ihr mit ihm klar?“

Die Mädchen winkten ab, nur Broni wiegte den Kopf. „Er spielt ja beim Abendessen Klavier – und manchmal auch noch später in der Bar. Das heißt, wir sind oft in einer Schicht. Aber Janek ist eigen, er sucht keinen Kontakt. Er macht seine Musik und dann ist er weg.“

„Er hält sich für was Besseres und grüßt kaum“, meinte nun Dani und zog ihr Bein hoch auf den Stuhl. „Ich glaube, er kommt sich vor wie ein verkanntes Genie.“

In Zofia brannte es. Der Wodka und noch viel mehr. Sie wusste, was die Mädchen meinten. Janek war immer unnahbar gewesen und dadurch sehr begehrt.

„Der ist ein Weichei“, unterbrach Broni ihre Gedanken. „Manchmal wollte Matus ihn rannehmen. Fenster reinigen, Parkettboden schleifen, sowas. Aber immer hat Janek nach kurzer Zeit eine Ausrede gehabt. Hexenschuss. Sehnenscheidenentzündung. Mädchenschnupfen. Ich weiß nicht, wie nah du ihm stehst, aber in meinen Augen ist er eine Pfeife.“

Zofia nahm einen Schluck. „Ist schon in Ordnung.“

„Matus hat Rückenprobleme, im Grunde ist er zu alt für manche Sachen.“ Broni kam jetzt in Fahrt. „Aber Janek lässt ihn trotzdem schleppen und auf die Leiter steigen. Eine Schande ist das.“

Zofia ließ das alles auf sich wirken. Ja, so war er. So war er immer gewesen. Verwöhnt und selbstmitleidig und mit sich selber beschäftigt. Umso erstaunter war sie gewesen, dass Janek ihr mit Geld hatte aushelfen wollen.

„Hat Janek auch Freunde? Also, Leute, mit denen er auskommt? Die Polen hängen doch bestimmt immer zusammen.“

„Hmmh, die Älteren sind nicht so eng wie wir Jungen. Wir sind ja auch viel mehr. Wenn die Saison richtig losgeht, kommen noch zig Leute in unserem Alter. Wir machen das hier ein paar Jahre und dann ist es in der Regel vorbei. Von den Älteren sind aber ein paar hier hängengeblieben. Matus, Beata, Bartosz –“

„Bartosz, genau!“ Jagda kringelte ihr langes Haar um den Finger. „Der kann mit Janek, auch wenn sie sich meistens nur anschweigen. Keiner von beiden hat eine Menge zu sagen.“

„Kennst du den Barmann?“, fragte Broni an Zofia gewandt. „Man kann ihn kaum übersehen. Glatze und groß.“

„Der ist auf dem Festland“, schnodderte Jagda, bevor Zofia den Kopf schütteln konnte. „Kommt erst Ende der Woche zurück.“

Zofia hakte ihn innerlich ab. „Hat Janek noch andere Kontakte? Vielleicht außerhalb des Hotels?“

„Er hat schon mal in der Kirche die Orgel gespielt“, fiel es Dani ein. „Ich glaube, er kommt mit der jungen Pastorin gut klar.“

„In der evangelischen Kirche?“ Zofia war überrascht.

„Ja, unsere Seniorchefin hat ihn mal angesprochen, als

dort Ersatz gesucht wurde. Janek hat damit kein Problem."

Broni beugte sich vor. „Bestimmt hat er auch was mit der Pastorin!"

„Wirklich?", fragte Zofia nach.

„Quatsch!", krähten die beiden Mädchen fast gleichzeitig los.

„Broni erzählt häufig Mist!", fügte Dani noch hinzu.

Der streckte ihr die Zunge heraus. Der Alkohol schien schon zu wirken.

„Sonst keine Kontakte?", fragte Zofia noch einmal.

„Naja, er spricht schon mal mit Gästen." Broni versuchte, wieder einen seriösen Eindruck zu machen. „Die quatschen ihn regelmäßig an, wenn sie einsam sind oder zu tief ins Glas geschaut haben. So ähnlich war es auch am Mittwoch, da hat er mit dem Exmann der Verrückten gequatscht."

„Der Verrückten?", Zofia zog die Stirn kraus.

„Das ist eine Künstlerin hier aus dem Ort", Dani wirkte verlegen. „Sie sitzt manchmal abends in der Bar und spricht mit sich selbst. Deshalb heißt sie bei uns ‚die Verrückte'."

„Sie heißt Ann", erklärte Broni. „Den Nachnamen weiß ich nicht. Sie hat mir mal entgegengehaucht: *Sag einfach Ann!*"

Den letzten Satz hatte er verführerisch geflüstert. Die Mädchen lachten und Zofia lachte wieder mit. Der Wodka tat einfach gut.

„Von dir wird sie nichts wollen", feixte Jagda. „Sie schmachtet immer Janek an, wenn sie in der Bar sitzt."

Zofia war sofort auf dem Sprung. „Stimmt das wirklich?", fragte sie nach.

„Kommt mir so vor."

Zofia speicherte das ab. Eine Künstlerin. Die Janek verehrte.

Dann wandte sich plötzlich Dani an sie: „Wenn das

für dich alles so interessant ist mit Janek und so – mir ist am Freitagmorgen etwas aufgefallen, an dem Tag, als die Chefin nicht mehr zurückkam." Dani räusperte sich. „Ich hab die Chefin im Park gesehen mit jemandem, den ich nicht kannte."

„Im Park?" Zofia konnte ihre Aufregung kaum verbergen. „Vorne im Kurpark?"

„Nein, im Januspark. Drüben beim Teehaus. Sie saßen auf einer Bank, obwohl es dazu viel zu kalt war."

„Weißt du noch, wie er aussah?"

„Naja, ganz normal. Ziemlich alt, bestimmt über vierzig."

„Sonst noch etwas? Haarfarbe, Brille, Statur?"

„Er hatte eine Mütze auf und keine Brille. Mehr kann ich leider nicht sagen."

„Trotzdem: Du musst mit der Polizei sprechen. Vielleicht ist der Mann wichtig."

Dani überlegte. „Kann ich machen, wenn's sein muss."

„Vielleicht einfach ein Gast?", fragte Jagda.

„Mit dem sie sich da im Park unterhält? Nee, die haben sich extra getroffen."

Zofias Herz schlug. Das konnte etwas sein! Zum ersten Mal etwas, das nicht mit Janek zu tun hatte!

„Achtung, sie kommt!" Broni hatte aus dem Fenster geblickt und offenbar etwas bemerkt. Sein Satz war wie ein Kommando. Plötzlich lief alles wie am Schnürchen. Jagda sprang auf und sammelte die Wodkagläser ein. Broni stellte die Flasche in den Schrank. Dani teilte Kaugummi aus. Zwanzig Sekunden später saßen sie um den Tisch, als hätten sie sich zum Kaugummikauen getroffen. Sie lauschten, als die Haustür aufging. Man hörte Schritte, dann, wie jemand stehen blieb. Schließlich das Knarzen der Treppe.

„Aber Sie wollten doch mit Beata sprechen!", zischte Jagda über den Tisch.

„Stimmt", flüsterte Zofia, so aufgeregt wie ein Kind, das im Versteck saß und sich vor Aufregung fast in die Hose machte. „Aber vielleicht doch besser nicht heute."

Er wollte nicht aufstehen, nie mehr. Er war auf Baltrum gestrandet; diese Erkenntnis hatte ihn in der Nacht gelähmt und lähmte ihn noch jetzt. Er kannte die Insel flüchtig, er war schon zu einem Konzert hier gewesen. Die kleinste der Ostfriesischen Inseln – unmöglich, unbemerkt von hier zu entkommen!

Frustriert drehte er sich auf die Seite. Immerhin, er hatte ein Quartier. Nachdem er das Boot versenkt hatte, war er ein befestigtes Strandwerk hinaufgekrochen. Er war also im Westen der Insel gelandet. Nicht weit davon begann die Bebauung, dunkle Häuser, die unbewohnt dalagen, die Saison ließ noch auf sich warten. Gleich im ersten hatte er Glück gehabt: die Haustür war nicht verschlossen gewesen! Baltrum war noch vertrauensseliger als Juist.

Drei Wohnungen hatte es gegeben, zwei unten, eine oben. Er hatte die obere Wohnung genommen, dort die nassen Kleider ausgezogen und lange heiß geduscht, in der Hoffnung, dass trotz Unterkühlung das Fieber nicht zurückkommen würde. Das Fieber war zurückgekommen, aber nicht mehr so schlimm wie zuvor.

Noch in der Nacht hatte er nach Lebensmitteln gesucht. Im Küchenschrank hatte Zucker gestanden, mehr nicht. Aus purer Verzweiflung war er in die unteren Wohnungen gegangen und hatte auch dort die Schränke durchsucht. Tatsächlich war er fündig geworden. Eine halbe Packung liegengebliebener Spaghetti, ganz hinten im Schrank, außerdem Tee und eine Tafel Schokolade. Er hatte sich daraus ein Festmahl bereitet.

Und dann hatte er geschlafen, den Rest der Nacht, den

ganzen heutigen Tag. War zwischendurch immer wieder aufgeschreckt mit dem Gefühl, dass jemand ins Haus gekommen war. Bislang hatte sich die Befürchtung nicht erfüllt.

Fortwährend geisterten Fragen durch seinen Kopf. Was war am Freitagabend passiert? Und würde die Wahrheit herauskommen?

Mit Macht schob er die Gedanken immer wieder beiseite. Er musste sich aufs Durchkommen konzentrieren: Aufstehen, etwas gegen den Hunger tun, einen Weg finden, von dieser Insel zu verschwinden. Das ging nur im Dunkeln. Bestimmt wurde er inzwischen überall gesucht.

Widerwillig stand er auf, warf einen Blick in den Spiegel – und erschrak bis auf die Knochen! Das fahle Gesicht, die Bartstoppeln, die glasigen Augen. O Boże, was war aus ihm geworden? Niemand durfte ihn sehen.

Am Hafen der Schock, keinerlei Boote, hier legte nur die Fähre an, der Yachthafen musste anderswo sein. Er ging ein bisschen herum, fand eine Tafel, an der der Fährplan ausgehängt war. Wenn er es bei dem schlechten Licht der Laterne richtig erkannte, ging morgen Nachmittag eine Fähre zum Festland. Sollte er es wagen?

Erstmal musste er essen. Der Hunger trieb ihn in den Ort. Das Hotel nahe dem Fährhafen hatte zu. Im schlimmsten Fall war außerhalb der Saison alles geschlossen! Und dann doch ein kleiner Gasthof, „Zum Seehund“. Durch die Fenster drang schummriges Licht. Er sah sich um, niemand auf der Straße. Deswegen traute er sich, durch die Scheibe zu spähen. Im Schankraum saß ein Paar vor leergegessenen Tellern, sofort überkam ihn ein Hungergefühl. Dann erst entdeckte er eine weitere Person hinter der Theke, direkt ihm gegenüber. Erschrocken wich er zurück, lief ums Haus herum, am Eingang vorbei. Hinten war ein weiteres Fenster erleuchtet. Ein Raum wie ein kleines Wohnzimmer, aber vollgestellt

mit Tischen. Und ringsum auf Wandregalen Töpfe, nein Schüsseln, hier sammelte jemand Suppenterrinen. Niemand saß da, auf der Insel aß man früh, offenbar wurde hier gleich geschlossen. Trotzdem überkam ihn plötzlich Sehnsucht. Nach Wärme, nach dem Lachen seiner Schwester, nach einem urek, der Mehlsuppe, die seine Mutter immer gekocht hatte. Was hätte er darum gegeben, jetzt zu Hause zu sein!

Plötzlich Stimmen, er sprang zur Seite, drückte sich an die Hauswand. Das Paar verließ das Lokal, ging schnellen Schrittes davon. Ein Glück, dass er nicht entdeckt worden war!

Er lief weiter, ließ sich einfach treiben, von seinem Gefühl und vom Wind. Vielleicht sollte er weitere Türen austesten, weitere Ferienapartments nach Lebensmitteln durchsuchen. Dann der nächste Gasthof, „Skippers Inn". Von drinnen war Musik zu hören, Gelächter. Es sah heimelig aus, alles zog ihn nach drinnen. Aber dann sah er den Müll. Direkt am Weg, er sollte bestimmt am nächsten Tag von der Müllkutsche abgeholt werden.

Verstohlen sah er sich um, und dann traute er sich. Hob den Deckel hoch, fand alles, was er brauchte. Er aß mit bloßen Händen und direkt aus der Tonne. Er aß, bis er sich fast übergab. Wer wusste schon, wann er wieder etwas bekam?

4

Es war derselbe Frühstücksraum. Es waren dieselben Menschen. Und doch war heute alles anders. Die Stimmung gedrückt, der Geräuschpegel gedämpft und sogar die Holzmöwe, die in einem Bett aus Sand und Muscheln auf dem Fensterbrett stand, wirkte betrübt.

Anton hatte schon Rührei mit Speck gegessen und ein großes Glas Friesentrunk genommen, einen Obstsaft, der mit Getreide versetzt war. Zofia dagegen hielt sich zurück, sie hatte nur einen Kaffee vom polnischen Kellner entgegengenommen.

„Habe ich schrecklich geträumt“, hatte sie zur Erklärung gesagt. „Alle Menschen waren ohne Gesicht.“

Der Kaffee immerhin hatte sie in einen passablen Zustand versetzt, so dass sie den gestrigen Abend Revue passieren lassen konnten.

„Wir haben eine Menge zu tun“, fasste Anton am Ende zusammen. „Das Wichtigste: Mit wem hat Kirsten Jenssen sich am Freitag getroffen?“

Zofia nickte müde.

„Außerdem sollten wir uns mit ein paar Leuten unterhalten: Mit der evangelischen Pastorin, mit Janeks Mitbewohner und mit dieser Künstlerin, die ihn angehimmelt hat.“

Zofia nickte wieder, wirkte aber nicht überzeugt. „Bin ich nicht sicher – können wir das? Schon gestern die jungen

Leute meinten, ich frage herum wie Polizei. Ganz fremde Menschen werden nicht mit uns sprechen."

„Wir sollten es probieren", schlug Anton vor. „Es ist doch das Natürlichste der Welt, dass Sie an Janeks Schicksal interessiert sind."

„Hmmh", Zofia wirkte noch nicht überzeugt.

„Wir haben nichts zu verlieren", legte Anton nach, „und wenn Sie Kaja helfen wollen, ist es das Mindeste, es zu versuchen."

„Da haben Sie recht", Zofia nickte geschlagen, nur um doch noch einmal ihr besorgtes Gesicht aufzusetzen. „Aber was ist mit Ihnen? Bestimmt Sie wollen nach Hause. Oder wenigstens Urlaub machen, wenn Sie schon mal sind hier."

„Mache ich den Eindruck, als läge ich gerne auf der faulen Haut?"

Jetzt zog sich doch ein Lächeln über Zofias Gesicht. „Nein, wirken Sie, als wollten jeden Tag Sie heimlich Kutschfahrten machen."

„Na bitte, dann sind wir uns einig. Es ist mir ein Vergnügen, hier ein wenig Sand aufzuwirbeln."

Zofia machte ihr kariertes Gesicht. „Wie meinen Sie?"

Es war keine Zeit für eine Erklärung, da bimmelte plötzlich ein Glöckchen. Anton drehte sich mühsam in den Raum.

„Darf ich einen Augenblick stören?" Es war die Schwester des Hotelchefs, die sich da Gehör verschaffte. Sie hielt tatsächlich ein Glöckchen in der Hand, eins wie Anton es früher an Heiligabend verwendet hatte, um die Kinder zur Bescherung zu rufen.

„Sie wissen bestimmt, dass unsere Familie von einem entsetzlichen Todesfall heimgesucht wurde. Die genaueren Umstände werden polizeilich untersucht, deshalb die Unruhe bei uns im Haus. All dies möchten wir Ihnen nicht länger zumuten. Außerdem benötigt unsere Familie Zeit, um

sich mit dem schrecklichen Vorfall auseinanderzusetzen. Bitte haben Sie Verständnis, dass wir unser Haus bis auf Weiteres schließen."

Gemurmel setzte ein.

„Wir bedauern sehr, Ihren Urlaub auf diese Weise zu erschweren, doch werden wir alles Menschenmögliche tun, um Sie auf der Insel anderweitig unterzubringen."

Wieder Gemurmel. Wahrscheinlich diskutierten die ersten, ob sie nicht lieber abreisen sollten.

„Dass wir bereits gezahlte Übernachtungen erstatten, versteht sich von selbst. Unsere Mitarbeiter werden zudem mit jedem von Ihnen nach Unterbringungsmöglichkeiten suchen. Viele Hotels auf der Insel sind leider noch wegen Renovierungsarbeiten geschlossen, doch das *Grandhotel Meerblick* hat uns Kapazitäten zugesagt."

„*Grandhotel Meerblick?*", flüsterte Zofia mit weit aufgerissenen Augen. „Ich habe es gesehen, es hat mehr Sterne, als man im Himmel finden kann."

Anton musste grinsen. Vorn kam jetzt der Abschluss.

„Bitte haben Sie Verständnis für unsere Entscheidung und bleiben Sie uns trotz der Widrigkeiten treu! Herzlichen Dank!"

Heftiges Gemurmel setzte ein. Ein paar Leute standen auf und steuerten auf die Sprecherin zu. Um sich zu beschweren, fragte sich Anton, oder um zu kondolieren?

„Und jetzt?", Zofias Stimme belegte, dass der Weltuntergang unmittelbar bevorstand. Seine Pflegekraft schien ganz schön mit den Nerven am Ende zu sein.

„Es wird sich etwas finden", Anton versuchte Zuversicht in seine Stimme zu legen. „Ich habe schon eine Idee."

„Ich gehe nicht in den Grandhotel", Zofia verschränkte die Arme. „Ist zu teuer für uns. Da kostet eine Nacht –", sie verdrehte pathetisch die Augen, um zu demonstrieren, dass

man die Summe unmöglich aussprechen konnte.

„Geben Sie mir doch mal mein Portemonnaie!", bat Anton sie. Es lag neben ihnen auf dem Fensterbrett. Zofia reichte es herüber.

„Hier ist eine Karte von einer Pension. Allerdings ist es eine Art Seniorenpension."

„Seniorenpension?"

„Für alte Leute. Ich brauche mein Handy. Vielleicht kann ich uns da etwas buchen."

Zofia sah ihn mit großen Augen an. „Einen Respekt!", sagte sie.

Das mit dem Respekt hatte sich schnell erledigt. Lukas hatte nur ein Zimmer frei, nicht zwei.

„Gerade noch eins vergeben", hörte Anton ihn sagen. „Aber dafür alles behindertengerecht. Pflegebett. Barrierefrei. Hilfe beim Waschen und Anziehen."

Anton überlegte. Fremde Hilfe war er nicht gewohnt. Andererseits, vielleicht war es nicht schlecht, sich daran zu gewöhnen. „Nehme ich", sagte er knapp.

Als er das Gespräch beendet hatte, sah er Zofia herausfordernd an. „Jetzt müssen Sie allein ins Grandhotel. Aber keine Sorge, ich übernehme die Kosten."

„Auf gar keinen Fall!" Zofia holte tief Luft und Anton wusste, was jetzt kam. Dass sie nur annahm, was sie sich erarbeitet hatte. Dass sie lieber am Strand schlief, als in diese Luxusherberge zu gehen. Er wollte einwenden, dass es bestimmt Absprachen gab und damit Angebote, die nicht teurer waren als dieses Hotel. Doch weder Zofia noch er kamen dazu, etwas zu sagen. Da stand jemand neben ihrem Tisch. Feiko Harms. Der Mann von der Fähre. Der Mann, mit dem Zofia zu einem Ausflug unterwegs gewesen war. Der Mann, mit dem sie die Leiche gefunden hatte. So etwas verband.

Anton lehnte sich zurück und atmete tief durch. Das war Zofias Angelegenheit, ihn ging das nichts an.

„Guten Morgen!“ Harms zog sich einen Stuhl vom Nachbartisch heran und bedachte Zofia mit einem traurigen Blick. „Ich wollte nur fragen, wie es Ihnen heute geht.“

„Nu ja“, sie lehnte sich zurück. „Habe ich schon besser geschlafen.“

„Es tut mir so leid!“ Er rieb sich das Gesicht. „Hätte ich diesen Ausflug nicht vorgeschlagen, wäre Ihnen das alles erspart geblieben.“

„Ist nicht Ihre Schuld! Sie haben etwas Schönes geplant. Die Frau war tot. Irgendjemand musste sie finden.“

„Danke, dass Sie das so sehen.“ Dieser Harms berührte kurz Zofias Arm. „Ich fürchte nur, die Bilder werden uns noch lange begleiten.“

Uns. Da war sie, die gemeinsame Verbindung. Eben noch hatte Anton sich auf gemeinsame Recherchen mit Zofia gefreut. Nun fühlte er sich plötzlich außen vor.

„Jetzt gerade wir haben ein anderes Problem“, konnte Zofia ihre Sorgen nicht für sich behalten. „Das Hotel wird geschlossen. Müssen wir uns eine neue Unterkunft suchen.“

„Ich habe es gehört. Aber angeblich werden alle Gäste an andere Häuser vermittelt.“

„Sie haben von einen Grandhotel gesprochen. Aber da will ich nicht hin. Kennen Sie nicht einen kleinen günstigen Pension?“

Feiko Harms überlegte. Er sah dabei einmal zu Zofia und dann zu ihm, Anton, herüber.

„Ich hatte gerade eine Idee“, sagte er schließlich, „aber das wird leider nicht gehen. Ich bin ein paar Tage auf dem Festland und könnte Ihnen meine Wohnung anbieten. Aber sie liegt im ersten Stock und die Treppe ist tückisch.“

„Das geht gut!“, rief Zofia. „Herr Anton ist in einen Pen-

sionärenpension. Ich brauche nur ein kleines Zimmer zum Schlafen. Das ist bei Ihnen sicher nicht teuer?"

„Nein, ist es nicht", sagte Feiko Harms. „Genaugenommen ist es umsonst."

Zofia sah jetzt doch zu Anton herüber. Sie wollte sein Okay.

Er schaffte ein Lächeln. „Das ist doch wunderbar", versicherte er. Und sagte sich, dass der Mann von der Fähre wirklich sehr nett war. Vor allem, weil er jetzt erstmal die Insel verließ.

———

Als Thomas das Haus betrat, atmete er tief ein. Und stellte einmal mehr fest: Das Markanteste am Haus seiner Kindheit war der Geruch. Altes Holz lag darin, ein bisschen Küche, eine Note von Kamin. Der Geruch hatte sich über Jahrzehnte im Grundton nie geändert, doch seit Zofia hier wohnte, war etwas hinzugekommen. Ein Hauch von Frühling und Frische und Leichtigkeit. Vielleicht hatte es mit dem Deo zu tun, das sie aus Polen mitgebracht hatte, oder mit ihrem Shampoo. Viel wahrscheinlicher aber mit ihrer Haut, ihrem Lachen, ihren Sorgen. Mit einem Mal durchfuhr ihn eine solche Sehnsucht nach ihr, dass es ihn schauderte.

Er riss sich zusammen, legte die Brötchen auf den Tisch, zog seine Jacke aus. Dass er sich überhaupt Frühstück besorgt hatte, anstatt nachher an irgendeiner Bäckerei zu halten und sich einen Kaffee im Pappbecher zu kaufen! Offenbar wurde er alt.

Dann endlich summte das Handy. Er riss es aus der Jackentasche, Carsten.

„Moin. Hab gestern nicht mehr zurückrufen können. Hier ist es ziemlich turbulent."

Thomas war sofort hellwach. „Gibt's etwas Neues?"

„Jede Menge. Jemand hat festgestellt, dass sein frisch renoviertes Ferienhaus in den letzten Tagen benutzt worden ist. Die Spurensicherung ist dort, vermutlich hat Janek Sinkiewicz sich dort eine Weile versteckt. Denn", Carsten machte eine Kunstpause, „hinter dem Haus stand ein Schlauchboot. Und jetzt ist es weg. Der Trailer wurde in Strandnähe sichergestellt. Alles deutet darauf hin, dass Janek Sinkiewicz die Insel verlassen hat. Allerdings verliert sich dann seine Spur. Busfahrer, Schaffner, Hafenmitarbeiter – niemand hat ihn gesehen. Entweder er ist mit dem Schlauchboot gesunken oder er hat es versenkt und ist auf dem Festland untergetaucht. Auf dem Anlegeparkplatz stehen Autos über Wochen herum, vielleicht hat er eins kurzgeschlossen, das lernen die Polen ja wahrscheinlich schon im Kindergarten."

Thomas räusperte sich. Bruns schien es immerhin zu bemerken.

„Kleiner Scherz, ich hab was übrig für Polen, mein Boßelclub hat dort einen Partnerverein. Ein Problem ist, dass die Polen nach zwei Würfen die erste Flasche Wodka leer haben. Das größere: Damit werfen sie immer noch besser als wir."

Bruns lachte über seinen eigenen Joke. Er hatte eine tiefe, satte Lache, so wie auch seine Stimme sehr tief war. „Hast du einen Draht zu Polen? Ach ja, die Pflegerin deines Vaters kommt ja von dort. Aber jetzt sag nicht, dass da zwischen euch irgendwas läuft."

Thomas hustete verlegen. „Wir haben gemeinsam in einem Mordfall ermittelt."

Bruns klang überrascht. „Sie ist Polizistin?"

„Nein, das war eher privat."

„Privat, alles klar, ich frage nicht weiter. Die deutsch-

polnischen Beziehungen scheinen phantastisch zu laufen, wenn es um die Familie Wieneke geht."

„Was ist mit Redolf Jenssen?," kam Thomas genervt zur Sache zurück. „War er tatsächlich mit dem Segelboot unterwegs?"

„Unsere Leute werden noch ein Weilchen brauchen, um sein Alibi in allen Punkten zu checken. Der Mann hat ja bewusst die Einsamkeit gesucht. Übrigens wird der Rest der Ermittlungsgruppe morgen mit dem Kollegen Malecki die Insel verlassen und auf dem Festland weiterarbeiten; ich bin der Einzige, den man zurücklässt. Intern werde ich schon jetzt nur noch Robinson Crusoe genannt."

Thomas nahm das zur Kenntnis. Man setzte also ganz auf die Fahndung nach Janek. Bruns war nur noch als Alibi-Ermittler vor Ort.

„Hast du meine Nachricht gehört?", drängte er, das Gespräch zu beenden.

„Jep. Aber das war ja nichts Aufregendes, außer dass Kirsten Riesmann von Höherem träumte. Ich denke, mit diesem Janek sind wir auf der richtigen Spur."

Thomas stutzte. Irgendetwas in Carstens Satz irritierte ihn. Er versuchte ihn sich zu merken.

„Ich würde trotzdem gern weitermachen", sagte er jetzt. „In die Firma fahren, in der sie früher gearbeitet hat."

„Dem steht nichts entgegen. Wenn man dich in Dortmund dafür freimachen kann."

Thomas schluckte hinunter, dass er im Urlaub war und tun und lassen konnte, was er wollte. Solange es keine Polizeiarbeit war.

„Das krieg ich schon hin!"

„Okay. Wenn sich was ergibt, lass es mich wissen."

Thomas wollte noch etwas sagen, doch das Gespräch war schon beendet.

„Okay", murmelte er und nahm sich ein Brötchen aus der Tüte. Er würde es unterwegs essen. Für ein gemütliches Frühstück war keine Zeit.

————

Das war wirklich ein sehr kleiner Park. Er ging gerade mal von einem Haus, an dem „Altes Warmbad" stand, bis hinüber zur Kirche.

„Dort haben sie vermutlich gesessen", sagte Herr Anton und wippte mit dem Kopf hin zu ein paar Bänken, die im Karree aufgestellt waren. Seinen Rollator ließ er sicherheitshalber nicht los.

Zofia nickte und zog sich die Jacke zu. „Aber wenn es an Freitag so kalt war wie heute, dann nicht lange haben sie da gesessen."

„Stimmt!" Herr Anton war ebenfalls gut eingepackt, jetzt da von einem Tag auf den anderen ein kalter Wind aufgezogen war. Sein welliges weißes Haar steckte unter einer Mütze und Zofia hatte ihm seinen dicken Schal umgelegt. „Ich habe nachgeguckt. Es ist am vergangenen Freitag tatsächlich kalt gewesen. Es hat sogar zwischendurch genieselt. Vielleicht haben sich die beiden irgendwo Unterschlupf gesucht."

„Ich würde davorne Unterlupf suchen", sagte Zofia und zeigte zu der Teestube hinüber, deren Schornstein wie wild Rauch in die Luft blies.

„Auf jeden Fall sollten *wir* dort Unterschlupf suchen", sagte nun der alte Mann und machte sich schon auf den Weg.

Die Teestube hieß „Lüttje Teehus", das waren wohl ostfriesische Wörter. Zofia fand ja das Deutsche schon schwer, aber dass sie jetzt auch noch mit dem Ostfriesischen zurechtkommen sollte, war einfach zu viel. Immerhin war in dem „Teehus" alles ganz schnucklig in Blau-Weiß, außer-

dem gab es einen gemütlichen Kamin.

Zofia musste an den Kamin zu Hause denken und dann merkte sie, dass sie bei zu Hause an das Haus des alten Mannes dachte, denn in Polen hatten sie keinen Kamin, nur einen alten Radiator und der stank wie die Pest.

Der alte Mann steuerte den Tisch direkt neben dem Kamin an. Es dauerte etwas, bis Zofia den Rollator zur Seite und Herrn Anton auf den Stuhl gesetzt hatte.

„Was müssen wir tun?", überlegte Zofia laut, als sie schließlich saßen. Herr Antons Gepäck war vom Hoteldienst in die Pension gebracht worden. Bei Feikos Haus war das nicht möglich; es war ja niemand da, der das Gepäck entgegennehmen konnte. Zofia musste deshalb noch ihre Tasche aus dem Hotel holen.

Aber erstmal ging es gleich in die Pensionärenpension und dort würde sie gucken, ob für Herrn Anton alles gut war. Ihr war gar nicht wohl dabei, dass sie nicht bei ihm wohnen konnte. Was war, wenn er nachts Hilfe brauchte? Andererseits hatte Herr Anton selbständig entschieden, dass er dieses Pflegehaus ausprobieren wollte, und wenn sie ganz früh aufstand und ganz früh hinüberlief zu dieser Pensionärenpension, dann musste es doch eigentlich gehen.

„Was wir tun müssen?" Der alte Mann sah sie belustigt an. Er hatte schon Schal und Mütze abgenommen. „Ich glaube, wir müssen bestellen."

Tatsächlich stand da schon eine Bedienung an ihrem Tisch, ein junges Mädchen in blau-weißer Tracht. Bestimmt musste sie die anziehen, damit sie gut zu den Tischdecken passte.

„Wir nehmen eine große Kanne Ostfriesentee." Herr Anton sah zu ihr herüber. „Ist Ihnen das recht?"

Zofia nickte. Ihr war alles recht. Der alte Mann war so froh, dass er wieder selbst entscheiden konnte, sollte er

ruhig ein paar Tage für sie mitentscheiden.

„Eine gute Wahl. Die bringe ich Ihnen sehr gerne."

Zofia erkannte es an dem minimalen Akzent. Das junge Mädchen war Polin. Hier also auch.

„Dziękuję!", rief sie ihr hinterher.

Am Ende war es doch der alte Mann, der das Gespräch führte, wahrscheinlich weil er es nicht länger abwarten konnte. Gerade hatte die Bedienung alles Mögliche abgestellt, eine Teekanne und ein Kännchen mit Sahne und zierliche Tassen und ein Schälchen mit dicken Klumpen von Zucker, da fragte er auch schon los.

„Ob am letzten Freitag ein Paar hier war?", wiederholte das polnische Mädchen in einem Deutsch, das Zofia sofort neidisch werden ließ. Auch sie hatte sich in den letzten Tagen verbessert, aber ein so gutes Deutsch hatte sie auch vor ihrer Rückkehr nach Polen nicht gehabt. „Es waren wie immer sehr viele Paare hier."

„Moment!" Herr Anton kramte mit seiner gesunden Hand in seiner Westentasche herum. Es dauerte etwas, dann zog er einen verknitterten Prospekt heraus, einen Prospekt vom Hotel. Er drehte ihn um, auf der Rückseite waren die Jenssens als glückliches Paar abgebildet. Zofia kannte den Prospekt, er hatte an der Rezeption auf dem Tresen gestanden, aber dass Herr Anton ihn eingesteckt hatte – der Alte war wirklich auf Draht.

„Es geht um diese Frau, nicht um den Mann."

Das Mädchen setzte sich kurzerhand zu ihnen an den Tisch, um besser gucken zu können. Sie drehte den Prospekt um, betrachtete das Hotel auf der Vorderseite, nahm sich dann wieder die Rückseite vor. „Ja, Frau Jenssen war letztens hier. Sie fällt immer auf, sie sieht ja ziemlich gut aus."

„Das stimmt", bestätigte Herr Anton. „Können Sie sich

erinnern, ob sie mit einem Mann hier war? Einem Mann, der nicht ihr Ehemann war?"

Das blau-weiße Mädchen hatte die Stirn gerunzelt und überlegte. Zofia nahm derweil die Teekanne, um Herrn Anton einzuschenken.

„Halt!", rief das Mädchen.

„Sie erinnern sich?" Herr Anton war ganz aufgeregt.

„Erst muss das Kluntje hinein." Das Mädchen hörte gar nicht hin, griff sich stattdessen das Schälchen mit den Zuckerklumpen und legte mit einer Silberzange in beide Tassen einen hinein. „Jetzt kommt der Tee und dann ein Löffelchen Sahne, damit das ostfriesische Sahnewölkchen entsteht."

Zofia setzte die Kanne ab. „Wie lange schon sind Sie hier auf den Insel?"

„Ein gutes Jahr, aber ich war im Winter nicht zu Hause. Ich habe die ganzen Monate Deutsch gelernt. Und wie man Tee zubereitet."

Zofia war sprachlos. Und neidisch. Sie würde auch wieder mit Grammatik anfangen.

„Frau Jenssen –", sagte Herr Anton etwas ungeduldig. Er wollte zu seinem Thema zurück. „Können Sie sich an eine Begleitung erinnern?"

Das Mädchen hatte in beide Tassen Tee eingefüllt und war jetzt dabei, in jede einen Löffel Sahne zu geben.

„Da", sie hielt ihnen stolz eine Tasse hin. „Das ist sie, die ostfriesische Wolke aus Sahne."

„Aha", sagte Anton.

„Schön", fügte Zofia hinzu.

Die Bedienung stellte die Teetasse ab. „Er war groß und hatte ein schmales Gesicht."

Der Satz hing über dem Tisch wie eine Wolke aus Sahne.

„Oha", sagte Herr Anton, vielleicht um mal einen neuen

Buchstaben auszuprobieren.

Zofia kam etwas anderes in den Sinn. Dieses Mädchen hatte ein gutes Gedächtnis. Das half, um eine Sprache zu lernen, aber auch um Menschen wiederzuerkennen. „Können Sie mehr sagen?", bohrte sie nach. „Wie alt? Welchen Kleidung?"

„Er war sehr – normal. Nicht so schön wie Frau Jenssen."

Dann zog sie plötzlich Block und Kuli aus ihrer Trachtenschürze hervor. „Ich kann ihn malen", sagte sie knapp, „den Mann, der mit Frau Jenssen hier Tee getrunken hat."

Die Talente waren ungerecht verteilt, fand Zofia schon nach zwei Minuten. Das Mädchen konnte auch noch zeichnen. Nach weiteren drei Minuten hatte sie mit ihrem Kuli ein ordentliches Portrait hingelegt.

„Das ist beachtlich", sagte Herr Anton. „Wo haben Sie das gelernt?"

Die Bedienung verbesserte noch etwas an ihrer Zeichnung. „In Kraków. Dort war ich an der Kunstakademie."

Zofia musste sich wundern, wer alles auf dieser Insel strandete.

„Darf ich dir vielleicht auch noch ein Stück Kuchen servieren?" Die Stimme kam von einer älteren Frau, ebenfalls in Schürze und mit einem Tablett in den Händen. Die Bedienung sprang auf und riss dabei das Blatt von ihrem Block.

„Wir haben sie aufgehalten", sagte Herr Anton schnell. „Eine erstklassige Fachkraft. Sie können stolz sein auf solch qualifiziertes Personal."

Die Dame schaute etwas weniger grimmig und Herr Anton legte noch einmal nach. „Stellen Sie sich vor: Auf unseren Wunsch wurde uns sogar ein ostfriesisches Sahnewölkchen gemalt."

Thomas hatte sich im Internet kundig gemacht. Die Firma Megalux hatte mehr als 900 Beschäftigte und machte über 100 Millionen Euro Umsatz. Ihre Leuchtmittel wurden in die ganze Welt verkauft und sorgten an spektakulären Orten für Licht. Das Brandenburger Tor wurde genauso von Megalux bestrahlt wie ein schwimmendes Hotel in Katar. Einer der sauerländischen *Hidden Champions*, ein Weltmarktführer direkt vor der Haustür.

Thomas folgte den Schildern zum Eingang und lief dazu seit geraumer Zeit an einem Bürotrakt entlang, erst ganz am Ende wurden „*Besucher*" wie er ins Gebäude gelotst.

Ein funktionaler Eingangsbereich in Schwarz-Weiß mit fast nichts als einer Theke. Dahinter saß eine der 900 Beschäftigten und telefonierte. Sie hatte Fingernägel in verschiedenen Farben, eine Art Regenbogenlook, der in dieser Schwarz-Weiß-Landschaft ein echter Hingucker war.

„Ja bitte?", sprach sie ihn an, nachdem sie den Anrufer endlich weitervermittelt hatte.

„Starke Nägel!", sagte Thomas.

„Sind die Spektralfarben", sie warf keinen Blick darauf. „Was kann ich für Sie tun?"

„Wer hat bis vor drei Jahren mit Kirsten Riesmann zusammengearbeitet?"

Thomas' Anpassung in Sachen Knappheit zeigte Wirkung. Die Frage irritierte die Rezeptionistin mehr als der Kommentar zu den Nägeln.

„Mit Kirsten Riesmann? Warum?"

„Fragt die Polizei." Thomas legte seinen Dienstausweis auf den Tresen. Die Telefonistin zog stirnrunzelnd eine rote Lesebrille hervor und studierte ihn eingehend.

„Polizei – was muss ich jetzt tun?", sagte sie zu sich selbst.

„Antworten", meinte Thomas. „In welcher Abteilung war sie tätig? Mit wem hat sie zusammengearbeitet?"

Die Buntgenagelte zögerte noch einen Moment. „Mit Herrn Dr. Wilke", sagte sie dann und wählte eine Nummer.

„Hallo Moni", einen Augenblick später. „Hier ist die Polizei." Sie warf Thomas einen Blick zu. „Es geht um Kirsten Riesmann. Ist Dr. Wilke zu sprechen?" Kurz drauf ein unwilliges: „Weiß ich doch auch nicht." Eine Weile hörte sie zu, dann wandte sie sich wieder an Thomas: „Herr Dr. Wilke ist leider nicht im Haus. Morgen könnte ich Ihnen einen Termin –"

„Kennt Moni Kirsten Riesmann auch?"

Jetzt hatte er sie komplett aus dem Konzept gebracht.

„Ja, schon."

„Dann würde ich gern mit ihr sprechen."

Eine Schrecksekunde. Dann ein vielsagendes: „Mooni? Ich schick dir den Herrn dann mal rauf."

Moni war eine attraktive Frau mit dunklem Kurzhaarschnitt und wachen Augen. Sie fing ihn im Flur ab, stellte sich als Monika Reine-Waltermann vor und führte ihn in einen Konferenzraum. Auch hier schlichte Eleganz. An den Wänden auf Leinwand gezogene Fotografien, auf denen verschiedene Gebäude ins rechte Licht gerückt waren. Beim Blick aus dem Fenster hatte man einen schönen Blick in die sauerländische Landschaft.

Als Thomas Platz genommen hatte, kam man sofort zur Sache. „Warum erkundigt sich die Polizei nach Kirsten Riesmann?"

„Haben Sie eine Vermutung?"

„Ja", gab Moni Reine-Waltermann zu, „aber ich glaube nicht, dass ich sie aussprechen möchte."

Thomas hielt Verschiedenes fest: Sein Gegenüber kannte Kirsten Riesmann gut. Sie hatte eine Meinung über sie, und zwar keine gute. Sie war klug genug, sich darin zurückzuhalten. Sie war verdammt attraktiv, aber er sprang nicht

darauf an. Zumindest für die letzte Beobachtung kannte er den Grund.

„Was hält Sie zurück?"

Moni R-W legte den Kopf schief. „Es würde möglicherweise kein gutes Licht auf sie werfen. Das steht mir nicht zu. Außerdem –"

„– möchten Sie sich nicht mit ihr anlegen?", setzte Thomas fort.

„Auch das."

„Verstehe." Thomas betrachtete Moni. Er schätzte Frauen, die klar in der Aussage waren.

„Dann darf ich Ihnen versichern, dass Ihnen in dieser Hinsicht keine Konsequenzen mehr drohen. Kirsten Jenssen, ehemals Riesmann, ist tot."

Die Reaktion war gewaltig. Monis Körper schoss nach vorn und dann wieder zurück. Thomas hatte während seines Fortbildungsmarathons auch ein Seminar über Vernehmungsmethoden besucht. Dabei waren den Teilnehmern zig Körperreaktionen nach Schreckensnachrichten vorgespielt worden. Diese wäre leicht einzuordnen gewesen: Moni hatte keine Ahnung vom Tod ihrer ehemaligen Kollegin gehabt. Und sie war über die Nachricht geschockt.

„Wie kann das sein?" Monis eben noch souveräne Stimme hatte an Festigkeit verloren.

„Sie wurde ermordet aufgefunden. Mehr wissen wir nicht."

„Ermordet, ja klar", Moni versuchte sich zu sammeln. „Sonst würde sich nicht die Polizei darum kümmern."

„Unsere Arbeit ist nur so gut wie die Offenheit, mit der man uns Auskünfte gibt", spulte Thomas ab. „Ich würde Sie daher bitten, ganz offen über Kirsten Riesmann zu sprechen. Seit wann kennen Sie sie?"

Moni antwortete nicht, sondern stand auf und ging zu

einem Sideboard hinüber, wo Gläser und Wasserflaschen bereitstanden.

„Möchten Sie auch etwas trinken?“

„Gern!“

Moni trank schon am Sideboard ein Glas auf Ex, dann kam sie mit zwei Gläsern und einer Flasche zum Tisch. „Sorry, das hat mich wirklich geschockt.“

Irgendwann saß sie wieder und wirkte ein bisschen stabiler.

„Kirsten Riesmann“, sagte sie gedehnt, „wir sind etwa gleich alt, sie kam vor acht Jahren hier in die Firma.“

„Als was?“

„Sie hat wie ich im Export angefangen, ist aber nach zwei Jahren in die Marketingabteilung gewechselt. Zuletzt hat sie im Bereich Produktpräsentation und Messebetreuung gewirkt.“

„Im Zuge dessen hat sie auch Seminare organisiert?“, folgerte Thomas. „Wie das auf Juist?“

„Das sind Produktpräsentationen für Kunden.“ Moni blickte auf. „Meist sind sie mit einer Art Schulung verbunden. Üblicherweise findet so etwas hier im Sauerland statt. In dem Fall hatte Kirsten die Idee, es für die großen Vertriebspartner mal auf Juist anzubieten. Wir haben ja eine Verbindung zur Insel und für die Partner ist es natürlich sehr attraktiv.“

Thomas ließ das sacken. „Wissen Sie etwas über ihr Privatleben? Kennen Sie ihren Mann?“

„Ich bin – ich war nicht mit Kirsten befreundet“, betonte Moni. „Und sie hat ihre Hochzeit nicht mit Kollegen gefeiert. Es ging ja alles sehr schnell.“

„Wie meinen Sie das?“

„Nun, sie hat damals dieses Meeting organisiert, das war im Herbst vor zweieinhalb Jahren. Kurz drauf wurde

gemunkelt, sie habe etwas mit dem Hotelchef. Vier Monate später hat sie geheiratet und die Firma verlassen."

„Wer in der Firma war enger mit ihr befreundet? Können Sie mir Leute nennen, die nach ihrem Weggang noch Kontakt zu ihr hatten?"

„Ich fürchte, nein. Sie hat wenig Wert auf private Kontakte gelegt."

Thomas nahm sein Wasserglas und lehnte sich zurück. „Sie selbst finden sie auch nicht sympathisch. Was ist der Punkt?"

Moni atmete aus. „Wir haben hier ein gutes Betriebsklima, wir arbeiten uns zu. Sie dagegen war kein Teamplayer, hat andere nie unterstützt. Ich hatte immer den Eindruck, sie hat nicht die Sache, sondern nur ihre eigene Karriere im Kopf."

„Sie war ehrgeizig."

Moni schaute hoch. „Nein, sie war überehrgeizig. Sie wollte nach oben. Dafür hat sie alles getan."

„Können Sie das konkretisieren?"

„Im Umgang mit den Vorgesetzten war sie – hm – einschmeichelnd. Das haben alle gespürt. Allerdings hat ihr das nicht weitergeholfen. Man guckt hier mehr danach, was jemand kann, nicht, wie er aussieht. Als sie merkte, dass sie im Export nicht weiterkommt, hat sie nach Alternativen gesucht."

„Warum kam sie nicht weiter?"

„Sie hatte eine Ausbildung als Industriekauffrau, ihre Sprachkenntnisse waren begrenzt. Wir haben internationale Kunden, sie hatte Probleme in der Kommunikation."

„Verstehe, deshalb hat sie sich etwas gesucht, bei dem sie besser aussah."

Moni lachte kurz auf, ein bitteres Lachen. „Interessantes Wortspiel. Dass sie gut aussah, wusste sie ja."

Einen Moment hatte Thomas das Gefühl, dass noch etwas hinterherkam, aber das blieb aus.

„Was hat man sich über ihre Hochzeit erzählt?"

Moni pustete Luft aus. „Dass sie jetzt hat, was sie wollte. Eine Führungsposition."

„Glauben Sie, dass Kirsten den Hotelchef Redolf Jenssen nur deshalb geheiratet hat?"

„Das kann ich nicht beurteilen, ich kenne ihn nicht und habe sie nie zusammen erlebt."

„Kennen Sie ihr Zuhause?"

„Es heißt, sie kommt aus einem Gasthof. Aber ich war nie dort. Wie gesagt, ich habe nie ein freundschaftliches Verhältnis zu ihr gehabt."

„Ich war dort, alles sehr schlicht. Meinen Sie, das war ihr Antrieb? Dem zu entfliehen?"

Moni überlegte. „Gut möglich, aber ich möchte da nicht spekulieren."

Sie zog sich langsam zurück, machte dicht. Thomas überlegte die nächsten Schritte.

„Es heißt, Kirsten Jenssen habe ein Verhältnis mit dem Hotelpianisten gehabt. Haben Sie davon gehört?"

„Wie sollte ich?" Moni wurde einen Hauch ungeduldig. „Ich hatte ja keinen Kontakt."

Trotzdem schien sie über die Sache nachzudenken. „Aber eigentlich passt es nicht", sagte sie irgendwann.

Thomas sah sie fragend an.

„Nun", Moni runzelte die Stirn. „Kirsten war total kontrolliert. Sie hätte niemals Dinge getan, die ihr schaden. Eine heiße Affäre mit einem Angestellten – ehrlich gesagt, das passt nicht zu ihr."

Thomas dachte darüber nach und plötzlich flimmerte der Satz auf, den Carsten Bruns so dahingesagt hatte. Kirsten Jenssen habe immer von Größerem geträumt – oder

so ähnlich.

Hatte Kirsten Jenssen tatsächlich ihre Position aufs Spiel gesetzt und etwas mit diesem Pianisten angefangen? Und wenn ja, was sagte das über ihre Ehe?

„Ich würde fast sagen, Kirsten ging über Leichen“, riss Moni ihn aus seinen Gedanken. Thomas zuckte zusammen. Moni hingegen war nicht erschrocken über ihre Worte. Sie war sehr sicher in dem, was sie sagte – und fügte sogar noch etwas hinzu: „Der Punkt ist nur: Kirsten suchte sich diese Leichen sehr genau aus.“

Thomas nickte. Oh ja, er mochte Frauen, die so direkt waren.

———

Die evangelische Kirche war voller als die katholische, stellte Anton fest. Dort waren sie zunächst gewesen, weil sie noch nicht herausgehabt hatten, welche nun die evangelische und welche die katholische war. Die katholische besaß klare Linien und eine schöne Farbgestaltung, ein ruhiger, besinnlicher Raum. Die evangelische hatte etwas von einem lebendigen Wohnzimmer, in dem alle Familienmitglieder ihre Sachen abgestellt hatten.

„Gucken Sie, da!“ Zofia hatte sich die nasse Kapuze abgenommen und zeigte nach oben. Dort hing ein beeindruckend großes Segelschiff an der Decke.

„Ich setze mich mal“, Anton peilte einen der Stühle an, die wie in einem Mehrzweckraum in Reihen aufgestellt waren.

„Nur zu!“

Sie erschraken beide. Die Stimme kam aus einer dunklen Ecke, aus der nun ein Gesicht auftauchte. Eine junge Frau mit einem lockeren Dutt, dazu eine Hornbrille. Sie sah irgendwie altmodisch aus, aber schon wieder so altmodisch,

dass es womöglich ein neuer Trend war. Anton kam da manchmal nicht mit.

„Guten Tag!", legte er gleich los. „Sie sind die Pastorin?"

„Nicht ganz." Lächelnd trat sie heran. Erst jetzt sah Anton, dass sie ein Stück Seil in der Hand hielt.

„Ich bin die Vikarin, Maren Küster. Wenn Sie die Inselpastorin suchen, muss ich Sie enttäuschen. Sie nimmt eine dreimonatige Auszeit und ist erst im Mai wieder da."

Anton nickte. „Und so lange sind Sie jetzt hier – zuständig?"

„Mehr oder weniger."

„Ist Ihnen etwas kaputtgegangen?" Zofia blickte interessiert auf das Seil.

Die Vikarin lachte. „Nein, das ist für die Katechese in der Konfi-Vorbereitung."

Zofia schaute kariert. Anton hatte immerhin eine Ahnung, wovon sie sprach, aber er wollte das nicht klären, das Stehen fiel ihm zunehmend schwer. „Wir hätten eine Frage", wechselte er deshalb kurzerhand das Thema. „Hier in der Kirche soll gelegentlich ein Hotelpianist die Orgel gespielt haben. Kennen Sie ihn?"

Die Vikarin schob ihre Brille zurecht. „Sie meinen Herrn Sinkiewicz?"

„Herrn Sinkiewicz – genau."

Sie zögerte.

„Janek ist der Bruder von einer Freundin", erklärte Zofia. „Deshalb wir wollen herausfinden, was ist mit ihm passiert."

Die Vikarin nahm das Seil in die andere Hand. „Janek hat hier zwei-, dreimal unseren Kirchenmusiker ersetzt. Mehr kann ich Ihnen dazu nicht sagen."

„Jemand hat uns gesteckt, Janek habe ein gutes Verhältnis zu Ihnen gehabt", wagte sich Anton vor, in der Hoffnung, dass irgendetwas daran stimmte.

„Sieh an, hat Ihnen das jemand *gesteckt*", die Vikarin klang amüsiert, auf eine Weise, die zeigte, dass sie nur bedingt amüsiert war. „Nun, wir haben einmal miteinander gesprochen. Ein seelsorgerisches Gespräch geführt, wenn Sie verstehen, was ich meine. Sie werden Verständnis haben, dass ich den Inhalt des Gesprächs nicht darlegen will."

Zofia sah die Vikarin mit großen Kulleraugen an. „Wir machen große Sorgen um Janek. Vielleicht Sie haben einen Idee, wo er ist?"

„Nein, wirklich nicht", die Vikarin trat einen Schritt zurück. „Und bitte entschuldigen Sie, dass ich jetzt meine Arbeit fortsetzen möchte."

Sie drehte sich schon um, als Zofia noch etwas sagte. „Janek ist kein Mörder!" Ihre Augen hatten sich mit Tränen gefüllt. In Anton zog sich etwas zusammen. Zum ersten Mal seit dem ganzen Desaster zeigte sie Schwäche.

Die Vikarin kam zurück. Sie wirkte irritiert. Zofia hatte die Seelsorgerin in ihr erreicht.

„Ich habe alles gehört. Dass Janek hatte einen Affäre mit seiner Chefin. Dass sie sich haben heimlich getroffen. Aber glaube ich nicht, dass er ein Mörder ist. Dafür reicht seine Hand gar nicht aus. Er ist ja Pianist."

Die Vikarin sah aus, als dächte sie über Zofias Worte nach. Und dann sagte sie etwas, was für Zofia noch komplizierter klingen musste als die Sache mit der Konfi-Katechese. „Manchmal ist die Wirklichkeit ganz anders, als sie scheint."

***

Gesa trat mit aller Macht in die Pedale, um gegen den Wind anzukämpfen. Das hatte sie schon früh gelernt: Dass es immer darauf ankam, ob man mit Rücken- oder Gegenwind fuhr.

Zur Sicherheit ging sie in Gedanken noch einmal alles durch. Sie hatte die Hunde ausgeführt, zu Hause die Fenster geschlossen, zwei Buchungsanfragen beantwortet, die Schuppentür festgeklemmt, den Werbeflyer verschickt. Jetzt musste sie sehen, ob im Hotel alles lief.

Ihr Leben hatte durch die Ereignisse an Dynamik gewonnen. Zunächst hatte sie das gestresst, jetzt merkte sie, dass es ihr guttat.

Als sie in den Innenhof abbog, kam ihr plötzlich eine Fußgängerin entgegen. Sie bremste abrupt und fiel beinah vom Rad.

„Du liebe Zeit, Gesa!" Maren nahm ihr das Rad ab. „Ich war in Gedanken und hab überhaupt nicht geguckt."

Gesa atmete durch. „Dasselbe bei mir."

Maren hatte das Fahrrad in den Ständer geschoben, jetzt stand sie unsicher da.

„Die ganze Insel spricht über das, was passiert ist. Eben waren sogar Leute in der Kirche und haben nach Janek gefragt. Aber egal, ich bin hergekommen, um zu hören, ob ich etwas tun kann. Ob jemand seelsorgerisch betreut werden muss."

Gesa antwortete nicht, stand nur da und betrachtete Maren. Ihren Vogelnestdutt, ihren Dufflecoat, ihre Gouvernantenbrille.

„Ich war schon oben, aber dein Bruder möchte niemanden sehen und deine Mutter wird gerade befragt."

Gesa war sofort alarmiert. „Meine Mutter?"

„Warum nicht? Sie ist topfit. Wenn sie irgendetwas wahrgenommen hat –"

„Sie ist 84, warum lässt man sie nicht in Ruhe?" Gesa wollte vorbeistürzen, aber eigentlich wollte sie auch nicht.

„Gesa, wie ist es bei dir?" Maren fasste ihren Arm. „Geht es dir gut?"

„Klar geht's mir gut. Meine Schwägerin ist gestorben. Wir hatten keinen guten Draht. Warum sollte ich –" Und dann brach er plötzlich, der Damm. Sie heulte. Sie lag in Marens Armen und heulte. Rotzte in ihren blauen Dufflecoat, der für keine Insel der Welt geeignet war, und kriegte sich nicht wieder ein.

„Darf ich kurz stören?"

Gesa fuhr hoch. Der Kommissar. Der plumpe Kommissar mit der atemberaubenden Stimme. Er hatte Zigarette und Feuerzeug in der Hand. Gesa war überrascht, dass er rauchte. Das passte zwar zu seiner Stimme, aber nicht zu seinem Riesenbaby-Gesicht.

„Ich würde Sie gern nochmal sprechen." Er hielt die Zigarette hoch. „Eilt aber nicht. Hab noch ein Minütchen zu tun."

Es sollte unbedarft klingen. Freundlich. Aber Gesa wusste, was er eigentlich meinte. *Ich sehe dich. Ich habe dich auf dem Kieker. Du kommst nicht ungeschoren davon.*

„Selbstverständlich", sagte sie, klang dabei aber völlig verrotzt. „Ich sehe erst nach meiner Mutter, dann bin ich gern für Sie da."

Die Pensionärenpension war in Ordnung. Hier konnte sie Herrn Anton gut lassen. Es gab eine Bettaufstehhilfe, so dass er besser klarkam als im Hotel. Es gab ein Telefon am Bett, so dass er sie jederzeit anrufen konnte. Und es gab nette Leute, so dass er sich wohlfühlte. Sie erklärte dem Betreiberehepaar, dass sie unbedingt informiert werden wollte, wenn Herr Anton Hilfe brauchte, weil sie am besten wusste, welche Hilfe er brauchte. Und dass sie anrufen mussten, wenn er urplötzlich Hustenanfälle bekam. Und dass sie eigentlich immer da sein würde, weil das ihr Job war. Sie hörten sich das alles an und nickten lächelnd, so

dass Zofia ein kleines bisschen unsicher wurde, ob man sie ernst nahm oder nicht.

„Ich würde gern ein kleines Mittagsschläfchen machen“, sagte nun der alte Mann. „Die Seeluft macht müde.“

„Das Sie haben schon einmal gesagt“, schimpfte Zofia, „und dann Sie haben einen Kutschfahrt gemacht.“

„Stimmt“, sagte Herr Anton, „und ich bin sehr froh, dass ich dadurch zur richtigen Zeit am richtigen Ort war.“

„Jaja“, sagte Zofia und wurde ein bisschen verlegen.

„Ich bin glücklich, dass Sie wieder da sind“, sagte nun Herr Anton, „weil ich dadurch wieder selbstbestimmt bin.“

Da wurde Zofia noch mehr verlegen. „Ich gehe dann jetzt“, sagte sie kleinlaut.

Es dauerte etwas, bis sie Jacke und Mütze und Schal und Handschuhe angezogen hatte. Wenn es schneller gegangen wäre, hätte sie nicht mitbekommen, wie sich eine Tür öffnete und eine bekannte Stimme herausscholl.

„Herr Wieneke, Sie auch hier?“

Frau Schwarz stand da, in einem lila Freizeitanzug und mit einer Stimme, die so aufgeregt klang wie ihr Freizeitanzug aufregend war.

„Wie nett, dann können wir uns ja schöne Tage hier machen.“

Zofia winkte dem alten Mann zum Abschied. Er stand da wie ein sehr begossener Pudel.

„Viel Spaß mit den selbstbestimmten Leben!“, murmelte sie.

„Frau Jenssen, den Meldeunterlagen habe ich entnommen, dass Sie eigentlich Jenssen-Wirst heißen.“

Gesa erdete sich. Dieses Gespräch war unterirdisch. Dieser Kommissar fragte fortwährend Dinge, die nicht im

Mindesten von Belang waren.

„Dann werden Sie auch gesehen haben, dass ich einmal verheiratet war."

„Mit Ralf Wirst", der Kommissar tat, als müsste er den Namen nachlesen. Dabei war Gesa überzeugt, dass er ihn auswendig wusste. So, wie er alles über sie auswendig wusste. Dieser Carsten Bruns gab sich unendlich naiv – und sah auch so aus! Gesa war aber inzwischen fast sicher, dass er sich dieser Fassade bewusst war. Dahinter schlummerte ein anderer, den sie nicht einordnen konnte.

Angestrengt wandte Gesa sich ab und versuchte ihre Umgebung einzusaugen. Sie hatten aus dem Salon einen Vernehmungsraum gemacht, so wie sie aus den Frühstücksräumen ihre Büros gemacht hatten. Was hatte es genutzt, die Gäste zu vertreiben, wenn stattdessen diese Hornochsen alles in Beschlag nahmen? Die Tischdecken im Salon hatte Beata abnehmen müssen, als hätten die Polizisten Angst, dass man seine Geheimnisse darunter verbarg.

„Er ist vor sechs Jahren verstorben", murmelte der Kommissar aus seinen Akten heraus. „Das ist ja furchtbar, dass Ihre Familie derart vom Unglück verfolgt wird."

Gesa hätte kotzen können. Nichts tat diesem Muttersöhnchen leid.

„Mein Mann ist an Krebs gestorben. Innerhalb von vier Wochen. Eine aggressive Form an der Bauchspeicheldrüse. Ich wüsste nicht, was das mit dem Mord an meiner Schwägerin zu tun haben sollte."

Bruns lehnte sich interessiert zurück. „Wie war Ihr Verhältnis zu Ihrer Schwägerin?"

„Neutral."

„Also nicht besonders gut."

„Auch nicht besonders schlecht."

„Obwohl Sie wussten, dass sie Ihren Bruder betrog?"

„Tat sie das? Mich geht das nichts an.“

Der Kommissar betrachtete sie, überlegte wohl, ob er da nachhaken sollte.

„Sie standen sich als Kinder sehr nah, sagt Ihr Bruder.“

Gesa versuchte die Bilder zu verdrängen. Wie sie in diesem Salon ihre ersten Servierversuche hingelegt hatten. Wie sie in den Tee gespuckt hatten, den sie dem dicken Kotzbrocken aus Augsburg hatten hinstellen sollen. Wie sie sich geschworen hatten, niemals vor den Gästen zu Kreuze zu kriechen wie ihre Eltern.

„Nicht nur als Kinder, wir stehen uns heute noch nah.“

„Natürlich, Sie haben ja bis vor zwei Jahren dieses Hotel gemeinsam geführt.“

Bei Gesa zog sich alles zusammen. „Das stimmt“, presste sie heraus.

„Das hat sich geändert, als Ihr Bruder heiratete und Kirsten Riesmann plötzlich in die Geschäftsführung drängte.“

Gesa hielt sich gedanklich an den schweren Vorhängen fest, die die Fenster umgaben. Es war ein sandfarbener Stoff, den sie gemeinsam mit Redolf ausgesucht hatte. Eins der wenigen Deko-Elemente, die seit Kirstens Erscheinen noch nicht ausgetauscht waren.

„Hören Sie, das sind normale Prozesse. Ich war hier nicht mehr am richtigen Ort. Mein Bruder und seine Frau mussten das Ding irgendwann allein stemmen. Viele Köche verderben den Brei. Ich bin mit meinen Ferienwohnungen vollauf ausgelastet, das können Sie mir glauben.“

„Immerhin sind Sie ja auch noch an der Gewinnausschüttung beteiligt. Mit fünf Prozent zum jetzigen Zeitpunkt, mit fünfzehn, wenn Ihre Mutter verstirbt.“

„Jetzt reicht's aber!“, Gesa haute auf den Tisch. „Was wollen Sie denn da andeuten? Meinen Sie, ich hätte Vorteile von Kirstens Tod?“

„Nicht dass ich wüsste", Bruns gab sich gänzlich unbeeindruckt. „Es sei denn, Sie planen einen Wiedereinstieg hier ins Hotel? Wenn ich richtig sehe, sind Sie häufig vor Ort."

„Meine Schwägerin ist gestorben", Gesa beugte sich vor und sprach extra artikuliert. „Mein Bruder ist völlig aus der Bahn geworfen und auch für meine Mutter ist es ein Schock. Ich leiste Unterstützung, wundert Sie das?"

„Überhaupt nicht, Frau Jenssen. Sie haben nur hoffentlich Verständnis, dass wir jeden Stein umdrehen müssen." Bruns hatte einen unangenehm freundlichen Ton.

„Nein, dafür habe ich leider überhaupt kein Verständnis! Es ist völlig offensichtlich, wer diesen Mord begangen hat. Und Sie sitzen hier herum, stellen Fragen, die unser familiäres Gleichgewicht stören und machen damit alles nur schlimmer. Finden Sie diesen Janek Sinkiewicz! Alles andere ist doch nur Quälerei!"

„Glauben Sie mir, Frau Jenssen", der Kommissar fixierte Gesa auf eine inquisitorische Weise, „mehr als zehn Kollegen tun nichts anderes, als nach ihm zu fahnden. Und auch die hiesige Gruppe geht morgen aufs Festland zurück. Ich allerdings bleibe hier und mache meine Arbeit vor Ort."

Gesa atmete. Sie atmete einfach. Mehr musste sie nicht tun, um weiterzuleben. Der Kommissar schien es zu registrieren.

„Fangen wir doch nochmal von vorn an. Wo genau waren Sie am Freitagabend?"

———

Die Eingangstür war auf, aber als Zofia die Eingangshalle betrat, wirkte das Hotel wie ausgestorben. Keine Gäste, die sich den Sand von den Schuhen streiften, wenn sie das Haus betraten, keine Hotelangestellten, die vorübereilten, um eine Kanne Tee im Salon zu servieren, nicht der Klang

leichter Musik, der sonst vom Restaurant herüberwehte. Selbst die Polizisten, die am Vorabend herumgewuselt waren, konnte sie nirgends entdecken.

Auch an der Rezeption war kein Mensch zu sehen. Oh je, hoffentlich hatte sie überhaupt eine Chance, an ihre Tasche zu kommen!

„Hallo?", rief sie vorsichtig in die Empfangshalle hinein. Sie trat näher an die Theke. Dort stand ein Glöckchen auf dem Tresen, das Glöckchen, das die Hotelschwester am Morgen benutzt hatte.

Zofia nahm es zögernd in die Hand und klingelte. „Hallo?"

Tatsächlich tat sich etwas. Ein Geräusch aus dem Nebenraum, dann schob sich eine verschlafene Beata durch die Tür. Verlegen ging sie sich durchs Haar. Sofort sah ihre Frisur wieder anständig aus.

„Ach, Zofia, entschuldigen Sie!"

„Ich muss mich entschuldigen. Habe ich Sie geweckt."

Beata gähnte. „Es ist etwas viel im Moment. Was kann ich für Sie tun?"

„Meine Tasche", erklärte Zofia. „Sie ist noch hier im Hotel."

Beata runzelte die Stirn. „Ist Ihr Gepäck nicht in die Pension gebracht worden?"

„Nur Gepäck von Herrn Anton. Meine Tasche ist noch hier." Zofia wurde unsicher. Hoffentlich war sie wirklich noch da! Hier im Hotel war großes Chaos. Wer weiß, wo ihre Sachen abgeblieben waren?

„Dann schauen wir mal", Beata ging zurück in den Raum, aus dem sie gekommen war. Zofia zögerte einen Moment, dann traute sie sich um den Tresen herum und ihr hinterher.

Der Raum hatte nur ein kleines Fenster, er war auch jetzt, mitten am Tag, nicht richtig hell. Es gab ein Sofa mit

einer Wolldecke, auf dem Beata wohl gerade eingenickt war, außerdem einen Sessel, einen Fernseher und eine Kaffeemaschine. Zofia verstand, hier konnte man es sich gemütlich machen, wenn man an der Rezeption Dienst schieben musste. Nicht so gemütlich war allerdings das große Gepäckregal, das eine ganze Wand ausfüllte. Zwei Koffer und eine grüne Reisetasche standen darin. Aber dann entdeckte Zofia zum Glück ihr eigenes Täschchen. Rechts unten in der Ecke stand es, ohne jede Beschriftung.

„Da ist sie", sagte Zofia glücklich und zog sie heraus. Dann fiel ihr etwas ein. Sie nahm allen Mut zusammen. „Habe ich noch eine Bitte: Ich möchte ein Bild verschicken an den Sohn von Herrn Anton, aber ich habe kein Smartphone. Ich will nicht unverschämt sein, aber wäre das möglich, dass Sie es verschicken mit Ihren Handy?" Sie zeigte auf das Smartphone, das auf dem Sessel abgelegt war.

Beata wirkte überrumpelt. „Sie wollen ein Urlaubsfoto verschicken?"

„Nicht ein Urlaubsfoto", beeilte sich Zofia zu sagen. „Ein wichtiges Foto. Frau Jenssen hat an Freitag einen fremden Mann getroffen, im *Teehus*. Ein Mädchen aus der Bedienung kann sich erinnern. Sie hat das Aussehen gemalt. Und das will ich jetzt an den Sohn von Herrn Anton schicken mit WhatsApp."

Beata hatte aufmerksam zugehört. „Wenn das stimmt", sagte sie, „dann ist das eine Sache für die Polizei, nicht für den Sohn Ihres Patienten."

„Aber er ist Polizei", erklärte Zofia mit Nachdruck. „Und er ist ein guter Polizist. Er hat mir versprochen, dass er sich um alles kümmert."

Beata schien noch immer nicht überzeugt. „Zeigen Sie mal!"

Zofia griff in ihre Umhängetasche und zog die Zeitung

heraus, die Herr Anton aus dem Sauerland mitgebracht hatte. Darin eingepackt lag die Skizze, sie zog sie vorsichtig heraus.

„Das ist eine gute Zeichnung“, Beata studierte den Mann. „Ich kenne ihn nicht, aber die Polizei kann damit bestimmt etwas anfangen.“

Beata zückte ihr Smartphone. „Dann geben Sie mir mal die Nummer, zu der ich es hinschicken soll.“

Zofia griff ihr altes Handy aus der Tasche. Sie musste es erst anschalten. Der Akku war schlecht, sie machte es immer nur in Notfällen an.

„Tsts, da haben Sie aber auch ein Schätzchen! Warum kaufen Sie sich kein neues?“

„Ist ja nicht billig so ein Smartphone“, Zofias Ton war trotziger, als sie eigentlich wollte. Sie verschwieg, dass sie den Großteil ihres Geldes brauchte, um den Kredit abzuzahlen, den ihr Vater vor seinem Tod aufgenommen hatte. Sie verschwieg auch, dass sie kein Smartphone wollte, weil sonst ihre Familie in Polen dauernd Kontakt zu ihr aufnahm.

„Mein Gott, ist es nicht eine Schande?“

Zofia sah erschrocken hoch. Was war eine Schande?

„Sie sind eine kluge, junge Frau. Aber Sie arbeiten als Pflegerin für einen Lohn, der von keinem Deutschen akzeptiert werden würde. Und das 24 Stunden am Tag.“

„Aber werde ich gut bezahlt“, wehrte sich Zofia, „und mache ich meine Arbeit sehr gern.“

„Für deutsche Verhältnisse werden Sie *nicht* gut bezahlt“, hielt Beata dagegen.

Zofia wollte in ihrem Trotz sagen, dass Beata ja gar nicht wusste, was sie bekam, aber die holte schon wieder Luft.

„Zofia, ich will Ihnen nichts“, sie fasste sie am Oberarm. „Ich sehe nur, wenn Leute unter ihren Möglichkeiten blei-

ben. Schauen Sie mich an: Ich habe Deutsch studiert und in Polen als Lehrerin gearbeitet, bis meine Schule zugemacht wurde. Hier in Deutschland habe ich als Zimmermädchen angefangen und mich mühsam hochgearbeitet. Erst bin ich Hausdame geworden, dann Empfangsleiterin, irgendwann Assistentin der Direktion. Wir Polen müssen immer das Dreifache leisten, um eine Chance zu bekommen."

Zofia wusste nicht, was sie sagen sollte. Beata hatte sich so in Rage geredet und bestimmt hatte sie recht. Aber bei Zofia war es anders. Sie war nicht Lehrerin, sie war eigentlich gar nichts. Und deshalb war sie froh über ihre Stelle bei Herrn Anton. Sie bekam dafür viermal so viel Geld wie ihre Freundin Kaja, die in Polen als Verkäuferin arbeitete. Und wahrscheinlich immer noch doppelt so viel wie eine Lehrerin in Polen. Außerdem aß und wohnte sie frei.

„Das tut mir sehr leid", sagte Zofia, weil ihr nichts Besseres einfiel. Dann bemerkte sie, dass endlich ihr Handy vollständig an war. „Ich habe jetzt die Nummer", meinte sie erleichtert.

Beata brauchte noch einen Moment, um sich zu beruhigen. Dann schnaufte sie tief durch. „Tut mir leid, ich wollte Sie nicht anfahren."

„Alles ganz in Ordnung", meinte Zofia, „ich bin sehr froh, dass Sie mir helfen."

„Setzen Sie sich doch", schlug Beata vor. „Einen Moment wird es dauern."

Zofia nahm Platz auf dem Sessel. Er war schon alt, bestimmt war er aus einem der Hotelzimmer ausrangiert worden.

Beata legte die Zeichnung aufs Sofa und machte ein Foto davon. Dann begann sie, Tomasz' Nummer von Zofias Handy in ihr Smartphone zu tippen. Zofia verhielt sich ganz still, um nicht zu stören.

„Das Bild ist versendet", sagte Beata, nachdem sie eine Weile herumgedrückt hatte. „Aber sollten wir nicht hinzufügen, warum es von dieser Nummer abgesandt wurde?"

„Naturlich!", Zofia nickte heftig. „Machen wir jetzt!" Tomasz würde sich sonst wundern.

„Und auch, warum ich es schicke", Zofia überlegte. „Vielleicht können Sie schicken: *Mit diesen Mann hat sich Frau Jenssen am Freitagmorgen getroffen im Park. Kannst Du finden, wer er ist? Fragt Zofia mit den Nummer von der freundlichen Frau Beata.*"

Beata setzte sich aufs Sofa und begann zu tippen.

„Sie können auch anders schreiben", meinte Zofia. „Bestimmt Sie sagen es viel besser als ich."

„Auch erledigt", sagte Beata nach einer Weile.

„Da sage ich vielen herzlichen Danke!" Zofia strahlte Beata an.

„Nicht der Rede wert." Beata nahm erneut die Skizze zur Hand, die noch neben ihr auf dem Sofa herumlag. „Ist es Ihnen recht, wenn ich die Skizze auch der hiesigen Polizei gebe? Die haben ihre Büros hier im Hotel, zumindest bis morgen. Derzeit sind sie offenbar in einer Besprechung, aber nachher würde ich ihnen das Bild gerne geben."

Zofia zögerte. Eigentlich gab sie die Zeichnung ungern aus der Hand, andererseits war sie froh, wenn Beata sich kümmerte und nicht sie selbst noch einmal hingehen musste. Ihr reichte es für heute. „Okay", sagte sie deshalb.

Beata betrachtete noch immer das Bild. „Warum hat sie sich mit diesem Mann im Park getroffen? Das ist doch komisch."

„Einen neue Liebschaft?", schlug Zofia vor.

„Dann hätten sie sich woanders getroffen. Dort, wo sie wirklich ungestört sind."

Zofia musste zugeben: Beata hatte recht. Schon wieder

hatte sie recht. Diese Frau war sehr klug. Und sie sprach fehlerfrei Deutsch. Da gab es viel zu bewundern.

„Vielleicht hat es mit Frau Jenssens Ideen zu tun", überlegte Beata.

„Welche Ideen?"

„Ideen, die das Hotel betreffen. Sie wollte modernisieren und eine riesige Wellnessetage bauen."

„Das habe ich schon von Broni gehört."

Beata sah erstaunt auf.

„Ich war in den Personalhaus, um noch mehr über Janek zu fragen. Da haben mir die jungen Leute auch von der Wellnessetage erzählt."

„Die jungen Leute", Beatas Ton war ein bisschen genervt, aber nicht böse.

„Sie sind sehr nett", sagte Zofia.

„Ja, sind sie", gab Beata unumwunden zu, „aber es macht nicht immer Spaß, auf sie aufzupassen."

„Müssen Sie das denn?"

„Der Chef hat mich seinerzeit gefragt, ob ich dort hinziehen könnte. Es hatte Beschwerden von Nachbarn gegeben, weil dort spätabends noch Lärm war."

„Und dann Sie mussten aus den Haus in Loog hinaus und in das Haus mit den jungen Leuten?" Zofia sah jetzt auf einmal die andere Seite. Beata hatte es sich nicht ausgesucht, die böse Tante zu spielen. Der Hotelchef hatte sie gedrängt.

„Es hat natürlich Vorteile. Das Loog ist weit weg. Von der neuen Wohnung aus bin ich schneller im Hotel."

„Fast glaube ich, Sie machen auch 24 Stunden Ihren Job", Zofia zeigte aufs Sofa. „Sie schlafen sogar hier. Und dabei ist das Hotel gar nicht offen."

„Da haben Sie recht. Aber für Leute wie mich gibt's leider immer etwas zu tun", Beata lächelte geschlagen und

ein Gefühl von Wärme breitete sich aus in dem kleinen, dunklen Gepäckraum.

„Genau deshalb ist es nicht schlecht für mich, in der Nähe zu wohnen. Aber der Hauptgrund für meinen Wohnungswechsel war wohl ein anderer. Die Chefin wollte meine Wohnung für Janek. Auch wenn sie ihrem Mann weisgemacht hat, dass ich mich um die jungen Leute kümmern muss.“

Janek, da war er wieder. Zofia hatte ihn eine Weile wegdrücken können, aber jetzt kam alles wieder hoch.

„Sprachen Sie von der Wellnessetage“, versuchte Zofia das Thema zu wechseln.

„Ja, das war ihr Traum, aber natürlich eine riesige Investition. Der Chef war alles andere als begeistert. Trotzdem hat sie sich ständig andere Hotels angeguckt. Hotels, bei denen der Wellnessbereich schon ausgebaut war.“

„War sie deshalb auf dieser anderen Insel?“, fiel es Zofia ein. „Auf Norderney?“

„Hey, sie sind auf Zack!“, Beata klang begeistert. „Ja, das stimmt. Sie hat sich dort ein Objekt angeguckt und bei der Gelegenheit Janek entdeckt.“

Entdeckt, wiederholte Zofia für sich. Das hatte sie schon einmal von Beata gehört.

Die Empfangsdame schien an etwas ganz anderes zu denken. „Übrigens – wenn Sie einmal den Job wechseln wollen, ich glaube, ich könnte etwas für Sie tun. Sie sprechen gut Deutsch, Sie sind gut organisiert, Sie sehen gut aus –"

„Na Boga!“, rutschte es Zofia heraus. „Nichts von den ganzen Sachen. Und mein Job ist sehr gut.“ Sie stand auf, sie wollte schnell weg. „Noch einmal mein herzlichstes Danke!“

„Keine Ursache!“ Beata stand ebenfalls auf und sah Zofia aufmunternd an. „Überlegen Sie es sich! Ihr Patient lebt

nicht ewig. Und auch schon vorher werden Sie anfangen zu grübeln. Und ahnen, dass viel mehr in Ihnen steckt."

Zofia hörte nicht länger zu, sie lief einfach los.

Die Brötchen hatte er am Ende doch nicht gegessen. Deshalb hing Thomas der Magen in den Kniekehlen, als er ins Dorf zurückkehrte. Umso mehr freute er sich über einen Aufsteller vor der Dorfgaststätte: *„Heute frische Reibekuchen mit Apfelkompott"*.

An der Tür kamen Thomas ein paar Monteure entgegen, innen dann intensiver Reibekuchengeruch. Offenbar war er nicht der Einzige, der Reibekuchen lieber auswärts aß. Inge, die Wirtin, räumte mehrere Tische ab, die Reibekuchenschlacht war geschlagen.

„Kann ich noch etwas bekommen?"

Inge sah hoch. „Thomas!" Die Überraschung stand ihr ins Gesicht geschrieben. „Ich dachte, der Papa wäre im Urlaub."

Der Papa. Im Urlaub.

„Ist er auch", meinte Thomas. „Kann ich trotzdem noch was zu essen bekommen? Reibeplätzchen, wenn's geht? Und eine Flasche Wasser."

„Harald!", brüllte Inge durch den ganzen Laden. „Noch eine Portion für den Jungen von Anton."

Kurz darauf waren aus der Küche Zischlaute zu hören, Botschaft war angekommen, Harald kämpfte mit dem Fett. Es dauerte gar nicht lange, dann kam er schon mit einer Platte herüber.

„Das war der Rest!" Er stellte sie bei Thomas ab. Viereinhalb Reibeplätzchen waren darauf. „Ich dachte, der Papa wäre im Urlaub."

„Ist er auch", meinte Thomas erneut.

Inge servierte Apfelkompott, Harald, seine spärlichen

Haare über die Glatze gekämmt, stank wie ein Reibeplätzchen und zapfte sich erstmal ein Bier. Eigentlich war es ziemlich gemütlich.

„Was gibt's denn Neues im Dorf?", fragte Thomas, um nicht weiter über Papa und den Urlaub sprechen zu müssen.

„Was soll's schon geben?" Inge war mit Abräumen fertig und wischte jetzt über den Tresen.

„Ist Bernd Arnolds Haus schon verkauft?"

„Ist es", Inge wischte gründlicher. „Haus ist verkauft."

„Fein", sagte Thomas mampfend. Die Reibekuchen hatten genau den richtigen Biss. „Ist ja im Moment nicht so einfach hier auf dem Land."

„Jaja", meinte Harald vom Zapfhahn aus und auch er klang irgendwie verstopft.

Thomas' Interesse war geweckt. „Was ist nicht in Ordnung?"

„Alles in Ordnung", meinten Inge und Harald fast gleichzeitig und das war nun wirklich verdächtig.

„Es ist nur so –", Harald hantierte übertrieben mit dem Zapfhahn herum, „– es sind zwei Männer."

„Zwei Männer", wiederholte Thomas mit dem hier offenbar nötigen Ernst.

„Zwei verheiratete Männer", erklärte nun Inge. „Also, zwei Männer, die miteinander verheiratet sind."

Eine kurze Stille setzte ein. Und dann fragte Thomas: „Und wo ist das Problem?"

„Kein Problem", beeilte sich Inge zu sagen. „Es ist nur so – das hatten wir noch nicht hier im Dorf."

Thomas wollte etwas erwidern, als plötzlich sein Handy summte. Eine Nachricht von einer unbekannten Nummer. Ein Bild. Und dazu etwas Text.

„Mit diesem Mann hat sich Frau Jenssen am Freitag im Park getroffen. Kannst Du herausfinden, wer er ist? Fragt Zofia mit

der Nummer von einer Hotelangestellten"

Thomas zog das Bild größer. Eine Zeichnung, sehr gut gemacht. Er kannte den Mann, der dort dargestellt war.

„Das ist ein Ding!", sagte Thomas.

„Eben", meinte nun Inge. „Es ist nichts Schlimmes, heutzutage ist es ganz normal, aber es ist eben neu, hier im Dorf jedenfalls."

Thomas blickte hoch. Dann steckte er das Handy weg und griff sich erneut das Besteck. „Die Reibekuchen sind super", meinte er mit vollem Mund.

―――――

„Da!", Anton zeigte auf die Hausnummer am weißverputzten Haus.

Es war ein weiter Weg zur Deichstraße gewesen. Gut, er hatte ihn im Rollstuhl verbracht, aber Zofia hinter ihm musste trotz des kühlen Wetters klitschnass geschwitzt sein. Sie hatten diese Künstlerin in ihrem Laden nahe dem Hotel aufsuchen wollen. Aber dieser Laden war gar kein Laden, sondern nur ein Schaufenster mit ihren Bildern. Es war eine Kontaktadresse an der Scheibe befestigt, leider war der Weg dorthin weiter als gedacht.

„Alles in Ordnung?" Anton drehte sich zu seiner Pflegekraft um.

„Jaja", schnaufte Zofia, „mache ich mit beim Inselmarathon, ich bin jetzt sehr gut trainiert."

Dass sie richtig waren, zeigte ein schön gestaltetes Schild. Neben dem Namen *Ann B.* war Dünenhafer abgebildet. Ein Pfeil zeigte an, dass es *Zum Atelier* am Haus vorbeiging.

„Wollen wir?", fragte Anton nach.

Zofia antwortete nicht, sondern schob einfach los.

Das Atelier war in einem Extragebäude hinten im Garten untergebracht. Es war nicht aus rotem Backstein, wie die

sonstige Bebauung der Insel, sondern mit sauber-weißem Putz. Das sah sehr mediterran aus. Oder sehr künstlerisch, wenn man so wollte.

„Muss sie einen schrecklichen Nachnamen haben", sagte Zofia mit Blick auf ein weiteres Schild. *Ann B. Atelier.*

Die Tür zum Atelier war nur angelehnt, Zofia machte sie weit auf und schob Anton hinein.

Drinnen sah es aus – wie in einem Atelier. Staffeleien mit halbfertigen Bildern. Farbtöpfchen. Pinsel. Tücher. Zwei Fenster ließen Licht herein. Ein Sessel schien für Ruhepausen gedacht. Es war aber niemand da, der arbeitete oder eine Ruhepause machte.

„Keine Ann B.", sagte Zofia. „Drücke ich mal auf den Klingel da draußen."

Anton betrachtete derweil, woran die Künstlerin arbeitete. Ein Meerbild mit tosenden Wellen. Auf einem zweiten dichter Nebel über der See. Wenn er richtig sah, hingen im hinteren Winkel auch andere Motive, aber da kam er ohne Zofias Hilfe nicht hin.

„Hallo, hallo!"

Zofia brachte jemanden mit. Eine mittelgroße Frau, an der vor allem eines spektakulär war: ihre Ohrringe. Wenn Anton das richtig wahrnahm, sahen sie wie riesengroße Gummibärchen aus.

„Hallo", sagte Anton, weil ihm das hier die Begrüßung der Wahl schien.

„Sie möchten sich gern ein bisschen umschauen?"

„Ja", Anton schaute sich demonstrativ um, als müsste er es beweisen. „Sie malen wunderschöne Bilder vom Meer."

„Auch. Ja." Ann B. spielte mit ihrem rechten Ohrring herum. „Das Motiv ist sehr beliebt."

„Hängt vielleicht mit den Insel zusammen", Zofias Augen strahlten unschuldig.

„Die Bilder gefallen mir gut", ging Anton darüber hinweg.
„Aber Sie malen auch anderes."

„Ja, durchaus", die Künstlerin zeigte in die Ecke, die
Anton bereits ausgeguckt hatte. „Freut mich, dass Sie das
wahrnehmen. Derzeit verfolge ich ein Projekt mit dem Titel
E-Motionen. Also, nicht Emotionen, sondern E-Motionen."
Sie malte etwas in die Luft, was vielleicht ein Bindestrich
sein sollte. „Da schwingt ja ganz viel mit. Bewegung. Energie. Gefühl."

Zofia machte ein Gesicht, das Ehrfurcht ausdrückte oder
etwas, das weniger schmeichelhaft war. Schnell wandte
Anton den Blick ab. „Interessant", meinte er.

Die Künstlerin spielte wieder mit ihrem Ohrring. Anton
versuchte sie sich ohne Bärchen vorzustellen: schlichte
Pagenfrisur, leblose Augen, Hausfrauenschick. Die Ohrringe waren sehr wichtig für sie.

„Heute ist mir die Arbeit unmöglich." Sie zeigte auf eine
Stelle ihres Körpers, unter der möglicherweise ihr Herz lag.
„Innere Unruhe ist gut für die Arbeit, *zu viel* innere Unruhe
wiederum nicht."

Anton wurde den Eindruck nicht los, dass diese Frau
sehr unter Strom stand und dass sie, wenn sie nicht die
Künstlerin gab, ganz normal wirken konnte.

„Sind Sie unruhig wegen Frau Jenssen?", platzte er heraus.
„Ich meine, weil man sie tot aufgefunden hat?"

Ann B. sah ihn irritiert an. „Ja", brachte sie zögernd heraus und diesmal klang sie tatsächlich halbwegs normal.
„Offenbar ist es überall auf der Insel ein Thema."

„Wir waren in ihrem Hotel untergebracht", erklärte Anton.
„Wir wurden wegen der Sache evakuiert."

„Die Insel ist ein Refugium", erläuterte die Künstlerin,
nun wieder in ihrer Rolle. „Dieser Mord bringt etwas her,
das man nur draußen vermutet. Gewalt. Und Verwirrung.

Und Tod."

Anton hätte gern gesagt, dass zumindest der Tod sicher schon öfter zugeschlagen hatte, sogar hier auf der Insel, aber er hielt sich zurück. Er wusste, was sie meinte. Die Insel war eine abgeschlossene Welt – trotz Fähre und Flugzeug.

„Sie kannten Frau Jenssen?", fragte er stattdessen – in der Hoffnung, dass er nicht zu sehr klang wie ein pensionierter Polizist.

„Kennen?" Ann B. hob den Blick. „Hier auf der Insel kennt man praktisch jeden. Aber was weiß man am Ende wirklich über ihn?"

„Tja", Anton war etwas ratlos. Mit diesem schwammigen Gerede kam er nicht klar. „Kennen Sie denn Janek Sinkiewicz besser? Den Pianisten? Er ist ja seit dem Mordfall verschwunden."

„Janek?" Die Künstlerin schien verwirrt. „Sie fragen nach Janek?"

Anton sah aus den Augenwinkeln, dass Zofia von einem Fuß auf den anderen trat. Mit Sicherheit ging ihr das Gerede auf den Geist.

„Janek ist Künstler. Wie ich."

Anton wartete, ob noch etwas kam. Fehlanzeige. *Künstler wie ich* schien eine erschöpfende Antwort zu sein.

„Hatten Sie eine Verbindung? Haben Sie sich ausgetauscht – über Ihre Kunst?"

Ann B. sah ihn erschrocken an. „Sie sprechen in der Vergangenheit. Ist Janek etwas passiert?"

„Nein, nein, er ist nur – verschwunden. Zumindest ist es das, was ich weiß."

Die Frau ruckte mit dem Kopf, was ihre Bärchen in Schwingung versetzte. „In einem tieferen Sinne haben wir eine Verbindung. Die Kunst offeriert Schichten, die anderen unzugänglich sind. Besondere Formen der Wahrnehmung.

Und Einfühlung. Und Intensität."

Anton warf einen Blick zu Zofia hinüber. Sie hatte den Mund halb geöffnet, und auch der Rest ihres Gesichts drückte inzwischen blankes Unverständnis aus. Als sie seinen Blick wahrnahm, fühlte sie sich ertappt und wandte sich um.

„Ist er ein guter Musiker?", fragte Anton nach. „Haben Sie ihn oft spielen hören?"

Die Künstlerin hielt den Kopf schief, als würde sie etwas erspüren. Tatsächlich tat sie das auch. „Sie kennen Janek", sagte sie plötzlich. „Sonst würden Sie nicht so viel fragen."

Anton brauchte einen Moment, um das zu parieren. „Meine Pflegekraft kennt ihn", er stotterte beinah. „Wir hätten ihn gerne besucht. Und jetzt dieses Drama."

Er sah sich hilfesuchend nach Zofia um, aber die war weitergewandert und betrachtete jetzt die Bilder hinten in der Ecke, die E-Bindestrich-Motionen.

Ann B. sah aus, als hätte sie eine weitere Erkenntnis gehabt. „Sie sind Freunde von Janek", formulierte sie. Anton konnte nicht deuten, ob dies für sie eine gute oder schlechte Nachricht war.

„Janeks Schwester ist eine gute Freundin von Zofia", sagte er und zeigte zu seiner Pflegekraft hinüber, die allerdings von den Bildern in der Ecke völlig absorbiert schien.

„Das ist interessant." Ann B. nahm wieder eins ihrer Bärchen in die Hand. „Janek und mich verbindet die Suche nach Heimat. Und Wurzeln. Und Halt."

„Haben Sie eine Ahnung, wohin Janek verschwunden sein könnte?"

„Nein", die Antwort kam schnell. „Unsere Verbindung ist anderer Natur. In diesem Sinne weiß ich nicht viel über Janek."

„Verstehe!" In Wahrheit verstand Anton überhaupt nichts.

Bestenfalls, dass das alles wenig Sinn für ihn ergab.

„Ich glaube, wir müssten dann mal los." Er wandte sich um. „Zofia?"

Sie stand immer noch vor den Bildern in der Ecke.

„Ich könnte Ihnen einen Katalog offerieren", Ann B. trat an einen Tisch und griff sich ein Buch. „Eine Auswahl meiner Werke, da können Sie in Ruhe blättern und sehen, ob Ihnen etwas gefällt."

„Wunderbar", Anton nahm das Buch auf den Schoß. Außerdem war endlich Zofia im Anmarsch, allerdings wirkte sie seltsam verstört.

„Wir gehen?", fragte sie, als wäre das eine ganz überraschende Wendung. Dabei betrachtete sie die Künstlerin mit einem misstrauischen Blick.

Erst als sie draußen waren, platzte sie heraus. „Das Bild in der Ecke", sie holte tief Luft.

„Was ist mit dem Bild?"

„Die jungen Leute haben recht gehabt", Zofia klang sehr aufgeregt. „Auf dem Bild ist Janek zu sehen."

Thomas stieß die Tür zur Gaststätte auf und ließ sie genauso heftig ins Schloss fallen. Klaus Riesmann war hinter der Theke beschäftigt, sonst war niemand zu sehen.

„Sie?" Sein ängstlicher Blick sagte alles. Er hatte gewusst, dass Thomas zurückkommen würde. „Haben Sie noch etwas vergessen?"

„Nein, habe ich nicht." Thomas schwang sich auf einen Barhocker direkt vor seiner Nase. „Aber ich glaube fast, *Sie* haben etwas vergessen! Noch einmal: Wo waren Sie am vergangenen Freitag?"

„Hier", seine Stimme war kipplig, „sagte ich doch." Er wischte herum. Schon wieder wischte jemand herum,

dachte Thomas, erst Inge, jetzt er. Überhaupt wurden Dorfgaststätten gerade sein Hauptaufenthaltsort.

Thomas nahm sein Handy und rief das Bild auf, das man ihm zugeschickt hatte. „Kennen Sie den?" Er streckte es über die Theke. „Dieser Kerl hat sich am vergangenen Freitag mit Ihrer Schwester getroffen."

Klaus Riesmann starrte auf das Display. Man konnte förmlich sehen, wie es in seinem Kopf arbeitete.

„Am Freitag war ich –"

„Ja?"

Die Kopfarbeit dauerte lange.

„Ja?"

„Kurz auf der Insel."

„Kurz auf der Insel, aha."

„Ich war da, um mit meiner Schwester zu sprechen." Resigniert ließ Riesmann das Tuch fallen und setzte sich auf einen Hocker hinter der Theke.

Thomas beugte sich vor. „Und Sie haben es nicht für nötig gehalten, das zu erzählen?"

„Mein Gott, die Nachricht war ein Schock", Riesmanns Stimme klang gequält, „Kirsten ermordet! Genau an dem Tag, an dem ich sie besucht hab! Mir war sofort klar, dass man mir das in die Schuhe schieben würde!"

„Das war Ihnen klar?"

„Ich habe Panik gekriegt. Das war alles so unwirklich. Ich habe gedacht, mir glaubt kein Mensch, dass ich für so kurz dahingefahren bin."

„Von wann bis wann waren Sie da – und bitte überlegen Sie jetzt genau, was Sie sagen!"

Riesmann lehnte seinen Kopf an den Schrank in seinem Rücken. Der Druck war jetzt raus. „Ich bin um zehn mit dem Flieger rüber und schon um vierzehn Uhr wieder zurück." Dann schoss sein Kopf doch wieder vor. „Das können

Sie doch bestimmt überprüfen!"

„Bestimmt!"

„Das war ein Höllentag. Ich bin um fünf Uhr morgens hier los und war bis abends unterwegs. Mehr als einen Tag konnte ich nämlich nicht weg."

Thomas kniff die Augen zusammen. Wenn das stimmte, war das sein Glück gewesen. „Wer kann das bezeugen?"

„Rosi hat an dem Tag den Laden alleine geschmissen. Sie weiß, wann ich an dem Abend reingekommen bin."

„Wer ist Rosi?"

„Rosi ist meine – Hilfe."

„Wobei hilft sie denn so?"

„Hier in der Kneipe. Und auch bei meiner Mutter. Rosi ist – ziemlich viel da."

Thomas ließ das so stehen.

„Warum sind Sie für ein simples Gespräch auf die Insel gefahren? Was war so wichtig?"

Riesmann hob die Hände, als müsste er ganz weit ausholen. Dann sagte er unvermittelt: „Möchten Sie auch einen Schnaps?"

„Heute nicht."

Der Wirt überlegte einen Moment. Am Ende blieb er sitzen und widerstand.

„Es ist so … Kirsten … sie wollte … ihr Erbe."

„Ihr Erbe", Thomas zeigte zur Decke, wie es letztens sein Gastgeber getan hatte. „Aber Ihre Mutter ist doch noch da."

„Eben, das war unser Streitpunkt. Aber Kirsten wollte trotzdem ausgezahlt werden. Weil ich ja die Gaststätte übernommen habe. Und auch oben wohne, ohne Miete zu zahlen. Sie wollte 200.000, weil sie behauptete, ihr Geld sei irgendwann weg."

Thomas schwieg. Ganz abwegig war der Gedanke wohl nicht.

„Ich hab Kirsten immer gesagt, das hier ist keine Gold-
grube, das ist mehr ein Gefängnis.“

„Was hat sie darauf erwidert?“

„Dann solle ich die ganze Chose verkaufen und unsere
Mutter ins Heim tun“, Riesmann raufte sich das, was früher
mal Haar gewesen war. „Aber das kommt nicht in Frage.
Weder das eine noch das andere. Das Haus ist seit 120 Jahren in Familienbesitz. Niemals bringe ich Mutter hier weg.“

Thomas überlegte, ob das Haus auch seit 120 Jahren nicht
renoviert worden war.

„Okay, Sie hatten einen Konflikt. Was war Ihr Plan, als Sie
nach Juist aufgebrochen sind?“

„Am Telefon hat sie mich abgewürgt. Deshalb bin ich einfach hingefahren, ohne Absprache. Ich dachte, wenn ich vor
der Tür stehe, kann sie nicht anders als mit mir sprechen.“

„Und das hat geklappt?“

„Ja, hat geklappt“, Riesmann wirkte fast ein bisschen
stolz. „Ich hab sie erst auf dem Handy angerufen, als ich
schon auf der Insel war. Sie fand das nicht toll, aber sie war
bereit, sich mit mir zu treffen.“

„Im Park?“

„Im Park, genau. Aber dann haben wir in so einem Café
auch noch eine Tasse Tee zusammen getrunken.“

Thomas schwieg. Kirstens Bruder war den halben Tag gefahren, um sie zu sehen, aber sie hatte ihn nicht im Hotel
haben wollen. Reizende Person.

„Ich wollte in Ruhe mit Kirsten reden. Am Montag davor
hatte Pascal mir gesagt, dass er sich hier was vorstellen
kann. Einen Landgasthof mit dem Namen *Pascal's*.“

„Aha.“ Thomas schluckte die Frage hinunter, was dann
aus *Rosi's Spezial* werden sollte. *Pascal's Exquisit*?

„Ich meine, ich hatte jetzt richtig gute Argumente. Dass
Pascal den Gasthof weiterführen will – das ist ja auch für sie

schön – von wegen Familientradition. Kirsten hat ja keine Kinder."

„Und das sah Ihre Schwester auch so? Ich meine, dass das schön für sie ist?"

„Ja, also nein. Auf jeden Fall hat sie gesagt, mit dem Geld, das sei nicht so dringend. Das hat mir gereicht."

„Ihre Schwester hat eingelenkt, einfach so?"

„Sie war ja nur deshalb so hinter dem Geld her, weil sie im Hotel Modernisierungen durchführen wollte. Da waren zwar 200.000 nur ein Tropfen auf dem heißen Stein, aber ein Anfang."

„Interessant", Thomas runzelte die Stirn. „Und jetzt sollten die Modernisierungen ausfallen? Oder hatte sie das Geld anderweitig organisiert?"

Riesmann zuckte die Achseln. „Weiß ich nicht. Sie hat nur gesagt, für den Moment sei es nicht akut."

Thomas überlegte. Kirsten Jenssen hatte eine Affäre mit Janek gehabt. Vielleicht hatte sie weggewollt, so dass Hotelmodernisierungen keine Rolle mehr spielten. Andererseits: Geld brauchte sie für einen Neuanfang auch.

„Was hatten Sie für einen Eindruck von Ihrer Schwester?"

„Wie meinen Sie das?"

„War sie gut drauf oder eher in Sorge?"

Riesmann überlegte. „Sie war genervt, aber anders kenn ich sie ja nicht."

„Hat sie etwas von einer bevorstehenden Reise erzählt? Von Zukunftsplänen oder von Problemen?"

„Sie hat nach Pascal gefragt, das tut sie sonst nie. Deshalb hab ich ihr alles Mögliche erzählt."

„Und da hat sie zugehört?"

„Ja, und ich glaube, es hat ihr gefallen. Dass Pascal gut ist in der Ausbildung. Dass er Pläne hat und Ideen. Auf der Rückfahrt hab ich darüber nachgedacht und ich glaube,

Kirsten denkt, Pascal ist ein bisschen wie sie."

„Kirsten ist tot", sagte Thomas.

Ein Ruck ging durch Riesmanns Körper. „Ja", sagte er, „ich rede, als würde sie noch leben. Es ist so – unwirklich – weil ich sie so kurz vorher noch gesehen hab."

„Und sie hat keinerlei Andeutungen gemacht, dass sie noch einen Termin hat? Dass sie jemanden treffen will?"

„Sie hat gesagt, dass es grad stressig ist, weil Redolf unterwegs ist. Mehr nicht."

„Aber sie hat nicht gesagt, warum er unterwegs ist? Dass sie eine Ehekrise hatten?"

„Eine Ehekrise? Nein." Riesmann schüttelte den Kopf. „Aber ich hätte auch nie erwartet, dass Kirsten mir sowas erzählt. Wir hatten kein gutes Verhältnis."

„Auch nicht als Kinder?"

Riesmann überlegte. „Ich glaube nicht. Im Grunde hat sich Kirsten schon damals für mich geschämt." Er sah Thomas stumpf an. „Haben Sie ein Bild von ihr gesehen? Sie war bildschön. Kann man ja von mir nicht gerade sagen."

Thomas schwieg betreten. Man konnte so schlecht widersprechen.

„Einmal hat sie gesagt, dass sie im Krankenhaus bestimmt verwechselt worden ist. Sie fühlte sich hier am falschen Ort. Als Kind wollte sie zum Beispiel unbedingt Klavier spielen lernen, doch dafür fehlte in unserer Familie das Geld. Ich weiß, dass sie unsere Mutter deswegen mal angeschrien hat, das war schon daneben. Andererseits hat sie immer genau gewusst, was sie wollte. Als hätte sie einen großen Plan von ihrem Leben. Das habe ich immer bewundert."

„Was war der Plan von ihrem Leben?"

„Naja, wir mussten als Kinder immer viel helfen, hier in der Kneipe. Man hat das nicht gerne gemacht, aber man hat es gemacht. Wenn Kirsten eingeteilt war, dann hat sie

gesagt: ‚Heute Abend mache ich 20 Mark Trinkgeld.‘ Und das hat sie geschafft. Sie war immer freundlich, jeder hat ihr gerne etwas gegeben. Ich meine, ich hab mich auch über Trinkgeld gefreut, aber ich habe mir vorher keine Gedanken über eine Summe gemacht. Kirsten aber schon, und wenn sie die 20 Mark nicht bekommen hätte, hätte sie sie womöglich den Leuten aus der Tasche geklaut, allein, damit ihr Plan aufgeht.“

„Verstehe“, Thomas nickte, „und beruflich war es ähnlich?“

„Sie hat ihre Lehre bei Accon gemacht. Das war damals eine weite Strecke und sie hatte ja noch kein Auto. Trotzdem wollte sie unbedingt dorthin, auch gegen den Willen unseres Vaters. Einfach, weil sie dort die besten Aufstiegschancen sah.“

„Von dort ist sie dann irgendwann zu Megalux gewechselt?“

„Auch nur wegen der Karriere. Meine Mutter hat mal gesagt, sie gibt keine Ruhe, bis sie ganz oben ist.“

„War sie als Hotelchefin ganz oben? Hatten Sie das Gefühl, sie ist jetzt am Ziel?“

Riesmann rieb sich die Nase. „Irgendwie schon, aber auch wieder nicht. Als wir um die Ausbezahlung gestritten haben, da hat sie gemeint, sie wolle das Hotel ganz nach vorn bringen. Wenn man nicht investiere, ginge es irgendwann bergab.“

Thomas überlegte. „Ich habe mit einer ehemaligen Kollegin bei Megalux gesprochen, die meinte, Kirsten sei über Leichen gegangen.“

„Das hat sie gesagt?“ Riesmann zog die Nase hoch. „Kann man sowas sagen, ich meine, sie ist ja jetzt tot?“

„Es ist egal, was man darf. Ist Ihre Schwester über Leichen gegangen?“

„Naja, sie hat halt mit allen Mitteln ihre Ziele verfolgt. Aber dadurch hat sie es auch zu etwas gebracht, anders als ich."

Riesmann zog schon wieder die Nase hoch. Die Sache ging ihm an die Nieren.

„Ich weiß, was die Kollegin meint", sagte er irgendwann bedeckt. „Als junger Kerl hab ich mal Scheiße gebaut. Meine Eltern waren für zwei Tage weg, da hab ich heimlich den Wagen genommen und eine Macke reingefahren. Ich hätte das vertuschen können, weil ein Kumpel in einer Werkstatt arbeitete. Aber Kirsten hat die Macke fotografiert und mir für die Bilder 100 Mark abgenommen. So war meine Schwester."

„Autsch", rutschte es Thomas heraus. Er hatte über Jahre im Drogendezernat gearbeitet und alles gesehen, aber manchmal waren es die kleinen Dinge, die ihn beeindrucken konnten. „Wie sehen Sie Ihren Schwager?"

„Redolf?", Riesmann hob die Augenbrauen. „Wie ich den sehe?"

Thomas wartete ab.

„Ich glaube, Redolf ist okay. Ich hab ihn auf der Hochzeit kennengelernt."

„Sie haben Redolf nur einmal gesehen?"

Riesmann lachte bitter. „Meine Schwester hatte kein Interesse, uns zu präsentieren. Unser Stall war wohl für die Jenssens zu schlicht."

Thomas nahm das zur Kenntnis. Aber er nahm noch etwas anderes zur Kenntnis, und zwar dass Klaus Riesmann aller Ablehnung zum Trotz nach Juist gereist war, um mit seiner Schwester zu sprechen. So hatte er Druck ausgeübt. Ganz so doof war der liebe Bruder offenbar nicht. Zumindest, wenn es um die Interessen von Pascal ging. Klares Ziel vor Augen, könnte man sagen.

„Wie steht es eigentlich mit dem Erbe, jetzt da Kirsten nicht mehr ist?"

Riesmann sah ihn fragend an.

„Ich nehme an, Redolf wird irgendwann erben. Andererseits – da er in Ordnung ist und die Familie kaum kennt, wird er womöglich verzichten."

„Was wollen Sie damit sagen?"

„Dass Sie ein Riesenproblem gehabt hätten, falls Kirsten doch ihr Geld eingefordert hätte."

„Aber das hat sie nicht!", Riesmanns Stimme überschlug sich. „Und ich war am Freitagabend hier, das können Sie überprüfen."

„Das werden wir. Und auch, wo Pascal war. Und alle Menschen, die Ihnen möglicherweise einen Gefallen tun würden."

„Sie spinnen ja!" Riesmann sprang auf.

„Mag sein", Thomas blieb gelassen. „Übrigens hat das auch immer meine Schwester zu mir gesagt."

„An diesen Insel alles ist schön", sagte Zofia, „nur eins nicht."

Anton legte den Kopf zurück und wartete, was Zofia meinte.

Sie saßen auf einer Bank mit Blick auf das Wattenmeer. Genaugenommen saß nur Zofia auf der Bank, er saß im Rollstuhl. Trotzdem war es schön, nebeneinander zu sitzen und auf das Wasser zu blicken.

„Auf den Weg von den Atelier bis hierher ist wie viele Meter?", fragte seine Pflegerin jetzt.

Anton sah die Deichpromenade hinunter. „Etwas mehr als ein halber Kilometer vielleicht."

„Etwas mehr als ein halber Kilometer", wiederholte Zofia.

„Auf diesen etwas mehr als ein halber Kilometer sind uns drei Paare begegnet und alle drei Paare waren sehr verliebt und sehr glücklich."

Verdutzt sah Anton seine Pflegekraft an. Was kam denn jetzt?

„Und?", fragte er, als gar nichts kam.

„Nichts und. Sind nur verliebte Paare nicht gut zu ertragen manchmal."

Anton ließ das sacken. Ein paar Minuten saßen sie ganz still, schließlich fasste sich Anton ein Herz.

„Möchten Sie mir etwas sagen, Zofia?"

„Was möchte ich sagen?"

„Nun ja, Sie sind ja mit diesem Feiko auf einem Ausflug gewesen. Jetzt wohnen Sie in seinem Haus. Möglicherweise haben Sie sich ein wenig – verguckt?"

Anton merkte, dass Zofia sich ihm zuwandte. „Verguckt ist – verliebt?"

Anton nickte nur stumm.

„Dann sagen Sie mir: Glauben Sie das wirklich in Ernst?"

„Nun ja, er ist ein gutaussehender Mann. Noch dazu sehr wohlhabend. Und er bemüht sich um Sie, wenn ich es richtig einschätze." Anton spürte Zofias intensiven Blick, schaute aber selbst weiter aufs Watt.

„Waren deshalb Sie pampig, als ich mit Feiko unterwegs war?" Unter anderen Umständen hätte Anton gelacht. ‚Pampig' war im vergangenen Winter Zofias Lieblingswort gewesen.

„War ich pampig?", wand er sich raus. „Wenn ja, tut es mir leid. Ich habe kein Recht, pampig zu sein, wenn Sie sich mit jemandem treffen. Sie sind eine attraktive junge Frau. Es ist wichtig, dass Sie den Richtigen finden. An mich darf ich bei sowas nicht denken."

Anton hörte, wie Zofia tief Luft holte. „Will ich etwas

sagen –" Gott sei Dank hatte sie nun den Blick abgewandt und schaute wieder aufs Watt. „Feiko ist nett, doch ist er ein alter Mann."

„Oh", sagte Anton. Er hatte sich erst gerade damit abfinden können, dass er vielleicht alt war, er war 78. Wenn nun aber dieser Feiko schon alt war, was war dann er?

„Nehmen Sie nicht übel, aber er ist viel über 50, er ist vielleicht sogar 60."

„Aha", sagte Anton nochmal. Kurze Antworten schienen ihm bei diesem Gespräch die richtige Wahl.

„Viel schlimmer aber: Er ist ein seltener Vogel."

„Ach", meinte Anton.

„Er ist schwierig, glaube ich, und schwer zu durchsehen. Bestimmt ist er reich, aber –", ihr Tonfall bekam jetzt etwas Vorwurfsvolles, „Sie wissen doch, dass das ist nicht wichtig für mich?"

„Ja", gab Anton zu.

„Außerdem – zum Verliebtsein gehört vieles mehr."

„Da haben Sie recht", Anton drehte sich jetzt doch zu Zofia um. „Tut mir leid, wenn ich Ihnen zu nah getreten bin, aber als Sie das eben sagten mit den verliebten Paaren … Ich möchte, dass Sie sich frei fühlen. Das ist mir ganz wichtig."

Zofia knuffte ihn in den Arm. Es war leider der linke, er merkte es kaum. „Kann ich versprechen, dass ich kein bisschen verguckt bin in diesen Feiko. Aber ich weiß, wer in Janek verguckt ist: die Künstlerin! Sonst hätte sie nicht ein Bild gemalt mit seinen Gesicht."

„Könnte sein", stimmte Anton zu, fröhlicher jetzt. Er hatte das Gefühl, es hatte sich zwischen ihnen etwas geklärt, wenn auch nicht alles.

„Und wenn sie ist verliebt, dann musste sie neidisch auf Kirsten sein. Die war verheiratet und trotzdem hat sie ihr

Janek weggeschnappt."

„Stimmt", meinte Anton nochmal. „Meinen Sie, wir sollten weitermachen und herumfragen und –"

„Naturlich", sagte Zofia, „oder wollen lieber Sie verliebten Paaren hinterherschauen?"

Anton lachte. „Auf gar keinen Fall. Ist ja entsetzlich."

Zofia lachte mit, aber dann wurde sie schnell wieder ernst. „Früher, in Polen, Janek wurde von einigen Mädchen verehrt."

„War er ein Casanova?"

„Nicht ein Casanova. Auch nicht ein Sportsmann, den alle Mädchen lieben. Ein Musiker halt. Nur ein paar Mädchen fanden ihn gut, die aber sehr."

„Sie auch?" Anton hoffte, dass die Frage leicht klang, nicht inquisitorisch.

„Oh ja, ich auch, aber da war ich noch jung. Er war Kajas Bruder und er spielte Gitarre. Aber hat er kein Wort mit mir gesprochen. Ich war für ihn Luft."

„Das Schicksal kleiner Schwestern", versuchte Anton zu trösten, „und der Freundinnen von kleinen Schwestern."

„Aber jetzt auf Kajas Hochzeit er hat mit mir gesprochen."

Anton schwieg. Was kam jetzt, eine Erklärung?

„Er hat mit mir getanzt. Er hat mich gefragt, was ich arbeite und wo in Deutschland ich bin. Zum ersten Mal in Leben er hat mich wirklich gesehen."

Anton hielt sich weiter zurück.

„Er war nett. Er hat mir Geld angeboten, damit ich nicht verkaufen muss unseren Haus."

Erstaunt fuhr Anton herum. „Damit Sie nicht Ihr Haus verkaufen müssen?"

„Nein – ja –", Zofia suchte hektisch nach Worten. Sie hatte offenbar etwas ausgeplaudert, was sie nicht hatte ausplaudern wollen.

„Was ist mit Ihrem Haus?“, ließ Anton nicht locker.

Zofia war noch immer von der Rolle. „Den *kredyt*“, stotterte sie. „So sagt man bei uns.“

„So sagt man auch im Deutschen – Kredit. Ist er fällig, ist das das Problem?“

„In Polen kam einen Tag ein Mann von der Bank“, sagte Zofia, „aber eigentlich ich möchte davon nicht sprechen.“

„Es ist etwas, das Sie belastet“, meinte Anton. „Wir kennen uns gut genug, um über belastende Dinge zu sprechen. Ich würde das auch tun, wenn es bei mir etwas gäbe.“

„Und was ist mit Krystina?“, fragte Zofia, nun forscher. „Haben Sie mit jemanden wegen Krystina gesprochen? Das hat Sie belastet, aber Sie haben mit sich allein das fertig-gemacht.“

Anton suchte nach einem Ausweg. Ihm fiel keiner ein. „Das stimmt“, gab er zu. „Vielleicht war es ein Fehler.“

„War es Ihren Entscheidung“, sagte Zofia, „und mit mei-nen Haus ist meine Entscheidung.“

„Aber vielleicht kann ich aushelfen“, bot Anton an.

Zofia reagierte nicht. Es schien, als wäre sie mit ihren Gedanken woanders. „Ist Krystina noch in Ihren Kopf?“, fragte sie unvermittelt.

Anton überlegte. „Manchmal“, gab er zu. „Dann wache ich morgens auf und denke, ich will gar nicht aufstehen. Dann fällt mir ein, sie ist nicht mehr da – Sie sind da – und dann geht es mir gut.“ Er hätte noch viel mehr erzählen können. Dass es mit Krystyna abends besonders schlimm gewesen war. Dass sie dann aggressiv geworden war und irgendwann müde. Er hätte von seinem Verdacht erzählen können, ließ es aber bleiben.

„Wichtig ist, dass es Ihnen gutgeht“, sagte Zofia, „nicht, was mit meinen Haus ist.“

„Wie man's nimmt“, dann fasste Anton sich nochmal ein

Herz. „Eilt es mit Ihrem Kredit? Geht das Haus verloren, wenn Sie nicht bald etwas tun? In den nächsten Wochen, meine ich jetzt?"

„Nicht in den nächsten Wochen."

„Gut", Anton war zufrieden, „dann suchen wir weiter nach Janek."

„Haben wir alles geklärt", Zofia stand auf. „Gehen wir in Ihren Pension. Und danach laufe ich in die Wohnung von Feiko, die Wohnung von den sehr alten Mann."

Anton lachte. „Ich finde ihn jung."

Zofia griff sich den Rollstuhl. „Finde ich nicht. Tomasz ist jünger. Und noch einiges mehr."

Anton schwieg. Und lächelte in sich hinein. Vielleicht würde sich am Ende doch alles klären.

———

Er sah sie nicht nur, er hörte sie auch. Obwohl er eine ganze Ecke weg war, in sicherer Entfernung auf dem Wall oberhalb des Hafens, hörte er sie. Vier Handwerker in Feierabendlaune. Sie hatten letztens im Hotel auf Juist ein paar Badezimmer gefliest, nun waren sie auf Baltrum beschäftigt und warteten auf die Fähre zum Festland.

In ihm krampfte sich etwas zusammen. Sie würden ihn erkennen. Mit einem von ihnen hatte er sich in der Bar unterhalten.

Die vier lachten, einer musste einen Witz gemacht haben. Janek fühlte in seine Hosentasche, konnte das Taschentuch greifen, spürte die Klinge darin. Am Vorabend war ihm im Müll eine Rasierklinge untergekommen. Sie war ihm wie ein Hinweis erschienen, wie eine Einladung, das alles zu beenden. Er hatte sie eingewickelt und in seine Tasche gesteckt.

Heute Morgen dann hatte er vor dem Spiegel gestanden, bestimmt eine Stunde, und es versucht. Mehr als einen Ritzer

im Unterarm hatte er nicht zustande gebracht. Dann war ihm eingefallen, dass das Fahrtenmesser aus dem Ferienhaus sowieso besser geeignet war, und das Projekt für beendet erklärt. Inzwischen steckte die Klinge wieder in seiner Tasche, aber er war ein Feigling, seine Schwester hatte es immer gesagt, und offenbar hatte sie recht.

Inzwischen hatte er andere Pläne geschmiedet. Er musste auf die Fähre, irgendwie die Überfahrt überstehen, und dann weg. Deswegen stand er hier, sah die vier Kerle dort unten, lachend, feixend, der eine hatte einen Plastikbecher in der Hand.

Er konnte nicht mit, sie würden ihn sofort erkennen. Das war zu gefährlich. Er war nun mal ein Feigling.

———

O Boże! Sie musste unbedingt die Schuhe ausziehen, alles war mit einem hellbeigen Teppich ausgelegt. Als Zofia am Mittag hier gewesen war, hatte sie nur in aller Eile ihre Tasche unten in den Flur gestellt. Erst jetzt, da sie die Treppe in Feikos Wohnung hinaufstieg, sah sie, wie edel hier alles war.

Zofia schwebte durch die Etage, in der alles so wunderbar war, dass sie es kaum anfassen mochte. Braune Sessel aus weichem Leder, eine Küche in natürlichem Massivholz, ein Fernseher, der so groß war, dass man das Gefühl hatte, im Kino zu sitzen. Dabei brauchte man hier keinen Fernseher. Es gab riesige Fenster und aus diesen Fenstern hatte man einen Blick in die Dünen. Zofia musste sich setzen. Sie hatte etwas Einfaches haben wollen, das nicht viel kostete. Nun war es, als bewohnte sie das teuerste Apartment auf der ganzen Insel. Das konnte nicht sein!

Ihr Blick fiel auf eine Flasche Rotwein, die auf dem Tisch stand. Ein Zettel war daran befestigt. *„Genießen Sie die*

Insel!", mehr stand nicht drauf. Sie las ihn dreimal, dann war sie sicher, dass darin keine Aufforderung lag, keine Verpflichtung und auch kein Liebesbeweis. Vielleicht war es wirklich in Ordnung, dass sie zwei oder drei Nächte hier wohnte. Vor allem, wenn sie sich vornahm, außer dem Bett praktisch nichts zu berühren.

Neugierig sah sie sich um. Es hingen Bilder an der Wand, alle in Schwarz-Grau, als wäre dem Maler die Farbe ausgegangen. Trotzdem hatten sie Stil, ganz sicher waren sie nicht von dieser Ann gemalt worden. Es standen auch Bücher im Regal und eine Reihe von CDs. Unter dem Couchtisch lagen Zeitschriften und in der Küche fand sich eine Schale mit frischem Obst. Trotzdem sah alles irgendwie unbewohnt aus. Es gab keine Fotos und keine Notizen. An der Garderobe im Flur hingen eine Kappe und ein Schal. Ansonsten gab es nichts, was auf täglichen Gebrauch hindeutete. Zofia öffnete die anderen Türen im Flur. Ein hübsches modernes Bad tat sich vor ihr auf. Daneben das Schlafzimmer. Ein Doppelbett mit Tagesdecke. Auf dem Nachttisch ein Wecker und eine Lampe. Zofia öffnete den Kleiderschrank. Eine Winterjacke, Bettwäsche und Handtücher, sonst nichts. Zofia ging zurück in den Flur, um die letzte verbliebene Tür zu öffnen. Sie war verschlossen, kein Schlüssel im Schloss. Zofia hielt inne. Das Haus hatte drei Etagen, das hatte sie von außen gesehen. Unten im Erdgeschoss gab es eine dunkle Wohnung, die den *Plichers* gehörte. Zumindest hing dort an der Tür eins dieser getöpferten Schilder mit diesem Namen. Oben gehörte alles ihrem Gastgeber – dieses Stockwerk und noch eins darüber.

„Feiko Harms", hörte Zofia sich sagen. „Dort oben ist, wo du in Wirklichkeit wohnst."

———

Leer. Thomas zog die nächste Flasche aus dem selbstgebauten Weinregal seines Vaters. Leer. Irgendetwas stimmte hier nicht. Sein Vater trank praktisch überhaupt keinen Wein mehr. Hatte sich das geändert, weil er sich mit Krystina weniger wohlgefühlt hatte? Aber warum hatte er dann die leeren Flaschen wieder ins Holzregal gelegt? Das ergab keinen Sinn.

Das Handy schreckte ihn hoch. Als er die Nummer sah, war er wie elektrisiert.

„Zofia?" Es war mehr vorsichtige Frage als Gewissheit. Wer weiß, wer diesmal den Hörer in der Hand hielt?

„Tomasz!" Ihre Stimme löste etwas aus. Wärme machte sich in seinem Inneren breit.

„Zofia." Das konnte jetzt noch ein paarmal hin und her gehen, wenn es nach ihm ging. Aber dann nahm Thomas die starken Hintergrundgeräusche wahr, ein Brausen und Tosen.

„Bist du am Meer?"

„Ja, am Meer. Weil im Haus ich habe kein Handyempfang. Hier ist sehr viel Wind und ein kleines bisschen auch Regen."

„Klingt gemütlich."

„Gemutlich", Zofia schien zu zögern. „Ich wäre jetzt gerne zu Hause am gemutlichen Ofen."

Thomas sog das ein. Vielleicht war es ja nett gemeint, also nicht nur in Bezug auf den Ofen.

Die Geräusche wurden leiser. „Ich bin jetzt von Meer weg", erklärte Zofia. „Hier ist weniger Wind. Da kann ich besser telefonieren."

Und dann sprudelte sie los. Dass sie in einer Wohnung untergebracht war und sein Vater in einem Seniorenhotel. Ob er das Bild bekommen habe, das Beata ihm geschickt habe. Und ob die Polizei wisse, wer die Person auf der

Skizze sei. Und ob zu Hause alles okay war.

Wieder hatte sie „zu Hause" gesagt – Thomas freute sich sehr. Dann erzählte er, was bei ihm alles passiert war. Dass er nun in Dortmund offiziell für den Fall zuständig war. Dass auf der Skizze Kirsten Jenssens Bruder zu sehen war. Dass dieser aber für die Tatzeit ein Alibi habe. Er hörte Zofia daraufhin seufzen, sie hoffte also immer noch auf Janeks Unschuld.

„Und zu Hause ist alles in Ordnung", beeilte sich Thomas zu sagen. „Nun ja, Harald und Inge sind etwas aufgeregt, weil in Bernd Arnolds Haus ein schwules Pärchen eingezogen ist."

„Ein schwules Pärchen." Man merkte, dass Zofia diese Wendung noch nie ausgesprochen hatte. Hoffentlich hatte er sie nicht überfordert, sie kam schließlich aus Polen. „Und wo ist den Problem?"

„Kein Problem", Thomas musste grinsen, als er das Wirtepaar zitierte. „Ist nur erstmal ungewohnt."

„Der Bruder von Frau Jenssen", kam Zofia nun auf Wichtigeres zurück. „Kann es nicht sein, dass er ein falschen Alibi hat?"

„Es sieht nicht so aus. Er war auf der Insel, okay, aber er ist zeitig mit dem Flieger zurück. Das haben eine ganze Reihe Leute bestätigt."

„Vielleicht er hat einen Killer engagiert?"

„Auf der Insel?", Thomas unterdrückte ein Lachen. „Einen Insel-Killer meinst du?"

„Es ist doch einen komischen Zufall, dass er auf den Insel kommt und am selben Tag stirbt seine Schwester."

„Stimmt, aber solche Zufälle gibt's." Thomas ließ sich auf einem Stuhl nieder, den sein Vater vor Urzeiten hier abgestellt hatte. „Allerdings hat mir der Bruder Interessantes über Kirsten Jenssen erzählt. Sie muss ein Aas gewesen

sein, das nur die eigene Karriere im Blick hatte."

Zofia sagte nichts. Möglicherweise hatte sie nicht alles verstanden.

„Als Kind hat sie ihn erpresst, als er mal Mist gebaut hat."

„Erpresst?"

„Sie hat gesagt, sie hält den Mund, wenn sie dafür etwas bekommt."

„Habe ich verstanden", Zofia klang etwas trotzig. „Dann ist sie wirklich ein Ass."

„Durchtrieben", sagte Thomas, „so sagt man im Deutschen."

„Durchtrieben", wiederholte Zofia. „Ich spreche sehr schlecht Deutsch. Nur ein paar Wochen war ich in Polen und nun spreche ich wieder sehr schlecht."

„Das kommt wieder", beruhigte Thomas sie, „ganz bestimmt kommt das wieder. Lass uns erst wieder Scrabble spielen. Und spazieren gehen."

„Und streiten", sagte Zofia. „Beim Streiten lerne ich sehr viel."

„Oh ja", sagte Thomas. „Ich freue mich schon, mit dir zu streiten."

„Ich freue mich auch, aber jetzt müssen wir ein Ende machen, das Gespräch wird zu teuer."

„Aha", meinte Thomas. Zofia war der einzige Mensch in seinem Umfeld, bei dem Telefongespräche noch „zu teuer" wurden. Ihn erinnerte das an Zeiten, als man Ferngespräche nur nach 18 Uhr führte und für eine längere Telefonschnur eine monatliche Mietgebühr an die Post überwies. Zofia hatte ein ganz passables Tablet, aber ihr Uralt-Handy mit Prepaid-Karte tauschte sie beim besten Willen nicht aus.

„Aber vielleicht könnten wir –", setzte er an, nur um festzustellen, dass die Verbindung schon tot war. Fassungs-

los starrte er auf sein Smartphone. In einem jedenfalls
konnte er sicher sein: Anlass zum Streiten würden Zofia
und er immer ausreichend finden.

———

Nicht – auch – das – noch! Etwas anderes konnte Gesa
nicht denken, als sie beim Absteigen vor ihrem Haus eine
Gestalt wahrnahm. Sie hatte sich bei Nieselregen und Gegenwind ins Loog zurückgekämpft nach einem überaus
anstrengenden Tag. Redolf hatte aufgerichtet, ihre Mutter
beruhigt werden müssen, zwischen diesen Fronten war sie
beinah zerschellt. Nun war Gesa nach Hause gefahren in
der Hoffnung, dass die beiden etwas Schlaf finden würden.
Sie selbst hatte sich auf ihre Hunde gefreut, auf ein Glas Rotwein – und dass vielleicht Maren später noch vorbeikommen würde. Doch an all das war vorerst nicht zu denken.
Ann stand vor der Tür. In ihrem grünen Regenmantel, mit
ihren lächerlichen Baumelohrringen und mit einem Blick,
der eine Mischung aus Sorge und Vorwurf enthielt.

„Gesa, da bist du ja!" Ihre Stimme klang ein wenig schrill.
Möglicherweise hatte sie getrunken. Das würde die Sache
noch komplizieren.

Tausend Bilder glitten durch Gesas Kopf, während sie ihr
Fahrrad abstellte – ihr erster und einziger Besuch bei Ann,
als sie sich ein Glas aus dem Küchenschrank hatte nehmen
wollen und dort einen großen Zettel vorgefunden hatte,
der von innen an die Tür geklebt war: „*Auf keinen Fall be-
trunken Dietmar anrufen!*"

„Hast du auf mich gewartet?" Gesas Frage war überflüs-
sig. Das Ganze war offensichtlich.

„Nicht lange", Ann sprach jetzt ruhiger und lallte nicht,
das war schon mal gut. Außerdem versuchte sie es gar
nicht erst mit ihrem Pseudo-Künstler-Gerede, mit dem sie

Kunden zu beeindrucken versuchte.

Gesa konnte nicht länger an ihrem Fahrrad herumfummeln, sie musste sich der Wirklichkeit stellen, auch wenn die schrecklicherweise aus einer erwartungsvollen Ann Brinkschulte bestand.

„Es war ein anstrengender Tag." Ein bisschen hoffte Gesa, dass Ann die Botschaft verstand. Natürlich tat sie das nicht, im Gegenteil.

„Das kann ich mir vorstellen." Ann trat auf sie zu, wollte sie in den Arm nehmen. „Es tut mir ganz furchtbar leid."

Gesa wand sich vorbei. „Ich bin wirklich völlig kaputt."

Sie spürte, dass Ann ihr unsicher folgte. „Heute war ein seltsames Pärchen bei mir, ein alter Mann und eine Polin. Sie haben sich nach Janek erkundigt und auch nach deiner Schwägerin."

Gesa wandte sich überrascht um. Maren hatte dasselbe erzählt. Die beiden schienen die ganze Insel unsicher zu machen auf der Suche nach diesem polnischen Nichtsnutz.

„Ich dachte mir schon, dass dich das interessiert", Ann hatte offenbar neue Hoffnung geschöpft, sie folgte Gesa wie selbstverständlich ins Haus, wo die Hunde sie freudig begrüßten.

„Naja", wiegelte Gesa ab, während sie ihre Schuhe abstreifte. „Die Polin kennt Janek von früher. Jetzt werden sie mit diesem Desaster konfrontiert und stellen in ihrer Aufregung alles auf den Kopf."

Ann zog ihre Kapuze ab, so dass ihre dämlichen Bärchenohrringe noch besser zur Geltung kamen. „Ja, es ist wirklich ein Desaster. Eine Tragödie. Ein –" Gesa schälte sich extra umständlich aus ihrer Jacke, so dass ihr weitere Synonyme erspart blieben. Dabei sah sie, wie sich Bächlein um Anns Schuhe bildeten. Gleichzeitig machten die Hunde Theater. Sie hofften auf eine späte Runde, doch Ann schien

es nicht zu bemerken. Sie legte nun ihren grünen Regenmantel ab; so schnell wurde Gesa sie nicht los.

„Was meinst du – sollte ich Dietmar informieren über die Ereignisse hier auf der Insel?"

Gesa hätte aufjaulen können. Warum wurde sie ständig in Sachen Dietmar gefragt? Vor Wochen war Ann einmal, ohne zu klingeln, in Gesas Wohnung gestürmt, um sie an der wichtigen Frage teilhaben zu lassen, ob Ann der kleinen Matilda ein Weihnachtsgeschenk machen sollte. Gesa hatte praktisch vor sich gesehen, wie Anns Ex und seine Frau das Geschenk kopfschüttelnd entsorgt hatten.

„Ich glaube nicht, dass es für Dietmar von Belang ist", sagte Gesa müde und ließ die Labradore zur Terrassentür hinaus. Tatsächlich war sie auf eine Runde im Dunkeln nicht scharf.

„Das könnte man denken." Ann stand hinterm Sofa, so dass Gesa sich noch einen Moment der Illusion hingeben konnte, dass sie nicht lange blieb. „Andererseits gehört ihm ja das Haus und deshalb ist er durchaus am Inselleben interessiert, allein wegen wirtschaftlicher Belange."

„Ich glaube nicht, dass wegen des Mordes die Immobilienpreise fallen." Gesa ging zum Schrank. Und verdrängte den Gedanken, dass dieser Mord für den Insel-Tourismus tatsächlich nicht gut war. Und dass er speziell ihrem Hotel schaden konnte. Die Gäste suchten schließlich ein Stück heile Welt.

„Um ehrlich zu sein, Ann, ich hatte mich auf ein ruhiges Glas Rotwein gefreut."

„Super Idee, da sag ich nicht nein."

Gesa stellte sich vor, wie Maren sich später kaputtlachen würde, wenn sie von der Begegnung erzählte. Und auf einmal war alles nicht mehr so schlimm.

Sie nahm zwei Gläser heraus und ging in die Küche, um

eine Flasche Rotwein zu holen. Als sie zurückkehrte, hatte Ann es sich auf dem Sofa gemütlich gemacht.

„Heute in meinem Atelier, das fühlte sich irgendwie falsch an." Gesa hatte keine Ahnung, wovon Ann sprach.

„Diese Leute, das war wie ein Eindringen. Sie kamen unter dem Vorwand, die Bilder anschauen zu wollen. Aber dann wollten sie doch nur Informationen."

Gesa schenkte ein, hob kurz ihr Glas und nahm einen großen Schluck. Sie musste das hier schnell wegtrinken, sonst würde sie Ann nicht ertragen. „Sie wollen etwas über Janek erfahren", versuchte sie das Ganze auf eine sachliche Ebene zu bringen. „Deshalb fragen sie herum. Das ist irgendwie verständlich, findest du nicht?"

Ann schaute in ihr Glas, als fände sie dort eine Antwort auf diese Frage. Dann hob sie plötzlich den Blick. „Aber warum fragen sie mich?"

Gesa trat vor Augen, wie sie einmal mit Redolf und ihrer Mutter auf ein Glas Sekt in die Bar gegangen war. Auf Mutters letztem Geburtstag war das gewesen. Damals hatte Ann in einer Ecke gesessen und den Pianisten angeschmachtet. Okay, vielleicht war sie in Gedanken bei Dietmar gewesen und Janek hatte zufällig in ihrem Sichtfeld gesessen. „Du hast viele Abende in der Bar verbracht", wagte Gesa sich vor. „Das wird dem ein oder anderen aufgefallen sein."

Auch darüber dachte Ann nach. „Wir hatten eine Verbindung", sagte sie dann. „Janek war Künstler wie ich."

„Na siehst du", sagte Gesa pragmatisch und nahm einen weiteren Schluck.

„Die Insel war für mich immer Rückzug. Nun ist die Ordnung ins Wanken geraten. Ich weiß nicht, ob ich hier überhaupt weiterleben kann." Ann sah hoch, als erwarte sie eine entsetzte Reaktion. Vielleicht, dass ihr Weggang das Schlimmste war, was der Insel passieren konnte. Noch vor

Überspülung oder Versandung.

„Ich denke, es ist für uns alle nicht leicht."

Sheila und Penny waren zurück. Gesa stand auf, um sie hereinzulassen. Die beiden waren durchs nasse Gras gelaufen. Normalerweise hätte Gesa jetzt ein Tuch geholt, aber dafür fehlte ihr die Kraft. Sie ließ sie herein, wie sie waren.

„Ich merke, wie in mir alles darum kreist", führte Ann aus und stellte ihr leeres Weinglas demonstrativ auf den Tisch.

Vielleicht war es die Geste, wahrscheinlicher aber Anns Satz, der bei Gesa etwas bewirkte. Dieses endlose Rühren in einer Suppe, in der es um Ann ging. Gesa hatte plötzlich das Gefühl, nicht länger das brave Hotelierskind spielen zu können, das immer zustimmte, um die Gäste nicht zu verärgern.

„Vielleicht ist das dein Problem", sagte sie und bemühte sich um einen ruhigen Ton. „Dass du immer nur um dich selbst kreist."

Ann sah sie fragend an.

„Es ist doch so: *Meine* Schwägerin wurde ermordet, *mein* Bruder dreht am Rad, *unser* Hotel wurde geschlossen, trotzdem sprichst du die ganze Zeit nur von dir selbst."

Gesa sah, dass sich Anns Gesicht verdunkelte. Dann holte sie aus. „Um ehrlich zu sein, Gesa, ich hatte nicht den Eindruck, dass dich der Tod deiner Schwägerin wirklich belastet."

Ein neuer Ton. Alles Versponnene war daraus verschwunden, Anns Stimme war schneidend und kalt.

„Und falls du lieber über Fakten als über Befindlichkeiten reden möchtest: Ich war am Freitagabend hier, um dich zu besuchen. Gegen viertel nach sechs. Aber leider warst du nicht da."

In Gesa arbeitete es. Viertel nach sechs.

„Da war ich mit den Hunden unterwegs", bemühte sie sich um einen lockeren Ton. Wie zur Vergewisserung warf sie einen Blick auf die beiden. Sie hatten sich nicht in ihren Korb, sondern vor ihre Füße gelegt und warteten auf weitere Aufmerksamkeit.

„Komisch. Die Hunde waren da. Sie haben beim Klingeln ein Heidentheater gemacht. Hast du sie womöglich vergessen?" Ann stand auf. „Aber du hast schon recht, ich sollte dich nicht länger belästigen. Bestimmt brauchst du Ruhe. Wegen Trauerarbeit. Und weil du ja jetzt wieder volles Rohr ins Hotelgeschäft einsteigst."

Anns Blick sagte alles. Sie hatte nicht getrunken, sie war hellwach. Im nächsten Moment war sie schon aus dem Zimmer und an der Haustür.

Gesa beugte sich hinunter, um ihre Hunde zu kraulen. Besser wohl, sie wäre das brave Hotelierskind geblieben.

———

Ein aufgeregtes Huhn. So kam Zofia sich vor. Wie aufgescheucht lief sie in der Wohnung herum und kam nicht zur Ruhe. Eben schon hatte sie ihre Sachen im Schlafzimmer ausgebreitet. Naja, nicht richtig ausgebreitet. Sie hatte ausgepackt, was sie brauchte, und versucht so wenig Unordnung zu schaffen wie möglich.

Dann hatte sie getestet, ob die Musikanlage leicht zu bedienen war. War sie leider nicht, es gab drei Fernbedienungen, die hatte sie schon wieder zur Seite gelegt.

Sie hatte auch geschaut, ob es irgendwo einen Hinweis auf ein WLAN-Passwort gab. Sie war sicher, dass ihr Gastgeber Internet hatte, aber es war nichts zu finden.

Dafür gab es einen sehr modernen Ofen mit einer blitzsauberen Glasscheibe. Feiko hatte tatsächlich einen Zettel daran geklebt. „*Gerne anmachen*", stand darauf geschrie-

ben. Im Ofen war schon alles vorbereitet, zerknülltes Zeitungspapier steckte unter etwas Anmachholz. Außerdem lag eine Packung Streichhölzer daneben. Feiko Harms hatte sich rührend um alles gekümmert. Trotzdem war für Zofia die wichtigste Frage gewesen, ob sie die Scheibe am nächsten Morgen wieder so blitzsauber kriegen würde, wie sie sie vorgefunden hatte; am Ende hatte sie es lieber gelassen. Eigentlich hätte sie gerne etwas Wärme gehabt und noch lieber hätte sie ein Feuer gehabt, in das sie hineinstarren konnte. Das beruhigte sie, das wusste sie von zu Hause. Also von Herrn Antons Zuhause. Was jetzt auch ihr Zuhause war, wie sie sich eingestehen musste. Konnte sie deshalb nicht einfach ihr Elternhaus verkaufen – auch wenn das in Polen ungewöhnlich war?

Andererseits: Was, wenn Herr Anton einmal nicht mehr war? Beata hatte es ja vorhin noch erwähnt. Tomasz würde das Haus vermutlich abgeben wollen – und ob er sich immer noch für sie interessierte, wenn sie seinen Vater nicht mehr versorgte, wusste kein Mensch, sie wollte sich da besser auf gar nichts verlassen. Wenn sie verkaufte, hatte sie nichts mehr, wohin sie zurückkehren konnte. Bestenfalls das Haus ihrer Tante, aber da war es auch ohne sie schon zu eng.

Sie schob die schweren Gedanken beiseite und ging zum Fenster hinüber. Irgendwo in der Ferne musste das Meer sein, man hörte die Brandung. Viel lauter aber hörte man den Regen, den der Wind gegen die Fenster peitschte. Es war sehr ungemütlich da draußen. Umso gemütlicher hätte es hier drinnen sein können, wenn – ja, wenn was?

Mit einem Mal wurde Zofia von einer solchen Sehnsucht nach Tomasz überfallen, dass es fast wehtat. Was hätte sie gegeben, wenn er jetzt hier gewesen wäre. Wenn er gesagt hätte: Die Erde braucht den Regen, sonst kann morgen

nichts wachsen. Wenn er gesagt hätte: Wir machen den Ofen jetzt an und dann suche ich in den Schränken nach einer Packung Kakao. Wenn er sie an sich gezogen und im Arm gehalten hätte.

Eine Bewegung riss Zofia aus ihren Träumen. In der dunklen Masse da draußen bewegte sich etwas. Eine Gestalt, gar nicht weit entfernt. Nun blieb sie stehen und schien aufs Haus zu starren. *O Boże!* Zofia merkte, dass ihr Puls raste. Kein normaler Mensch ging bei diesem Wetter aus dem Haus! Die Gestalt bewegte sich jetzt weiter, sie sah irgendwie unförmig aus.

Zofia hielt die Luft an. Was konnte sie tun? Mit dem Handy hatte sie hier drinnen kein Netz. Und überhaupt: Wen hätte sie anrufen sollen? Sie konnte natürlich abwarten, was weiter passierte. Vielleicht würde die Gestalt einfach verschwinden, aber selbst dann würde sie in dieser Nacht kein Auge zutun! Es blieb ihr nichts anderes übrig, als nach unten zu gehen.

Hektisch sah sie sich nach etwas um, womit sie sich verteidigen konnte; ihr Blick blieb am Kaminbesteck hängen. Der Schürhaken – den würde sie mitnehmen!

Im Treppenhaus war der Sturm noch lauter zu hören, Feiko Harms hatte die Fenster in seiner Wohnung besser isoliert. Jetzt stand sie vor der Haustür, fasste den Schürhaken fester. Von draußen plötzlich ein Rascheln, Zofia fuhr zusammen, war kurz davor, kehrtzumachen und nach oben zu stürmen. Dann gab sie sich einen Ruck und riss die Tür auf. Eine Gestalt in einem Mantel, die erschrocken herumfuhr.

„Moin", sagte die Gestalt aus der Kapuze heraus, sie sagte es mit einer sehr tiefen Stimme. „Bitte nicht erschrecken!"

Der Blick des Mannes war auf den Schürhaken gerichtet. „Hauptkommissar Bruns, Kriminalkommissariat Aurich."

Dann begann er unter seinem Regenmantel zu wühlen, schließlich zog er etwas hervor. Ein Portemonnaie. Mit klammen Fingern fischte er einen Ausweis heraus. Er sah anders aus als der von Tomasz, aber er wirkte sehr offiziell.

Ein Polizist! Wenn auch nicht der, den sie kannte! Zofias Anspannung fiel in sich zusammen, fast hatte sie das Gefühl, dass ihr der Kreislauf wegging. Sie atmete tief ein und ließ den Schürhaken sinken. „Wollte ich gerade Feuer anmachen", murmelte sie.

„Das klingt gut", der Kommissar wirkte erfreut. „Ich fühle mich klamm, würde aber gerne mit Ihnen sprechen."

„Sie wollen nach oben kommen?" Zofia hatte keine Angst mehr vor diesem Mann mit dem Bass, aber so nass wie er war, würde er die ganze Wohnung einsauen.

„Fänd ich angenehmer als unter diesem Vordach."

Zofia trat zurück. „Dieses ist nicht meinen Wohnung. Besser ist, wir machen so wenig Dreck, wie eben geht."

„In Ordnung", sagte der Mann.

Der Kommissar war sehr gut erzogen. Er pellte sich aus dem Regenmantel, der ihm deutlich zu eng war, rollte ihn ein und legte ihn auf die Fußmatte, damit er nicht alles volltropfen konnte.

„Den Mantel hab ich mir ausgeliehen", erklärte er, während er die Schuhe auszog, „hing im Hotel." Anschließend stellte er seine Schuhe ebenfalls auf die Fußmatte und ging in Strümpfen hinter Zofia hinauf.

„Teurer Schuppen", der Kommissar pfiff durch die Zähne, als er die Wohnung betrat. „Toll, hier unterzukommen."

Er war ein großer, massiger Typ, nicht richtig dick, aber ganz anders als sein Kollege; der war ein gutgebauter Schönling gewesen. Dieser Kommissar war nun wirklich kein Schönling, eher jemand, der auf dem Finanzamt ar-

beitete und immer von halb eins bis halb zwei Pause machte, weil seine Mutter ihm das so beigebracht hatte. Seine dunkelblonden Haare waren trotz Kapuze so nass, als hätte über ihm jemand einen Eimer ausgekippt.

„Nuja, fühle ich mich nicht so richtig wohl. Alles ist so edel und fein. Ich habe immer Angst, ich mache etwas kaputt."

„Verstehe." Bruns ging zum Fenster und schaute hinaus. „Diese Beata hat mir gesagt, dass Sie hier wohnen. Da dachte ich, ich nutze die Gelegenheit für ein paar weitere Fragen."

„Schleichen Sie immer um ein Haus, wenn Sie wollen jemanden fragen?"

Bruns drehte sich überrascht um. „Nur, wenn keine Klingel am Haus ist. Ich wusste nicht, wie ich mich bemerkbar machen soll."

Keine Klingel am Haus. Konnte sein. Zofia hatte nicht darauf geachtet.

„Sie wollten gerade das Feuer anmachen?", der Kommissar zeigte auf den Schürhaken, den Zofia noch immer in der Hand hielt. „Fänd ich wunderbar. Ich bin total durchgefroren." Er fasste an seine Jeans, die knieabwärts klitschnass waren. Wahrscheinlich waren auch seine Füße eiskalt.

„Ich weiß nicht, mit dem Ofen –", wollte Zofia beginnen.

„Kein Problem, ich mache das schon", der Kommissar griff nach den Streichhölzern, die neben dem Ofen bereitlagen. „Aber vielleicht hätten Sie ja in der Zwischenzeit ein Paar trockene Socken für mich?"

Zofia blieb stocksteif stehen. Ein Paar Socken? Dann blickte sie auf die Füße des Mannes, der inzwischen die Ofenklappe aufgemacht hatte. Tatsächlich hatte er auf dem Holzparkett dunkle Tapsen hinterlassen. Ihr konnte nur

recht sein, wenn er sich andere Socken anzog!

Zehn Minuten später saßen sie mit einem Glas Feiko-Rotwein vorm prasselnden Feuer. Der Kommissar in den roten Socken, die Zofias Tante gestrickt hatte. Er hatte sich einen Hocker rangeholt und seine Füße Richtung Hitze gelegt. Zofia war sehr froh, dass er nicht auch noch seine Jeans ausgezogen hatte.

Die Situation war irgendwie komisch – der Mann war gekommen, um sie als Polizist zu befragen, und jetzt saßen sie hier wie ein altes Ehepaar in selbstgestrickten Socken. Andererseits hatte er gleich zu Anfang gesagt, dass er täglich mit Tomasz telefonierte und dass der ihm erzählt hatte, „dass sie beide mehr verband als ein Pflegeverhältnis".

Zofia hatte für einen Moment nicht gewusst, wie sie das finden sollte, wenn Tomasz so etwas sagte, aber dann hatte sie es doch gewusst: Sie hatte sich gefreut. Und noch später hatte sie sich gesagt, dass dieser dunkelblonde Mann jetzt nicht mehr irgendein Polizist war, sondern ein Freund von Tomasz. Und da war es normal, dass sie ihm Socken lieh und ihm den Rotwein anbot, den Feiko für sie bereitgestellt hatte.

„Das waren zwei heftige Tage", sagte der Kommissar und drehte sein Glas in der Hand. „Ich bin nach drei Wochen Urlaub erst seit Montag wieder im Dienst. Ich glaub, da war es für den Chef eine gerechte Strafe, mich als zweiten Ermittlungsleiter hier auf die Insel zu schicken."

Zofia hatte nicht alles verstanden. Der Mann sprach anders als die Leute im Sauerland, vor allem was den Klang der Sätze anging. Er war im Urlaub gewesen und jetzt auf der Insel, aber was genau war jetzt eine Strafe?

„Alllso", sagte der Kommissar mit einer Stimme, in die man sich verlieben konnte, wenn der Rest unsichtbar war. „Sie haben meinem Kollegen zwar schon erzählt, wie Sie die

Leiche gefunden haben. Würden Sie es für mich trotzdem noch ein zweites Mal tun?"

Zofia sammelte sich. Sie wusste von Tomasz, dass Zeugen immer wieder befragt wurden, weil sie oft beim ersten Mal etwas vergaßen. Zofia hatte nichts vergessen, da war sie ganz sicher. Sie erzählte trotzdem noch einmal, wie alles abgelaufen war.

Erst am Ende wurde sie vom Kommissar unterbrochen. „Sie haben die Tote nicht berührt? Und auch Herr Harms hat die Tote nicht berührt?"

„Nein", sagte sie schnell. „Aber bin ich ja dann auch bald losgelaufen, um der Polizei zu zeigen den Weg. In der Zeit war ich nicht mit der Toten zusammen."

„Okay", der Kommissar lächelte kurz, dann wurde er wieder ernst. „Sie haben vorher nicht wahrgenommen, ob die Tote ein Handy dabeihatte? Auch ohne sie zu berühren, meine ich. Man konnte das vielleicht sehen, weil sie ja enge Sportkleidung trug."

„Da waren diese Vögel." Zofia rieb sich das Auge. „Ich habe nicht lange hingeschaut. Es war furchtbar, die Vögel auf der Toten."

„Das kann ich verstehen, aber Herr Harms hat doch die Vögel verjagt, hat er gesagt. Vielleicht konnte man dann –"

„Ich bin weggelaufen", erklärte Zofia. „Die Tote hatte kein Gesicht. Ich habe nichts anderes gesehen als das. Sie hatte kein Gesicht."

„Ist schon in Ordnung", der Kommissar sprach jetzt mit mehr Verständnis.

Zofia versuchte sich zu beruhigen. „Warum ist das Handy wichtig?", fragte sie nach.

„Das Handy ist immer wichtig."

„Co za głupoty!", rutschte es Zofia heraus. Was für ein Quatsch! Sie hoffte, der Kommissar sprach kein Polnisch.

„Hatte die Hotelchefin also kein Handy dabei – aber Sie denken, sie musste eins haben?"

Der Kommissar seufzte. „Sie werden verstehen, dass ich dazu nichts sagen kann."

„Nein kann ich das verstehen, denn so ich kann Ihnen nicht helfen", Zofia hatte resoluter gesprochen, als sie eigentlich wollte. „Hören Sie, ich kenne den Familie von Janek sehr gut. Janek ist ein eingebildeter Kerl und es ist eine Schande, dass ich zwei Jahre sehr verliebt in ihn war. Aber da war ich vierzehn und ich war wohl nur verliebt in seine schönen Augen. Trotzdem glaube ich, dass Janek keinen Mensch töten kann."

Der Kommissar hatte ihr sehr genau zugehört, er hatte auch an der richtigen Stelle geschmunzelt, als sie das mit den vierzehn Jahren gesagt hatte, aber jetzt wirkte er trotzdem sehr ernst.

Er blickte auf sein Weinglas, dann sah er Zofia direkt in die Augen. „Glauben Sie mir, wenn man einen Menschen von früher kennt, denkt man das immer. In diesem Fall aber kann ich Ihnen kaum Hoffnung machen. Janek und Kirsten Jenssen haben am Abend vor der Tat im Hotel miteinander gestritten. Ein Angestellter aus der Küche hat es gehört. Am Hammersee hat man dann seine DNA nachgewiesen, in einem Laubhaufen, in den er offensichtlich hineingebrochen hat."

„Hineingebrochen?", fragte Zofia.

„Hineingebrochen", sagte Carsten Bruns.

Das Wort wurde nicht besser, wenn man es öfter wiederholte, merkte Zofia.

„Wir haben die Handy-Verbindungen zügig auswerten können, demnach hat Kirsten Jenssen Janek am Freitag gegen 17 Uhr eine Nachricht geschickt: Dass sie seine Abfindung am Abend vorbeibringe – und dass er im Gegen-

zug bis Dienstag die Insel verlassen solle. Der Ehemann gibt es nicht zu, aber wir vermuten, er hat ihr ein Ultimatum gestellt: Wenn er zurückkommt, ist der Pole von der Insel verschwunden."

Zofia schluckte. *Der Pole.* Das klang alles andere als schön.

„Kurz vor halb sieben dann eine weitere Nachricht: Er solle zum Hammersee kommen und sich 10.000 Euro abholen. Wir vermuten, Janek hat es nicht gepasst, dass man ihn in die Wüste schicken wollte. Es ist wohl zum Streit gekommen. Da im Wald liegt ja jede Menge Totholz herum. Es sieht aus, als hätte er einen Knüppel genommen und Kirsten Jenssen erschlagen. Morgen kommt der Obduktionsbericht, aber inoffiziell hat die Kollegin mir gestern schon Todesursache und -zeitpunkt bestätigt."

Zofia war wie betäubt. Der Kommissar hatte komisch gesprochen. Er hatte etwas von der Wüste gesagt und von totem Holz, und trotzdem hatte sie das Gefühl, sie hätte alles verstanden. Sie hatte verstanden, dass Janek Kirsten Jenssen umgebracht hatte.

Der Kommissar beugte sich vor. „Zofia, ich kann das deshalb so genau berichten, weil diese Informationen morgen an die Presse gehen. Nach Ihrem Janek wird europaweit gefahndet; besser, Sie bereiten Ihre Freundin darauf vor, dass sein Bild demnächst in allen Zeitungen steht."

In Zofia stiegen Bilder auf. Bilder von Janek mit einem Knüppel. Diese Bilder erschienen ihr unwirklich. Janek war einer, der Leute verachtete. Aber konnte er sie auch mit einem Knüppel erschlagen?

„Warum musste er – brechen?", kam es aus ihr heraus.

„Er ist Künstler. Möglicherweise hat ihn seine Tat überwältigt", der Kommissar rieb sich das Gesicht. Dann sah er Zofia müde an. „Vielleicht war es aber auch viel simpler.

Seine Kollegen sagen, dass es ihm schon am Donnerstag schlechtging. Er hatte Magen-Darm, das zeigen auch Spuren in seiner Wohnung. Wahrscheinlich ist es ihm im Wald einfach hochgekommen – nachdem er realisiert hatte, was er getan hat."

„Und danach er hat das Handy geklaut und das ganze Geld?"

„Beides haben wir bei Kirsten Jenssen nicht gefunden. Das Geld wird er mitgenommen haben, das Handy lag im See – aber ein ganzes Stück von der Leiche entfernt."

„Moment, das Handy lag im See?", fragte Zofia. „Warum haben Sie dann gefragt, ob ich es gesehen habe bei Kirsten Jenssen?"

Der Kommissar legte den Kopf schief wie ein kleiner Junge. „Wir gehen allen Möglichkeiten nach – auch den un-wahrscheinlichen."

Zofia hatte eine Ahnung, dass die unwahrscheinlichen Möglichkeiten mit Feiko Harms zu tun hatten. Aber es gab so viel anderes, das sie nicht verstand.

„Macht das einen Sinn?", fragte sie. „Warum hat Janek den Geld mitgenommen, aber nicht das Handy?"

„Damit er nicht geortet werden kann", erklärte der Kommissar. „Sein eigenes hat er ja seitdem auch nicht be-nutzt."

Zofia wollte etwas erwidern, aber stattdessen sah sie ins Feuer. Und musste plötzlich an das Kartoffelfeuer denken, früher, auf Kajas Hof. Wie sie als Jugendliche drumherum gesessen hatten. Janek mit der Gitarre, sie mit Blick auf ihn. Und jetzt hatte Janek einen Menschen erschlagen.

„Warum sollte Janek Geld bekommen?", fragte sie me-chanisch.

„Ich nehme an, die Jenssen wollte ihn loswerden, ohne dass er großartig rumquatscht. Auf der Insel hatte ihre

Affäre die Runde gemacht; das war weder gut fürs Hotel noch für Redolfs männliches Ego."

„Und warum dann erschlägt Janek sie? Wenn er doch Geld bekommt?"

„Vielleicht war es ihm nicht genug. Kirsten Jenssen hat dem Hotelsafe 5.000 Euro entnommen. In ihrer SMS an Janek schreibt sie von 10.000 Euro. Entweder hat sie die restlichen 5.000 Euro anders besorgt oder, und davon gehen wir aus, sie hat ihn mit 10.000 Euro gelockt und dann mit 5.000 abspeisen wollen. Genau das hat er ihr möglicherweise übelgenommen." Der Kommissar schüttelte den Kopf. „Sowieso völlig verrückt. Er pennt mit seiner Chefin. Und kriegt Unsummen Geld, als er es irgendwann nicht mehr darf."

Zofia zog sich der Magen zusammen. An dem, was der Kommissar sagte, war alles schrecklich. Sie brauchte einen Moment, um die Worte beiseitezuschieben. Doch was sie dann dachte, war auch nicht sehr schön. Janek hatte ihr Geld angeboten, das Geld seiner Chefin.

„Alles in Ordnung?", erkundigte sich Carsten Bruns.

Zofia nickte stumm. Sie betrachtete das Schattenspiel auf dem Wandputz, das vom Feuer herrührte. Tomasz hatte mal eine Geschichte erzählt, dass, wenn man nur die Schatten sah, man denken könnte, das sei das echte Leben. Es war eine komplizierte Geschichte.

Sie seufzte. „Gibt es irgendeinen Menschen, der auch Kirsten Jenssen nicht leiden konnte?"

Der Kommissar schmunzelte. „Nicht nur einen. Kirsten Jenssen war keine beliebte Person. Und sie hatte ein Verhältnis mit ihrem Pianisten, das kam hier auf der Insel nicht gut an."

„Sie war auch sehr ehrgeizend", fügte Zofia hinzu. „Sie wollte überall die Beste sein und die Reichste."

„Da ist was dran", sagte der Kommissar, jetzt wie ein lieber Onkel.

„Und sie hat ihren Bruder erpresst", erklärte Zofia. „Bestimmt Tomasz hat erzählt. Vielleicht hat sie auf der Insel auch so etwas gemacht. Weil sie Geld brauchte für ihr Hotel. Sie wollte schicke Wellness-Sachen bauen. Kann doch sein, sie wusste etwas und hat jemanden erpresst. Aber der hat das nicht mitgemacht und sie mit den Knüppel erschlagen."

„Interessante Theorie", in Wirklichkeit sah der Kommissar nicht aus, als ob er es glaubte, „allerdings etwas gewagt."

„Aber das Bild haben Sie bekommen?", fragte Zofia und bemerkte selbst die Verzweiflung in ihrer Stimme.

Carsten Bruns nickte. „Oh ja. Toll, dass Sie das herausgefunden haben. Beata hat mir die Skizze gegeben."

„Aber das heißt, der Bruder war hier auf den Insel. Tomasz sagt, schon nachmittags war er wieder weg, aber vielleicht er hat einen Killer bezahlt, der seine Schwester umgebracht hat."

Die Stirn des Kommissars legte sich in dicke Falten. Ein bisschen sah er jetzt aus wie ein Mops.

„Und die 5.000 Euro aus den Safe", Zofia ließ sich nicht unterkriegen, „es sieht so aus – aber vielleicht waren die gar nicht für Janek. Vielleicht sie hat die 5.000 Euro ihren Bruder gegeben."

„Gute Idee, meinen Respekt!" Der Kommissar schien das ernst zu meinen. „Aber Beata sagt, Kirsten Jenssen hat das Geld erst am Nachmittag aus dem Hotelsafe genommen. Da war ihr Bruder längst auf dem Rückweg."

Zofia rutschte tiefer in den Sessel. Was nutzte der Respekt vom Kommissar, wenn jedes ihrer Autos direkt vor die Wand fuhr? Sie hatte keine Lust mehr. Sie wollte ins Bett. Lustlos blickte sie auf die Schatten an der Wand. Dachte an Höhlenmalerei. Und fuhr wieder hoch.

„Kennen Sie diese Künstlerin?", schrie sie den Kommissar beinahe an.

„Welche Künstlerin?"

„Die mit den Bildern. Wir haben sie besucht, Herr Anton und ich. Sie ist ein bisschen übergedreht und in ihren Atelier hängt ein Bild von Janek."

„Von Janek?"

„Vielleicht sie ist in ihn verliebt, so wie ich, als ich vierzehn Jahre alt war. Und vielleicht sie war neidisch, weil Janek mit der Hotelchefin war. Und vielleicht sie hat deshalb die Chefin erschlagen."

Zofia hielt inne. Wenn sie aufgeregt war, sprach sie noch schlechter als sonst. Das musste sich ändern.

„Das ist interessant", sagte der Kommissar schon wieder.

„Sie wohnt in der Deichstraße, Sie müssen ihr Alibi überprüfen. Sie heißt Ann und etwas mit B."

„Okay", der Kommissar sah diesmal aus, als würde er sich die Informationen wenigstens merken. „Ich kümmere mich drum. Aber machen Sie sich nicht zu viele Hoffnungen. Janek ist flüchtig, das hat seinen Grund. Der Ermittlungsschwerpunkt liegt eindeutig auf seiner Person. Der Kollege Malecki geht morgen mit der Gruppe aufs Festland zurück. Dann bin ich der letzte Doofe hier auf der Insel."

Zofia schwieg. Vielleicht war der Kommissar hergekommen, weil er bei den anderen nicht mitspielen durfte. Egal, Hauptsache, er kümmerte sich. Man durfte nicht vergessen, er war Tomasz' Freund.

„Aber warum ich eigentlich hier bin", der Kommissar rutschte auf seinem Sessel nach vorn, als wollte er sie ein letztes Mal motivieren. „Wir kommen bei der Suche nach Janek nicht weiter. Wissen Sie, ob er Kontakt in die Niederlande hat – oder nach Dänemark?"

„Oh je", Zofia pustete Luft aus. „Habe ich keine Ahnung.

Ich habe Janek auf der Hochzeit von meiner Freundin Kaja gesehen, davor aber lange Zeit nicht. Er ist selten nach Hause gekommen, er ist – wie soll ich sagen – ein seltener Vogel."

„Ein seltener Vogel, aha." Der Kommissar lächelte. „Was genau meinen Sie damit?"

Zofia stellte ihr leeres Rotweinglas auf den Boden. „Janek sah immer gut aus. Irgendwie – interessant. Haben sich immer Mädchen für ihn interessiert. Das hat ihn gefallen, glaube ich, aber andersherum er hat sich nie für jemanden sehr interessiert. Und auch im Studium, wenn er nach Hause kam – die Leute haben sich auf ihn gestürzt. Wie ist in Kraków, wie ist in Warszawa? Aber Janek war immer kühl und für sich."

„Er war unzugänglich und eigen", der Kommissar verzog den Mund, „eine schwierige Persönlichkeit also. Trotzdem halten Sie es für unmöglich, dass er im Affekt jemanden getötet haben könnte?"

Zofia wurde verlegen. „Ich weiß nicht", stammelte sie und sagte dann resigniert: „Vielleicht will ich es einfach nicht denken."

Bruns nickte, dann wurde sein Blick plötzlich fest. „Vielleicht bedenken Sie eins: Wenn Janek nicht der Täter wäre, dann liefe der Mörder nach wie vor auf der Insel herum. Beängstigend, oder?"

Zofia erschauerte. Die Vorstellung, dass hier auf der Insel ein Mörder herumlief, war nicht sehr schön. Sie sah plötzlich Ann B. vor ihrer Wohnungstür stehen und den Hotelchef Herrn Jenssen, den sie nur von Fotos her kannte. Und dann schob sich noch ein anderes Gesicht in ihren Kopf.

„Sie haben an Anfang nach den Handy gefragt", tastete sie sich vor, „nach den Handy von Kirsten Jenssen. Ob ich

es in ihrer Tasche bemerkt hab.“

Der Kommissar nickte und sah sie aufmerksam an.

„Also wollten Sie wissen, ob Feiko Harms das Handy in den See geworfen hat.“

„Das sind Standardfragen“, der Kommissar versuchte gleichmütig zu gucken.

„Standardfragen, naturlich, aber warum Feiko Harms?“

„Wir überprüfen praktisch jeden, der am Freitag auf der Insel war. Feiko Harms ist noch dazu mit der Jenssen-Familie verbandelt und hat am Samstagmorgen die Insel verlassen.“

„Und er hat Kirsten Jenssen nicht gemocht“, platzte Zofia heraus. „Ich habe selber gehört, dass er sie keine gute Frau fand für seinen Freund.“

„Ja, er hat uns dasselbe gesagt“, gab Bruns zu. „Darüber hinaus haben wir aber keinerlei Anlass für einen Verdacht. Wie schon gesagt, eine Menge Leute haben Kirsten Jenssen nicht gemocht.“

Zofia kam die Szene am Hammersee erneut in den Sinn. Feikos Entsetzen beim Anblick der Leiche. Konnte man so etwas spielen?

Der Kommissar schien ihre Gedanken zu erraten. „Bitte vergessen Sie nicht, dass Janek Sinkiewicz unser Haupt-verdächtiger ist. Und zwar aus gutem Grund: Er ist mit einem Boot von der Insel geflohen.“

Zofia war überrascht. Von einem Boot hatte Tomasz nichts erzählt.

„Daher nochmal meine Frage: Haben Sie einen Anhalts-punkt, wohin Janek geflohen sein könnte?“

„Er war im Sinfonieorchester Warszawa“, erklärte Zofia. „Da sind Musiker aus mehreren Ländern. Vielleicht er hat dort mit Niederländern oder Dänemarkern gespielt.“

Der Kommissar grinste matt, möglicherweise hatte sie

etwas Falsches gesagt. „Mit dem Orchesterleiter haben wir gesprochen. Er hat uns zwei Namen genannt. Allerdings hat Janek auch im Orchester kaum Freunde gehabt. Im Gegenteil: Der Chef hat ihn entlassen, weil er im Orchester nicht klarkam, Gemeinschaft war nichts für ihn. Offenbar gibt es genug gute Pianisten auf dem Markt, um auf Janek Sinkiewicz verzichten zu können."

Zofia wusste nicht, ob sie noch mehr erfahren wollte. „Dann ich kann Ihnen nicht helfen."

„Okay", Bruns trank eilig sein Glas leer. „Darf ich die Socken behalten? Ich bringe Sie Ihnen wieder vorbei."

Zofia zuckte mit den Achseln. Inzwischen war ihr alles egal.

Sie ging mit nach unten. Sie wollte sicher sein, dass hinter dem Kommissar die Haustür zu war.

„Eins noch", sagte sie, als der Kommissar mit seinem geborgten Regenmantel schon halb aus der Tür war. „Janek hat auf der Hochzeit gesagt, dass er Leute anwerben will. Leute aus Polen, die in Deutschland arbeiten wollen."

Der Kommissar sah sie an und doch durch sie hindurch. „Sieh an, so etwas Ähnliches habe ich schon einmal gehört."

Dann drehte er sich um und ging weg.

Zofia hörte noch ein „Schlafen Sie gut!"

„Ja", sagte sie. Sie war hundemüde, aber ob sie schlafen konnte – da war sie nach diesem Gespräch nicht so sicher.

5

Frau Schwarz besaß ein Spiel, das er nicht kannte. Es hieß Blokus und es machte süchtig. Er und Frau Schwarz hatten es am Vorabend vierzehnmal gespielt, er spielte immer mit Blau, Frau Schwarz mit Rot. Leider hatte Blau von den vierzehnmal nur fünfmal gewonnen. Sprich: Anton hatte neunmal verloren.

Bei Blokus musste man Plättchen in einer bestimmten Weise auf eine Fläche legen. Vor allem musste man zusehen, dass man die eigenen Plättchen loswurde. Das klang einfach, aber es war schwer, denn es gab sie in unterschiedlichen Formen und Größen.

Frau Schwarz und er hatten schon vor dem Frühstück zwei Partien gespielt. Jetzt mussten sie mal eine längere Pause machen, hatte Frau Schwarz gesagt, erst Frühstück und dann würde sie ihm das Heimatmuseum gern zeigen.

Herr Anton war einverstanden gewesen, aber dann wurde ihm beim Frühstück der Telefonhörer an den Esstisch gebracht. Genaugenommen wurde ihm Zofia an den Esstisch gebracht. An Zofia hatte er noch gar nicht gedacht.

„Ach", sagte Anton, um Zeit zu gewinnen.

„Guten Morgen, bin ich etwas spät, weil ich habe verschlafen. Aber in fünfzehn Minuten bin ich endlich da. Wollte ich nur sagen. Nicht dass Sie sich Sorgen machen!"

„Um Gottes willen", sagte Anton. „Sie müssen nicht kommen. Für heute Morgen habe ich schon ein Programm."

Eine ganze Weile hörte Anton gar nichts und er fragte sich schon, ob vielleicht die Verbindung unterbrochen war wegen einer Windböe. Aber dann hörte er doch etwas, er hörte Zofia mit: „Ein Programm?"

„Ich gehe zum Heimatmuseum ins Loog, also, *wir* gehen zum Heimatmuseum. Frau Schwarz hat schon eine Kutsche bestellt. Ich dachte, es wäre gut, wenn Sie mal frei hätten nach allem, was war."

„Frei?", Zofia klang, als würde sie das Wort gar nicht kennen. Das war sicher kein gutes Zeugnis für ihn.

„Genau, dann können Sie den Vormittag selber verplanen und wir sehen uns am Nachmittag. Wäre Ihnen das recht?"

„Naturlich!" In Wahrheit klang Zofia ein bisschen enttäuscht. „Aber ist sehr viel passiert seit gestern Abend. Der Herr Kommissar war hier und hat jede Menge erzählt. Und dann habe ich auch mit Tomasz gesprochen. Und er hat auch jede Menge erzählt."

„Interessant", sagte Anton. Gern hätte er beide Mengen gehört, aber er saß am Frühstückstisch, er konnte wegen seiner Behinderung nicht eben rausgehen, genauso wenig konnte er den anderen Gästen zumuten, dass sie seinem Telefonat lauschen mussten.

„Zofia, wir besprechen das später. Ich melde mich, sobald ich zurück bin. Genießen sie den Vormittag, bis dann!"

Ein leises „Bis dann!" Danach war das Gespräch unterbrochen. Wieder eine Windböe. Oder etwas in der Art.

———

Thomas hatte in der Firma angerufen, aber dort hieß es, der Chef käme freitags nicht in die Firma. Der Freitag sei „Herr Brinkschultes Familientag", hatte man mit einem gewissen Unterton erklärt. Thomas hatte das interessiert zur Kenntnis genommen. Hauptsache, er hatte eine Chance, ihn

zu erwischen. Und da standen die Chancen in seinem Privathaus offenbar nicht schlecht.

Er war nicht sicher, was genau er erwartet hatte. Am ehesten wahrscheinlich eine Fabrikantenburg mit allem Zipp und Zapp. Gern ein geschmackloser Bau in Gelb, der durch römische Säulen oder Löwen auf Sockeln zusätzlich verschandelt wurde. Dietmar Brinkschultes Haus war anders. Eine alte Villa etwas abseits vom Dorf mit einer Koppel direkt am Haus. Das Haus hatte Charme, befand sich aber noch am Anfang seiner Charmeoffensive, man steckte mitten in den Renovierungsarbeiten. Thomas musste sich den Weg zur Haustür geradezu erkämpfen. Ein Container war so in den Vorgarten gequetscht, dass man kaum durchkam, außerdem gab es einen Haufen alter Dielenbretter, der mit einer durchsichtigen Plane abgedeckt war und eigentlich im Weg lag.

Als Thomas klingelte, ertönte auf Knopfdruck Babygeschrei. Tolle Sache, er kannte das nur mit Hundegebell, das Einbrecher abschrecken sollte.

Kurz darauf erschien eine junge Frau in der Tür, interessanter Typ, rot-blondes Haar, sehr helle Haut, smaragdgrüne Augen. Sie wirkte zart und trotzdem sehr anpackend, vielleicht auch, weil ihre Kleidung nach Arbeit aussah. Cargo-Hose und blaues Baumwollhemd, doch auch in diesen groben Sachen war sie sehr attraktiv. Im Hintergrund schrie noch immer das Kind.

„Hi", sagte die Frau, stutzte dann aber. „Sie sehen gar nicht aus wie der Putzer."

„Da bin ich beruhigt." Thomas zog seinen Polizeiausweis heraus. „Ich würde gerne mit Dietmar Brinkschulte sprechen. Habe ich Glück?"

„Polizei?" Die Frau warf einen kurzen Blick auf den Ausweis und ging sich dann besorgt durchs Haar. „Ach du

Scheiße. Ist was mit seiner Ex?"

„Ist er zu Hause?", überging Thomas die Frage.

„Ja klar, er kümmert sich um Matilda. Kämpfen Sie sich rein. Sorry übrigens, wir nutzen diesen Eingang im Moment nicht, sieht etwas chaotisch aus hier. Aber eigentlich sieht's überall im Haus chaotisch aus. Gehört wohl dazu."

Das Babygeschrei wurde lauter, als sie sich über ausgelegte Pappe im Flur nach hinten kämpften. Es roch nach Holz und nach frischem Putz.

„Ich präsentiere: einen der wenigen nutzbaren Räume im Haus!" Sie öffnete eine abgebeizte Tür.

Ein riesiges Wohnzimmer. Frisch renoviert mit stilvollen Fenstern, einem natürlich aussehenden Holzboden und einer gigantischen Ofenlandschaft aus weißem Putz. Drinnen trug ein Mann ein Kind in einem Tragetuch herum, es brüllte trotzdem weiter vor sich hin.

Die junge Frau zog ihre Bio-Schlappen aus, die sie offenbar für das Durchqueren der Baustelle nutzte, und ging in weichen Socken hinein. Der Mann mit dem Baby hatte auch nur Socken an. Thomas ließ sich nicht beirren und ging in Schuhen hinein.

Die Frau versuchte, sich durch das Geschrei hindurch verständlich zu machen. „Dietmar, der Mann ist von der Polizei."

Jetzt endlich sah er herüber, ein Mann in seinem Alter, wenig Haare, kurz geschnitten, markante Brille. So sahen fünfzig Prozent seiner Generationsgenossen aus, schien es Thomas. Er ging sich durch seine Locken. Etwas, wofür er seinem Vater dankbar war.

„Polizei? Ist was mit Anne?"

Wieder die Frage nach der Ex. Die Frau wurde interessant. „Wie kommen Sie darauf?"

Brinkschulte wollte antworten, aber das Kind hatte sich

in Stimmung geschrien.

„Gib sie mir mal!" Die junge Frau kam herüber. Gemeinsam fuckelten sie das Kind aus dem Tuch. Der Unternehmer im Familienmodus, zu alt eigentlich für dieses Kind, dazu die junge Frau, bestimmt noch keine dreißig, beide scharwenzelten sie um den Nachwuchs herum, ein wunderbares Bild.

„Danke, Leonie", sagte der Vater, als sie sich endlich das Kind gegriffen hatte. Sofort wurde es ruhiger. Sie setzte sich auf das Sofa und zog ihr Baumwollhemd hoch.

„Die Polizei", sagte Brinkschulte nochmal und zeigte auf die Sitzgarnitur. Thomas setzte sich so, dass er nicht die junge Frau im Blick hatte. „Was führt Sie hierher?"

„Ihr Besuch auf Juist", Thomas genoss die Stille im Raum. Das Baby war jetzt vollkommen ruhig.

„Verstehe", Brinkschulte legte die Hände zusammen. „Meine Exfrau hat mich verständigt, dass es auf Juist einen Mord gegeben hat."

„Ach!" Der Kommentar kam von Leonie. Und er klang wenig amused. „Sie hat sich schon wieder gemeldet?"

Dietmar wirkte verlegen. „Sie hat mir geschrieben. Inzwischen habe ich über den Mord aber auch in der Zeitung gelesen."

„Interessant. Ich dachte, deine Ex hält sich an unsere Regeln."

Dietmar atmete hörbar aus. „Du weißt, dass sie das nicht immer tut. Und in diesem Fall kann ich es verstehen. Die Eigentümerin des Hotels, in dem ich gewohnt habe, ist umgebracht worden." Er betonte das Hotel, als wäre es wichtig, dass er im Hotel gewohnt hatte und nicht bei seiner Frau. Seiner Exfrau.

„Die Kommunikation mit meiner früheren Frau ist nicht ganz einfach", erklärte er nun das Offensichtliche. „Anne

leidet unter der Situation. Die Trennung kam für sie sehr abrupt."

„Schön, dass du sie immer verteidigst."

Thomas folgte dem Kammerspiel. Das waren die besten Gespräche. Wenn man im Prinzip nur ein Stichwort geben musste, und schon ging es los.

„Ich verteidige sie nicht, ich erkläre nur, warum ich spontan gefragt habe, ob etwas mit Anne ist."

„Anneliese ist nämlich völlig meschugge", sagte Leonie an Thomas gewandt. Dietmar sah auf den Boden.

„Anneliese?", fragte Thomas. Im Internet hatte er sie als „Ann" identifiziert, Dietmar sagte Anne. Es schien sie in verschiedenen Variationen zu geben.

„So heißt sie wirklich", meinte Leonie. Ihre Tochter war noch immer weitgehend unter ihrer Bluse verschwunden.

„Aber sie hat sich immer Anne genannt", erklärte ihr Mann. „Und als Künstlerin heißt sie nun Ann."

„Als Künstlerin", Leonies beißender Tonfall sprach Bände. „Mit Anführungszeichen. Ich glaube, man ist Künstlerin, wenn man einen schicken Katalog hat. Deshalb hat Dietmar ihr freundlicherweise einen gedruckt."

„Okay", fasste Thomas an Dietmar gerichtet zusammen. „Ihre Exfrau, die offiziell noch gar nicht Ihre Exfrau ist, wohnt auf Juist. Und Sie haben sie dort besucht."

„Besucht ist das falsche Wort. Es gab einiges zu besprechen, gerade in Sachen Scheidung. Deshalb bin ich auf die Insel gefahren. Ich habe die Vorstellung, dass wir alles friedlich lösen können."

Leonie gab einen Laut von sich, der auch vom Kind hätte sein können. Thomas ging darüber hinweg.

„Es geht um das Haus", erklärte Dietmar, „Anne hat in einem ersten Abkommen unser gemeinsames Haus übernommen. Es liegt etwa 20 Kilometer von hier. Nun wohnt

sie aber das ganze Jahr über in meinem Haus auf Juist. Es ist zu überlegen, ob das hiesige Haus nicht verkauft werden kann. Oder zumindest vermietet. Es wird ja durch den Leerstand nicht besser.“

„Verstehe.“

„Aber Anneliese konnte sich natürlich nicht sofort entscheiden“, erklärte Leonie genervt. „Sie hat sich vier Wochen Bedenkzeit erbeten.“

„Was nach siebzehn gemeinsamen Jahren in einem Haus vielleicht nicht ungewöhnlich ist. Wie gesagt, die Trennung kam für Anne abrupt. Ich hab ihr an einem Neujahrsmorgen gesagt, dass es vorbei ist. Und dass Leonie und ich ein Kind erwarten. Das war natürlich ein Schock.“

„Der jetzt über ein Jahr zurückliegt“, erklärte Leonie genervt. „Man könnte denken, dass sie dank ihrer Psychologin inzwischen darüber hinweg ist. Aber das ist leider nicht der Fall. Andauernd meldet sie sich hier. Und zwar in einem Zustand –"

„Nicht andauernd“, fiel Dietmar ihr ins Wort. „Es hat sich schon sehr stark verbessert. In den letzten Wochen hatte ich ein sehr gutes Gefühl. Okay, nach dem Treffen auf Juist diese seltsame SMS, dann zur Erklärung nochmal ein Brief –“

„Ein Höhepunkt der Weltliteratur“, Leonies Ton troff vor Sarkasmus. „Sie sollten ihn unbedingt lesen.“

Thomas sah, wie Dietmar die Fingerspitzen an seine Schläfen legte. Bestimmt hatte er die halbe Nacht seine Tochter durch die Gegend geschleppt, nebenbei hatte er die Verantwortung für einen großen Betrieb, wo man seine „Familientage“ nicht so ganz ernst nahm – möglicherweise wurde ihm gerade das Leben zu viel.

„Ich bin wegen Kirsten Jenssen hier“, machte Thomas einen Schnitt. „Die Hotelchefin wurde am vergangenen

Freitag auf der Insel ermordet, einen Tag, nachdem Sie auf Juist waren.“

„Moment, Moment“, beeilte sich Dietmar zu sagen. „Mein Gespräch mit Anne war am Mittwoch. Am Donnerstagmorgen war ich schon wieder weg.“

„Das weiß ich“, sagte Thomas. „Aber Sie haben den Mittwochabend in der Hotelbar verbracht. Genau das interessiert mich.“

„Das interessiert Sie?“, Dietmar schaute überrascht. Doch er schien froh zu sein, dass das Gespräch von seiner Exfrau weg war.

„Da gibt’s nicht viel zu erzählen. Ich habe mich um 17 Uhr mit Anne getroffen. Wir haben geredet und dann noch zusammen gegessen. Das war anstrengend, ich hab mich mit der Ausrede abgesetzt, dass es mir nicht gutging. Naja, eigentlich war es keine Ausrede, es stimmte sogar. Ich hatte Magendrücken, fast das Gefühl, ich müsste mich übergeben. Aber als ich dann im Hotel war, brauchte ich noch einen Drink. Alles war so enervierend gewesen. Ich wollte einen Schnaps, in der Hoffnung, dass es dem Magen dann bessergeht. Dort bin ich dann irgendwie hängengeblieben.“

„Mit wem haben Sie in der Hotelbar gesprochen?“

„Mit dem Musiker. Es gibt da so einen, der abends Klavier spielt. Er kam zwischendurch an die Theke und hat sich etwas bestellt. Dabei sind wir ins Gespräch gekommen.“

„Worüber haben Sie gesprochen?“

„Über dies und das. Über Polen, über die neuen Entwicklungen dort. Dass auf den Inseln jede Menge Polen arbeiten, und das schon seit vielen Jahren. Ich hab erzählt, dass es auch bei uns in Südwestfalen an Arbeitskräften mangelt. Facharbeiter, die bei uns ihre Ausbildung machen, die sich spezialisieren. Und dann haben wir herumgesponnen

– man müsste junge Leute für eine Ausbildung im Sauerland begeistern. Wenn sie in größeren Gruppen kommen, haben sie kein Heimweh. Hier müsste man ihnen Wohnungen anbieten, sie vielleicht in WGs unterbringen, und es müsste einen Ansprechpartner geben, damit sie mit dem Alltag klarkommen. Dieser Janek hat erzählt, dass es auf den Inseln ähnlich abläuft. Was mir vorschwebt, würde das aber zahlenmäßig weit übersteigen. Es gibt so viel ungenutzten Wohnraum bei uns."

„Zum Beispiel euer altes Haus", Leonie brauchte wieder Aufmerksamkeit.

„Zum Beispiel", ging Dietmar darüber hinweg. „Wir haben jedenfalls eine Weile beisammengesessen. Und Janek meinte, er könnte sich so etwas vorstellen. Er wollte sowieso in absehbarer Zeit die Insel verlassen, dann könnte er Dörfer in Polen abfahren und für die Ausbildung werben – natürlich gegen Provision."

„Das hat er gesagt?", Thomas ruckte vor. Jetzt wurde es interessant.

„Das hat er gesagt. Bei mir wurde es dann mit der Übelkeit immer schlimmer, ich wollte ins Bett. Wir sind so verblieben, dass er sich meldet, wenn er das Projekt angehen kann. Mein Job war es, auf Arbeitgeberseite einen Ansprechpartner zu finden. Wir sind gut vernetzt, auch die Industrie- und Handelskammer wäre eine Option. Wir haben unsere Nummern ausgetauscht und uns auf später vertagt."

„Haben Sie danach noch einmal Kontakt gehabt?"

„Nein, es war ja erst letzten Mittwoch, und seitdem war jede Menge los. Erstmal habe ich drei Tage mit Magen-Darm-Grippe im Bett gelegen. Ich hatte Fieber und Brechdurchfall, eine Katastrophe. Dann plagen wir uns hier mit der Renovierung herum, und ganz nebenbei habe ich auch noch eine Firma, die immerhin 120 Mitarbeiter hat."

„Du hast deine Tochter vergessen“, fügte Leonie hinzu, „die du zu allem Überfluss angesteckt hast. Ist ja kein Zufall, dass sie so unruhig ist im Moment.“

„Sorry, Leonie, dann hätte ich mich von Matilda fernhalten müssen, aber das wolltest du auch nicht.“

Thomas blickte von einem zum anderen. Wie lange würde dieses junge Glück halten?

„Ich bin ehrlich zu Ihnen“, wandte sich Thomas an Dietmar. „Im Mordfall Kirsten Jenssen ist Janek Sinkiewicz unser Hauptverdächtiger. Er und die Hotelchefin hatten ein Verhältnis, er ist seit Freitag verschwunden.“

„Ach du Scheiße!“, sagte Leonie.

Dietmar sah zu ihr hinüber. „Entsetzlich, zweifellos, aber mit mir hat das nicht das Geringste zu tun.“

„Das freut uns zu hören“, Thomas verschränkte lässig die Arme, „aber vielleicht können Sie uns einen Hinweis geben, wohin sich Janek Sinkiewicz abgesetzt hat.“

Dietmar B. hob die Hände. „Woher soll ich das wissen? Wir haben uns nur dieses eine Mal unterhalten, ein Thekengespräch. Ich weiß praktisch nichts über den Mann.“

„Überlegen Sie! Vielleicht hat er erwähnt, wo er Kontakte hat. Wo er demnächst nach möglichen Mitarbeitern suchen will.“

„Er selbst kommt aus Schlesien, hat er gesagt. Und ist danach als Musiker viel rumgekommen. Warschau, soviel ich weiß. Eine Weile auf Norderney. An mehr kann ich mich beim besten Willen nicht erinnern.“

Thomas ließ das sacken. Das war wenig. Um nicht zu sagen: Das war nichts.

„Herr Brinkschulte, wenn Sie auf Juist eine Immobilie haben, werden Sie schon öfter dort gewesen sein. Kennen Sie Kirsten Jenssen?“

„Eigentlich nicht.“

„Wie meinen Sie das – eigentlich nicht?“

„Meine Frau, also meine damalige Frau, also Anne und ich, wir sind im Hotelrestaurant gelegentlich essen gewesen. Kann sein, dass ich sie da mal wahrgenommen habe. Sie ist ja – also –“

„Sie war eine sehr schöne Frau“, half Thomas ihm auf die Sprünge, allein um Leonie ein wenig zu ärgern.

„Das weiß ich nicht – aber – ja, sie fiel irgendwie auf.“

„Das heißt, Sie kennen sie.“

„Ich habe nie ein Wort mit ihr gesprochen.“

„Sie kommt aus dem Sauerland. Sie hat früher bei Megalux gearbeitet. Wussten Sie das?“

„Ich wusste es, weil – Anne hat es mir erzählt, ist schon länger her.“

Thomas sah aus den Augenwinkeln eine Bewegung. Leonie hatte sich anders hingesetzt. Wahrscheinlich aus Protest.

„Anne hat erzählt, dass sie in dem Hotel demnächst eine Ausstellung machen will. Sie sagte, sie habe gute Chancen, dort unterzukommen, weil die Chefin aus dem Sauerland stamme – genau wie wir – also wie sie.“

Wieder Bewegung bei Leonie. Sie schien Mühe zu haben, sich zurückzuhalten.

„Hat Ihre Frau, ich meine jetzt Anne, hat sie noch mehr über Kirsten gesagt?“

„Nein. Und wie gesagt, das ist mindestens ein halbes Jahr her.“

„Hat sie mal etwas über Janek gesagt?“

„Über den Musiker? Der jetzt als Mörder gesucht wird?“ Dietmar sah Thomas stirnrunzelnd an.

„Über genau den.“

„Nicht dass ich wüsste. Wobei – sie hat immer geprahlt mit ihren Kontakten auf Juist. Ich glaube fast, sie hat auch etwas von einem Musiker gesagt. Künstler – wie sie.“

Leonie schnaubte hörbar.

„Sie hat keinen Namen genannt, aber jetzt, wo Sie es sagen – kann sein, dass sie damit diesen Janek gemeint hat. Ich hätte es nur selbst nicht zusammengebracht."

„Erinnern Sie sich, was genau sie gesagt hat?"

„Beim besten Willen nicht", Dietmar hob hilflos die Arme.

„Aber grundsätzlich schwärmt sie immer von allen Leuten", Leonie war wieder da. Sie hatte die Kleine aufs Sofa gelegt. Und sie wirkte ruhiger jetzt. Fast freundlich sah sie zu Dietmar hinüber. „Es gibt doch da diese Gesa, ihre beste Freundin. Die ist wahnsinnig nett und wahnsinnig relaxt. Und dann diese evangelische Vikarin, wahnsinnig spritzig und wahnsinnig klug. Über den Musiker wird sie gesagt haben: Er ist wahnsinnig gut und wahnsinnig inspirativ."

„Das stimmt", gab Dietmar an Thomas gewandt zu. „Sie will uns vermitteln, wie gut es ihr geht und wie viele Leute sie kennt. Gleichzeitig steht ihr auf der Stirn geschrieben, wie elend sie sich fühlt."

Thomas betrachtete Dietmar Brinkschulte. Er war das personifizierte schlechte Gewissen.

„Vielleicht erinnern Sie sich: Hat Ihre Frau eine Andeutung gemacht, dass der Musiker, Janek, etwas mit der Hotelchefin hat? Hat sie sich dazu geäußert?"

Dietmar schüttelte den Kopf. „Ich glaube fast, das hätte ich mir gemerkt."

„Hat Ihre Exfrau Ihnen bei Ihrem Besuch ihre Bilder gezeigt?"

„Ja klar, das tut sie immer. Ich fand sie diesmal etwas besser als sonst." Er sah zu Leonie hinüber, aber die hielt tatsächlich den Mund.

„Ist Ihnen dabei etwas aufgefallen?"

Er überlegte. „Naja, sie malt jetzt öfter das Meer. Hat ihr wohl ihre Freundin geraten, damit sie auch mal etwas

verkauft. Ansonsten wie immer, sehr bunt, sehr collagen-
artig und unruhig. Das ist nicht mein Stil."

„Sie malt auch Gesichter, habe ich mir sagen lassen. Haben Sie ein Gesicht erkannt?"

„Hätte ich sollen?", Dietmar sah beinah erschrocken aus.

„Bestimmt hat sie dich gemalt", meinte Leonie, aber nicht
mehr beißend, eher betroffen.

„Eine Zeugin sagt aus, sie hätte Janek gemalt. Haben Sie
ihn auf einem der Bilder gesehen?"

„Oh Gott, ich weiß nicht, ich kannte ihn ja zu dem Zeitpunkt noch nicht. Wollen Sie damit sagen, dass sie was mit
ihm hatte? Oder dass sie zumindest für ihn geschwärmt
hat?"

„Ich sage gar nichts. Ich frage Sie nur."

„Moment", Leonie war jetzt hellwach. „Wenn Anne in
diesen Janek verknallt war", Thomas registrierte, dass sie
Anne sagte, nicht Anneliese, sie hatte sich also tatsächlich
beruhigt, „was passen würde, da sie in den letzten Wochen
nicht ganz so nervig war wie sonst, und dieser Janek hatte
ein Verhältnis mit der Hotelchefin, dann hätte ja Anne ein
Motiv, diese Frau umzubringen."

Sie starrte Dietmar an. „Dann wäre deine Frau, deine Exfrau – eine Mörderin."

Brinkschulte schüttelte ärgerlich den Kopf. „Was für ein
Quatsch! Anne ist schwierig, aber sie ist keine Mörderin.
Das weißt du so gut wie ich."

„Ich weiß nicht, wer zum Mörder werden kann, wahrscheinlich ganz normale Personen. Und ich weiß, dass Anne
zu extremen Gefühlen neigt. Du hast selbst schon Angst gehabt, dass sie sich was antut."

Brinkschulte wurde jetzt laut. „Aber es ist ein Unterschied,
ob man sich selbst umbringt oder jemand anderen."

„Weißt du noch, wie sie –"

„Leonie, es reicht!" Dietmar hatte gebrüllt.

Und das Baby brüllte jetzt auch.

„Na toll!" Leonie nahm die Kleine hoch und drückte sie Dietmar in den Schoß. „Das kannst du selber ausbaden."

„Ich wär dann auch durch", Thomas stand auf. „Danke für Ihre Auskunft. Wenn Ihnen noch etwas einfällt: Ich lege meine Karte hierher."

„Okay", Dietmar versuchte das Baby zu schuckeln. Leonie kramte hinter ihm in einem Sekretär herum und steckte etwas ein.

„Ich bring Sie zur Tür", bot sie an.

Die Übergabe erfolgte an der Haustür.

„Lesen Sie den mal. Ich möchte, dass Sie sehen, wie diese Frau drauf ist."

Thomas zögerte einen kurzen Moment. Der Brief war ein persönliches Schreiben an Dietmar. Und er hatte mit dem eigentlichen Fall nichts zu tun. Dann griff er zu. Wer wusste das schon so genau?

———

Anton war vom Küstenmuseum begeistert, nicht nur weil es ebenerdig war, auch weil man es so liebevoll ausgestattet hatte. Am schönsten war die Friesenstube, die alles enthielt, was das Leben auf der Insel vor hundert Jahren ausgemacht hatte, am spannendsten alles zur Bedeutung der Schifffahrt. Anton konnte sich gar nicht sattsehen an den Bildern von Sturmfluten, Havarien und Rettungsmanövern.

Auch das dunkle Kapitel der NS-Zeit hatte man aufgearbeitet. In dieser Zeit war das liberale Inselinternat aufgelöst worden, die Nazis hatten außerdem die Kaserne „Jaguar" bauen lassen und diverse Funkmessanlagen auf der Insel installiert. Ab 1933 hatten auch die Juister *„ihr Fähnchen in den braunen Wind gehängt"*, war auf einer Hinweistafel

zu lesen, vor allem aus wirtschaftlichen Interessen, weil die Gäste eine *„judenfreie Unterkunft"* wünschten. Anton hatte dies beklommen gelesen, als plötzlich Frau Schwarz ihm auf die Schulter getippt hatte. Sie müsse jetzt los, sie sei mit ihrer Freundin zu einem Telefonat verabredet. Ob er mitkomme oder noch bleibe?

Anton hatte das mit dem Telefonat ein wenig seltsam gefunden und für sich entschieden noch etwas zu bleiben, allein um in Ruhe auf die Toilette zu gehen. Das dauerte, wenn er allein zurechtkommen musste. Inzwischen hatte er es hinter sich gebracht, der Preis: Er war nassgeschwitzt. Freiheit war anstrengend, er würde sie sich nicht jeden Tag leisten können.

Im Museum hatte er noch zwei Bücher gekauft, jetzt war er auf dem Weg zur Bushaltestelle, wobei – eigentlich war er nicht auf dem Weg zur Bushaltestelle. Er war auf dem Weg zu Janeks Haus. ‚Direkt nebenan' hatte Zofia gesagt, weil ihr das die jungen Leute aus dem Hotel gesagt hatten. Tatsächlich war am übernächsten Haus ein Schild angebracht: *Personalhaus Hotel Friesengold*, das musste es sein.

Das Haus war klein und bescheiden, eine Wohnung im Erdgeschoss, eine kleinere oben, so sah es von außen aus.

Anton blieb abrupt stehen, als er einen Mann bemerkte, der rechts vom Haus an einer Regentonne hantierte. Das Fallrohr schien marode zu sein. Der Mann war in Arbeitsmontur und kam ihm vage bekannt vor.

„Guten Morgen!", versuchte es Anton.

Keine Reaktion.

„Guten Morgen!" Etwas lauter.

Nichts passierte, Anton tuckelte näher heran.

„Guten Morgen!", brüllte Anton. Jetzt ging der Kopf hoch. Ein Mann um die sechzig mit spärlichem Haar wandte sich ihm zu. Jetzt wusste Anton, wo er ihn schon einmal gesehen

hatte. Der Mann hatte ihm auf den Bock geholfen, am Tag der Kutschfahrt mit Aukje.

„Guten Morgen!", knurrte er mit polnischem Akzent und sah ihn misstrauisch an.

„Sie wohnen hier?", fragte Anton.

Der Mann kam näher heran, die Hand hinterm Ohr.

„Sie wohnen hier?", brüllte Anton.

Der Mann nickte, mehr nicht.

„Zusammen mit Janek?"

Jetzt zogen sich die Augenbrauen des Mannes zusammen.

„Weiß ich nicht, wo er ist", murmelte er. „Und werde ich auch zu der Sache nichts sagen." Er drehte sich um und ging weg, verschwand vor sich hinmurmelnd hinter dem Haus.

Anton blieb einen Moment unschlüssig stehen. Was war das denn gewesen? Wurde der Mann ständig von Reportern belästigt oder warum war er so schroff? Schließlich wendete er und machte sich auf zur Bushaltestelle. Unterwegs hielt er Verschiedenes fest:

Dieser Mann war Matus gewesen. Jedenfalls hatte Zofia erzählt, dass Janek mit Matus in einem Haus lebte.

Wenn dieser Mann Matus war, war Matus nicht besonders freundlich.

Matus konnte nicht sonderlich gut hören.

Es könnte ein Vorteil für das Liebespaar gewesen sein, dass der Mitbewohner nicht besonders gut hörte.

Dahinten kam die Buskutsche. Anton versuchte die linke Hand zu heben. Es gelang nur so halbwegs.

———

Während sie das Fahrrad abschloss, versuchte Gesa sich innerlich zu wappnen. Gegen die Jammerei ihrer Mutter, die das Hotel wegen der Schließung im Konkurs sah. Gegen die Apathie ihres Bruders, der seit der Todesnachricht kaum

ein Wort gesprochen hatte. Gegen die Fragen der Polizei, falls sie diesem Bruns erneut über den Weg lief.

Die Einzige, die ihr in der Hotellobby über den Weg lief, war Beata. Sie trug ihren Hoteldress, obwohl keine Gäste da waren. Wahrscheinlich ging sie damit auch ins Bett.

„Guten Morgen!", Beata sah eindeutig besorgt aus.

„Alles in Ordnung?"

Die Empfangsleiterin zeigte nach oben. „Der große Kommissar ist bei Ihrem Bruder."

„Verstehe", Gesa zögerte kurz und steuerte dann auf die mit blauem Teppich ausgelegte Hoteltreppe zu.

„Und er hat wieder nicht gegessen", rief Beata ihr nach. „Ich habe ihm ein Frühstück zusammengestellt. Aber er hat nichts angerührt, nicht mal den Tee."

Gesa betrachtete stumm das Treppengeländer, auf dem sie und Redolf als Kinder heruntergerutscht waren. Natürlich nur, wenn die Eltern nicht da gewesen waren, also bestenfalls einmal im Jahr.

„Danke, Beata." Hastig ging sie nach oben.

Sie hörte seine markante Stimme, sobald sie die Wohnungstür geöffnet hatte. Die Stimme ihres Bruders hörte sie nicht.

„Verdammt, Herr Jenssen, Sie hätten uns das sagen müssen! Die Gynäkologin meint, die Kinderwunschberatung läge über ein halbes Jahr zurück!"

Wie angewurzelt blieb Gesa im Flur stehen, doch schon im nächsten Moment trat sie näher an die angelehnte Wohnzimmertür, um die Antwort ihres Bruders zu hören. Es kam keine Antwort.

„Herr Jenssen, wir sind auf Ihre Mitarbeit angewiesen, wenn wir in der Sache vorankommen wollen. Stattdessen schweigen Sie hier schon seit Tagen!"

Ein Krächzen war zu hören – Redolf wahrscheinlich. Gesa

konnte nicht verstehen, was er sagte, obwohl sie inzwischen ihr Ohr an die Tür gelegt hatte wie in einem schlechten Film.

„Sie wissen gar nichts!", Redolfs Stimme war lauter geworden, wenn auch immer noch heiser. „Verschwinden Sie einfach!"

Plötzlich ein dumpfes Geräusch, ein Krachen beinah, dazu Redolf in einer Art Geheul: „Verschwinden Sie einfach!"

Gesa riss die Tür auf und stürmte ins Wohnzimmer hinein, wo Redolf am Klavier stand und seinen Kopf auf das Gehäuse schlug, immer und immer wieder, als wollte er es zertrümmern. „Verschwinden Sie einfach!"

„Redolf!", Gesa kreischte und stürzte zu ihm hin, stieß dabei beinahe mit dem Kommissar zusammen, der Redolf jetzt zurückriss. Dessen Nase war blutig, er wehrte sich heftig gegen den Kommissar.

„Gibt es hier auf der Insel einen Arzt?", keuchte Bruns.

„Ja, aber den brauchen wir nicht!" Gesa versuchte Redolfs Hand zu erwischen, ihn zu halten, ihn zu beruhigen.

„Verdammt nochmal, rufen Sie den Arzt!"

Im selben Moment gab Redolf seinen Widerstand auf, sackte zusammen, lag schließlich auf dem Teppich wie ein wimmerndes Kind.

„Was ist denn überhaupt los?", zischte Gesa den Kommissar an, während sie sich neben Redolf hockte.

Der Kommissar starrte von oben auf ihn, als könnte er nicht einordnen, was er da sah. „Der Obduktionsbericht liegt vor", er hob den Kopf und sah Gesa aufmerksam an. „Ihre Schwägerin war schwanger. Wussten Sie das?"

Anton war so groggy wie schon lange nicht mehr. Von dieser Bank im Kurpark würde er nie wieder aufstehen. Er hatte sich wohl übernommen.

Aus der Buskutsche hatte man ihm heraushelfen müssen, trotzdem hatte er zu dem Zeitpunkt noch das Gefühl gehabt, er könnte Bäume ausreißen. Vielleicht dachte man so etwas, wenn es in der Umgebung nicht so viele Bäume gab. Denn kaum hatte er sich mit seinem Rollator in Bewegung gesetzt, war er so erschöpft gewesen, dass er sich auf eine Bank setzen musste. So war er im Kurpark gelandet, mit Blick auf ein Becken, in dem im Sommer Schiffchen herumfahren mochten, in dem jetzt aber nur altes Laub lag. Vor lauter Erschöpfung hatte Anton die Augen geschlossen, Urlaub war anstrengend.

Als jemand sich neben ihn setzte, fuhr er aus seinem Dusel hoch. Eine ältere Dame. Nicht Frau Schwarz.

Sie strömte norddeutschen Charme aus, etwas spröde, aber auf eine schlichte Art elegant.

„Guten Tag", sagte die Frau. Sie war älter als er, aber agil und ohne Rollator. Anton setzte sich etwas aufrechter hin. „Guten Tag."

„Sie waren in unserem Hotel. Ich hoffe, Sie sind anderweitig gut untergekommen."

Vielleicht lag es am Dösen, jedenfalls brauchte Anton etwas, um sie einzusortieren.

„Sie sind vom Hotel?", fragte er nach. „Die Seniorchefin?"

„Die Seniorchefin, ja", ihr Tonfall verriet, was sie von der Bezeichnung hielt. „Tadine Jenssen. Mein Mann und ich haben das Hotel zu dem gemacht, was es jetzt ist."

„Herzlichen Glückwunsch", sagte Anton und dachte im selben Moment, dass man ihr wegen des Todesfalls in der Familie vielleicht eher kondolieren musste.

„Ich hoffe, bei Ihnen ist ein wenig Ruhe eingekehrt – nach diesem schrecklichen – Vorfall."

„Schrecklich, ja, aber das Leben geht weiter. Angeblich soll heute die Leiche freigegeben werden, dann steht einer

Beerdigung nichts mehr im Wege. Und das Hotel kann bald wieder öffnen."

Anton wusste nicht, was er darauf sagen sollte. Vielleicht, dass man am Ende doch Glück gehabt hatte, da ja die Juniorchefin nicht in der Hauptsaison ermordet worden war.

„Ich bin sicher, alle Gäste haben Verständnis", erklärte er milde. „Ich meine, in so einem Fall –"

Die Hotelchefin wiegte stumm den Kopf. Anton hätte etwas darum gegeben, einen Blick ins Innere werfen zu dürfen.

„Ich hörte, Ihre Schwiegertochter kam aus dem Sauerland – genau wie ich."

Frau Jenssen sah alarmiert zu ihm herüber. „Sie kennen die Familie?"

„Nein, nein, es ist nur dieselbe Region. Das Sauerland ist größer, als man denkt."

Täuschte er sich oder machte sich auf ihrem Gesicht Erleichterung breit?

„Meine Schwiegertochter kam aus einfachem Hause."

Nein, er hatte sich nicht getäuscht.

‚Das ist keine Schande', wollte er sagen. Stattdessen sagte er: „Sie und Ihre Schwiegertochter hatten kein gutes Verhältnis?"

„Die jungen Leute waren in der Regel für sich."

Anton schmunzelte. Man konnte es der jungen Frau Jenssen nicht verübeln, wenn sie der alten aus dem Weg gegangen war.

„Hauptsache, sie hat das Hotel gut geführt", versuchte er einen anderen Pfad. Darauf sprang sie sofort an.

„Sie hat es umbauen wollen", legte sie los. „Ich habe sofort zu meinem Sohn gesagt, aus diesen Schulden kommt ihr nie wieder raus. Außerdem: Die Leute mögen das Haus, wie es ist."

Anton nickte, wohlwissend, dass er ein alter Mann war.

Und dass junge Leute das vielleicht anders beurteilten. Aber er wollte mit der alten Dame nicht streiten.

„Ihre Schwiegertochter ist umgebracht worden", sagte er stattdessen und schüttelte den Kopf. „Dass hier auf der Insel so etwas passiert!"

Tadine Jenssen nickte, sagte aber nichts.

„Es wird ja wohl einer der Angestellten verdächtigt", ließ Anton nicht locker, „aber vielleicht gab es ja noch andere Menschen, mit denen Ihre Schwiegertochter im Konflikt gelebt hat?"

„Andere Menschen?", die Seniorchefin schien ernsthaft überrascht, als hätte sie sich diese Frage selbst noch nicht gestellt. „Aber er ist doch geflohen, dieser Pianist. Das tut man nicht, wenn man sich nichts vorzuwerfen hat."

„Das ist wahr, und dennoch – mein Sohn ist Polizist. Daher weiß ich, dass man manchmal gegen den Strich denken muss."

Die Seniorchefin sah ihn misstrauisch an.

„Gab es Menschen, mit denen sie Streit gehabt hat?", half Anton noch einmal nach.

„Naja, sie ist nicht sehr gesellig gewesen. Sie hat sich nicht unter die Leute gemischt."

„Hat man ihr das übelgenommen?"

„Sie hat keine Freundinnen gehabt, wenn Sie verstehen, was ich meine. Aber deshalb bringt man ja niemanden um."

Anton nickte. Bestimmt hatten sich die Leute das Maul zerrissen über diese Liebschaft. So etwas war schon auf dem Dorf ein Thema, auf einer Insel sicher noch mehr.

„Naja, mit dieser Künstlerin hat sie sich mal gestritten."

„Mit der Künstlerin?"

„Die Unternehmergattin", erklärte die alte Frau Jenssen. „Zumindest war sie das früher, inzwischen lebt sie getrennt. Jetzt macht sie in Bildern und die wollte sie in der Hotel-

lobby aufhängen. Aber da war Kirsten dagegen. Ausnahmsweise war ich in dieser Sache einer Meinung mit ihr."

„Interessant", Anton ließ sich das durch den Kopf gehen. „Sie haben den Streit miterlebt?"

„Nein, ich halte mich aus dem Hotel weitgehend fern. Aber Redolf hat es erzählt." Die alte Dame lehnte sich zurück. „Wissen Sie, in so einem Betrieb ist es immer riskant, unbequeme Entscheidungen zu treffen. Der Mann dieser Künstlerin ist ein reicher Unternehmer, neulich noch war er im Hotel und auch sie sitzt fast jeden Abend in der Bar." Die alte Dame machte eine Handbewegung, als kippte sie etwas hinunter. Anton fragte sich derweil, ob Tadine Jenssen wirklich so selten im Hotel war, wie sie vorgab.

„Man muss immer abwägen. Wenn man so eine Anfrage ablehnt, verliert man womöglich einen Kunden. Aber wenn Sie mich fragen, wäre das in diesem Fall kein Verlust gewesen. Bei einer Ausstellung hätte die Künstlerin vermutlich jeden Tag vor ihren Bildern gestanden und die Hotelgäste mit ihren Geschichten belästigt."

„Aber sie war gekränkt? Die Künstlerin, meine ich jetzt."

„Das hat Redolf zumindest gesagt. Andererseits: In die Bar ist sie trotzdem bald wiedergekommen. Die Biene fliegt halt immer zum Nektar."

Anton konnte nicht mehr fragen, was sie mit dem Nektar meinte. Tadine Jenssen erhob sich.

„Interessant, mal gegen den Strich zu denken", sagte sie zum Abschied. „Hat mich auf ganz neue Gedanken gebracht." Sie hob ihre Hand. Sie war etwas faltiger als die von Frau Schwarz. „Und wenn Sie wieder nach Juist kommen, erwarten wir Sie in unserem Hotel!"

„Natürlich!" Anton hätte beinah salutiert. Aber im Grunde mochte er ja Geschäftstüchtigkeit.

———

„Redolf?" Gesa strich ihm über die Wange. Er hatte die Augen geöffnet, reagierte aber nicht.

Sie hatten ihn abgeschossen. Der Arzt hatte eine Beruhigungsspritze gesetzt und seine Nase versorgt. Seitdem lag er hier auf der Couch und starrte vor sich hin.

„Redolf, was ist passiert?"

Sie sah auf die Uhr. Irgendwann würde ihre Mutter sich durchkämpfen. Sie hatte sie nach ihrem Spaziergang abspeisen können mit dem Hinweis, Redolf mache ein Mittagsschläfchen. Aber irgendwann würde sie wieder hier stehen und sich nicht mehr abwimmeln lassen.

„Von wem?" Diese Frage hatte Gesa dem Kommissar als Erstes gestellt. Kirsten war schwanger, *aber von wem?*

Er wisse es nicht, hatte er geantwortet, die DNA-Untersuchung stehe noch aus. Die Schwangerschaft sei noch ganz am Anfang gewesen, vermutlich habe Kirsten Jenssen selbst nichts gewusst. Aber was die Vaterschaft angehe, da habe er – hüstelhüstel – schon so seine Vermutung.

Gesa betrachtete ihren Bruder. Sein blondes Haar, das an seinem Kopf klebte, seine apathisch blickenden Augen, sein erschlaffter Körper. Sie machte sich Sorgen um ihn.

Sie hatte das alles nicht gewusst. Natürlich, man hatte geahnt, dass es Probleme gab. Immerhin war Kirsten noch nicht schwanger geworden. Aber Gott, Redolf war nicht mehr der Jüngste, auch Kirsten nicht mehr allzu weit von der Vierzig entfernt. Dass es in dem Alter nicht sofort klappte, war für niemanden überraschend gewesen.

Gesa erinnerte sich an eine Situation beim Mittagessen am Sonntag. Ausnahmsweise hatten sich auch Kirsten und Redolf die Ehre gegeben, während Gesa sich sonst immer allein mit ihrer Mutter herumschlagen musste.

Tadine hatte eine ätzende Bemerkung gemacht. Wie lange sie denn noch auf ihren Hotelerben warten müsse.

Kirsten hatte daraufhin ihre Schwiegermutter angefunkelt, Redolfs Blick war betreten in den Rotkohl gewandert und Gesa hatte versucht die Situation mit einem Spruch zu retten: „Wäre doch eigentlich kein Verlust, wenn unsere charmante Linie aussterben würde."

Kurz darauf waren Kirsten und Redolf gegangen.

Was hinter den Kulissen los war, hatte Gesa nicht gewusst. Dass Redolf über zu wenig gesunde Spermien verfügte. Dass sie in einer Kinderwunschklinik gewesen waren. Dass Kirsten sich eine fremde Samenspende aber nicht hatte vorstellen können.

All das hatte ihr nun dieser ungelenke Kommissar erzählen müssen, es war eine Schande.

Und dass Kirsten jetzt von diesem Pianisten schwanger geworden war – Gesa hätte gern mit ihrem Bruder darüber gesprochen.

„Redolf?", fragte sie.

Ihr Bruder schien sie nicht zu hören. Er war kilometerweit weg.

Und dann kam doch etwas. „Ich bin schuld!" Er flüsterte es.

„Nein, bist du nicht!", Gesa sagte es zum hundertsten Mal. „Kirsten hat da etwas angefangen und dann ist es schlimm eskaliert."

„Gesa!" In seinen Augen lag plötzlich ein panisches Flimmern. „In Wahrheit war alles ganz anders."

Eigentlich hatte Zofia nur durchsaugen wollen. Weil Herr Anton ja anderweitig versorgt war. Und weil sich der Teppich sandig anfühlte. Sie hatte ihre Schuhe immer unten ausgezogen, aber offenbar hatte sich der Sand in ihren

Hosenaufschlägen versteckt.

Der Schlüssel war gar nicht richtig verborgen. Er hing im Besenschrank, zwar nicht vornean, sondern an einem Nagel an der hinteren Wand, aber er war nicht wirklich versteckt. Dann konnte man ihn auch ausprobieren oder etwa nicht?

Trotzdem schlug Zofias Herz furchtbar laut, als sie vor der verschlossenen Tür stand. Durfte sie das? Sie war nicht Polizei. Und was zeigte sich, wenn sie es wagte? Nackedei-fotos und schmuddeliges Spielzeug? Eine Briefmarken-sammlung von ganz hohem Wert? Oder etwas, das Feiko Harms als Mörder entlarvte?

Der Schlüssel passte, so viel war schon mal klar, Zofia drehte ihn langsam im Schloss und die Tür sprang wie von Zauberhand auf. Erstmal nichts Besonderes. Eine Treppe, mit demselben Teppich belegt wie die untere. Zofia konnte lautlos die Stufen betreten.

Auf der Mitte der Treppe blieb sie dann aber doch noch einmal stehen. Was genau hatte Feiko gesagt, wann er zu-rückkommen würde? Sonntagabend – es sei denn, die Um-stände erlaubten es früher. Was, wenn die Umstände gegen sie waren? Und der Fährplan gleich mit?

Zofia gab sich einen Ruck und schritt weiter nach oben. Ein kleiner Flur mit drei Türen. Sie fasste die erste Klinke. Ein Badezimmer, ähnlich wie unten, etwas größer viel-leicht. Aber dieses Bad hier wurde benutzt. Ganz normale Männerutensilien standen herum. Deo und Zahnpasta und solche Sachen, kein schmuddeliges Spielzeug zum Glück. Alles sehr ordentlich, Feiko Harms war ein aufgeräumter Mann.

Die nächste Tür das Schlafzimmer. Ein Bett, das so bei-des war. Kein Doppelbett, aber auch kein einzelnes. Man konnte jemanden mitbringen. Zofia ging zum Schrank. Ganz normale, aber hochwertige Sachen. Keine Anzüge,

die brauchte man hier auf der Insel auch nicht. Sie tastete ein paar Hosen ab, fand aber nichts außer einem benutzten Papiertaschentuch. Dann eine Jacke, eine Hightechjacke, wie man sie in guten Fachgeschäften bekam. In der Innentasche eine Visitenkarte. Zofia hielt sie ins Licht. Eine Adresse in Berlin von irgendeiner Firma.

Zofia schloss den Schrank wieder zu und guckte sich um. Auf dem Nachttisch zwei Zeitungen und einige Bücher. Sie blätterte grob durch, nichts Persönliches drin. Sie ging zurück in den Flur.

Blieb nur die dritte Tür, das Wohnzimmer, und das war gigantisch. Zofia hastete zum Fenster. Es nahm die ganze Wand ein, ohne Unterbrechung bis hinunter zum Boden. Aber viel besser als das Fenster war das Panorama da draußen. Von hier schaute man über die Düne hinweg und hatte Blick auf das Meer. Kein Wunder, dass Feiko Harms das Leben auf der Insel so liebte. Mit so einem Blick war das nicht schwer.

Ansonsten gab es in diesem Raum nicht viele Sachen. Ein Regal mit Büchern und Fotos, einen Sekretär, aber der war verschlossen. Ein Sofa, zwei Sessel, beide mit Blick auf das Meer. Eine Musikanlage mit schmalen hohen Boxen, die so teuer aussah, als könnte Zofia mit ihrem Verkauf den Kredit in Polen abzahlen.

Sie zog sich zurück, warf noch einen Blick ins Schlafzimmer, um zu überprüfen, dass sie keine Spuren hinterlassen hatte – und sah dann den Ordner. Er lag unter dem Bett, nicht wie versteckt, sondern wie liegengelassen. Aufgeregt kniete sie sich hin und öffnete ihn. Für einen Moment bekam sie ein schlechtes Gewissen, andererseits – sie war hier eingedrungen, um etwas zu finden, nicht um etwas liegenzulassen!

Im Ordner waren Geschäftsunterlagen. Ein Mietvertrag

der Firma *Smartino* über ein Gebäude in Hamburg. Zofia schluckte, Mietpreis monatlich 12.000 Euro. Unterschrieben hatte den Vertrag Feiko Harms. Außerdem ein Leasing-Vertrag über mehrere Autos. Weitere Verträge, die sie nicht einordnen konnte. Dann ein „*Report*" über irgendetwas, das sie nicht verstand. Zofia war nicht einmal sicher, ob es auf Deutsch oder auf Englisch verfasst war. Mal war von „*Line-extension*" und „*Benchmarking*" die Rede, mal von „*Produktoptimierung*" und „*Wiedervorlage*". Auf jeden Fall hatte das Ganze mit *Smartino* zu tun und mit Feiko Harms.

Sie blätterte weiter. Ein Kaufvertrag über diese Wohnung. Als Zofia die Kaufsumme sah, wurde ihr schwindelig. Wie konnte eine Wohnung so viel kosten? Und wer konnte so etwas bezahlen?

In Polen musste sie einen Kredit von 37.000 Euro abzahlen. Für ein ganzes Haus – zugegeben, es war alt und renovierungsbedürftig. Aber trotzdem: Diese Wohnung hatte vor Jahren das Zwanzigfache gekostet!

Sie blätterte weiter. Wenn sie jetzt noch den Preis der Musikanlage fand, fiel sie wahrscheinlich in Ohnmacht. Den fand sie nicht. Aber einen alten Kaufvertrag über ein Haus in einem Ort namens Roßdorf. Der war mal ausnahmsweise nicht von Feiko Harms unterschrieben, sondern von einem Hermann Rensing – wobei die Unterschrift irgendwie ähnlich aussah. Zofia nahm sich noch einmal ein anderes Schreiben vor, alles waren Kopien, aber tatsächlich: Das *H* im Namen *Hermann Rensing* war kindlich geschwungen, genau wie das in *Harms*, ebenso ähnlich das kleine *a* und das *e* und das *m*. Zofia hätte wetten können, dass die Unterschriften *Feiko Harms* und *Hermann Rensing* von ein und derselben Person geschrieben worden waren. Aber wie konnte das sein?

Nachdenklich schlug sie den Ordner zu. Es wurde Zeit,

dass Tomasz mal etwas über Feiko Harms und Hermann Rensing herausfand.

———

Anton war so froh, als er Zofia vom Fenster aus sah, er konnte es gar nicht sagen. Am Vormittag war er zweifellos an seine Grenzen gestoßen. Hätte seine Tochter Sabine von seinem Ausflug gewusst, wäre sie sicher auf die Barrikaden gegangen. Aber Sabine weilte auf Neuseeland und hatte weder von Krystyna noch von Juist noch vom Ausflug zum Küstenmuseum irgendeinen Schimmer, das war sicher ein Glück.

Inzwischen hatte Anton einen Mittagsschlaf gemacht, aber der morgendliche Ausflug steckte ihm noch immer in den Knochen. Wie schön, dass es Zofia gab, die ihn sonst immer einen guten Meter von seinen Grenzen fernhielt. Jetzt saß er hier, in eine Wolldecke gehüllt, mit einer schönen Tasse Tee am Fenster des Aufenthaltsraums und freute sich über ihre Ankunft wie ein Kind.

„Zofia!", rief er, als seine Pflegerin endlich zur Tür hereinkam. Lukas, der ihr aufgemacht hatte, winkte nur kurz und war dann wieder verschwunden.

„Herr Anton!" Sie fasste ihn an den Oberarmen. „Was ist los? Sind Sie sehr blass!"

„Zu viel gelaufen, aber jetzt geht es gut."

Zofia schaute noch etwas skeptisch, dann zog sie endlich ihre Jacke aus und setzte sich hin. „Wo sind Ihre Leute?"

„Ausflug mit der Kutsche, davon habe ich für heute genug. Aber gut, dass wir allein sind. Ich habe viel zu erzählen. Eben habe ich mit Lukas über die Hoteliersfamilie gesprochen."

„Neue Geheimnisse?", wollte Zofia wissen. „Da habe ich auch einige mitgebracht."

„Lukas hat gesagt – zumindest hat er angedeutet – dass Gesa zwar früher verheiratet war, aber dass sie jetzt vielleicht eher – also, dass sie mit Männern womöglich – also, dass sie mit denen nichts mehr recht anfangen kann.“

Zofia sah ihn sehr konzentriert an und reagierte überhaupt nicht. Sie hatte ihn offenbar nicht verstanden.

„Ich fange nochmal von vorn an“, sagte Anton.

„Lieber endlich das Ende“, sagte Zofia.

„Wie?“

„Gesa ist *homoseksualna*“, sagte Zofia, „und wo ist jetzt das Geheimnis?“

„Naja“, Anton fühlte sich unwohl, „vielleicht ist das das Geheimnis.“

„Hmh“, Zofia lehnte sich zurück. „Bin ich in Deutschland, nicht in Polen. Erst erzählt Tomasz von einen großen Sensation im Dorf, weil in ein Haus ein Paar mit zwei Männern eingezogen ist. Und jetzt Sie erzählen genauso von Gesa. In Polen vielen Leute haben Probleme damit, ich dachte, in Deutschland ist anders.“

Anton ließ das sacken. „Es setzt sich langsam durch“, sagte er und fand die Antwort nicht schlecht. „Aber im Moment ist es oft noch etwas Ungewöhnliches – in einem Dorf und bestimmt auch hier auf der Insel.“

„Aha“, sagte Zofia verstimmt. „Aber was hat das alles mit unseren Janek zu tun?“

„Nun, wir suchen ja etwas, das Kirsten gewusst haben könnte und das sie gegen jemanden ausgespielt hat. Vielleicht wusste sie von Gesas – äh – Neigung und hat sie damit unter Druck gesetzt. Vielleicht sollte die auf ihr Erbe verzichten oder etwas in der Art. Ansonsten hätte Kirsten es an die große Glocke gehängt.“

Zofia dachte darüber nach. „Wenn Lukas schon weiß –“

„Er *wusste* es nicht, er *vermutete* es nur.“

Zofia wirkte nicht überzeugt. „Habe ich auch etwas wie ein Geheimnis“, sagte sie jetzt. „Feiko Harms ist vielleicht ein ganz anderen Mann mit Namen Hermann Rensing. Jedenfalls habe ich Unterlagen gefunden und in den Unterlagen er unterschreibt mal als Feiko Harms, mal als Hermann Rensing.“

„Das ist wirklich interessant“, gab Anton zu, „vielleicht viel brisanter als diese Sache mit *homoseksualna*.“ Ausnahmsweise ging ihm ein Wort im Polnischen leichter über die Lippen als im Deutschen.

„Ich habe keinen Internet in Feikos Haus, so kann ich nach den Namen nicht gucken. Aber ich habe schon mit Tomasz gesprochen, dass er in seinen Polizeicomputern guckt wegen den Namen. Ob das kann sein.“

„Sehr gut. Das bringt uns einen guten Schritt weiter.“

„Auch der Kommissar hat Feiko Harms auf den Radar. Er ist ein guter Polizist, obwohl er nicht viel so aussieht. Ich habe ihm auch von diesen Künstlerin erzählt. Und dass sie ein Bild von Janek gemalt hat. Er will das überprüfen. Aber am meisten denkt er natürlich, dass Janek die Hotelchefin umgebracht hat.“

Zofia erzählte von dem Gespräch. Und von den erdrückenden Indizien, die es gegen Janek gab.

„Haben Sie mit Kaja gesprochen?“, fragte Anton, als Zofia fertig war.

„Ja, heute Morgen. Sie ist sehr traurig. Sie kann nicht mehr schlafen. Immer denkt sie, Janek steht vor der Tür. Und wenn es jetzt noch in den Nachrichten kommt ...“

„Hält Kaja mittlerweile für möglich, dass Janek Frau Jenssen umgebracht hat?“

„Sie weiß nicht. Die polnischen Polizisten haben ihr gesagt, dass es keine andere Möglichkeit gibt. Deshalb es kommen bei ihr andere Gedanken. Janek ist schon lange

weg von zu Hause. Vielleicht inzwischen er ist ein anderen Mensch. Und als er zu Hause war, er war auch nicht so einfach. Er hat nicht viel gesprochen. Man wusste nie, was er denkt. Vielleicht er hat schon damals komische Sachen gedacht."

Anton schwieg. Es war ein Prozess. Vielleicht mussten sie Schritt für Schritt lernen, dass Janek ein anderer war, als sie glaubten und hofften.

„Aber geben wir jetzt noch nicht auf", sagte Zofia, als hätte sie seine Gedanken erraten. „Gehen wir noch einmal alles durch."

Am Ende hatten sie den halben Spielblock auseinandergerissen. *„Kirsten 17.45 Uhr Joggen"* war auf den Zetteln zu lesen oder *„Donnerstagabend Streit Janek und Kirsten".* Es standen auch viele Fragen darauf: *„Ann eifersüchtig?"* und *„Wer ist Feiko Harms?"*

Anton schrieb alles auf, was sie wussten und auch was sie nicht wussten, 28 Zettel, die sie sortierten und dann anders hinlegten und nochmal besprachen. Zofia hatte einen roten Kopf bekommen vom vielen Denken und er bestimmt auch. Und dann hörte man plötzlich ein Klingeln.

„Kutschfahrt zu Ende", mutmaßte Zofia, während sie den Zettel mit *„Matus Freund von Janek?"* verschob.

Lukas ging zur Tür, sprach mit jemandem, dann stand plötzlich der Kommissar in der Tür.

„Moin", sagte er, kam näher und betrachtete die Zettel auf dem Tisch. Anton hätte sie gern schnell zusammengeschoben, aber das war nicht mehr drin. Schon hatte der Kommissar einen in der Hand: *„Gesa homosexuell?".*

„Oha", sagte er. „Herr Wieneke, ich hätte da noch ein paar Fragen."

———

Thomas streckte sich nach hinten. Wochenende. Sein Schreibtischgegenüber war schon verschwunden, Jens hatte pünktlich um 14 Uhr Feierabend gemacht. Er selbst hatte Feiko Harms hinterherrecherchiert. Sein Unternehmen *Smartino* war mit einer Steuer-App reich geworden. Steuer im Sinne von Steuererklärung. Interessant, wen Zofia so alles kannte.

Thomas nahm seine Tasse und ging hinüber zum Fenster. Wenn man nah an die Scheibe trat und weit nach rechts ruckte, konnte man von hier aus den Fernsehturm sehen. Eigentlich nicht sensationell, aber manchmal konnte er sich auch an den kleinen Dingen erfreuen. Vor allem, wenn es große nicht gab.

Die Recherchen im Fall Kirsten Jenssen waren vorerst abgeschlossen, hatte sein Dortmunder Chef eben entschieden. Zumindest, was die Ermittlungen im Sauerland betraf. Er hatte sich bei Thomas bedankt, betont, wie richtig es gewesen war, den Kollegen aus Aurich zügig und unbürokratisch zu helfen, die ganze Sache nun aber für erledigt erklärt.

„Nehmen Sie endlich Ihre freien Tage!“, hatte er zum Abschluss gesagt. Man konnte wirklich denken, dass man ihn loswerden wollte.

Thomas griff in seine Tasche. Der Brief von dieser Ann, er hatte ihn noch immer nicht gelesen. Kaum hatte er das Schreiben auseinandergefaltet, da strahlten ihm schon diverse Zwinker-Smileys entgegen.

Lieber Dietz,
ich möchte Dir nur mitteilen, dass alles in Ordnung ist und es mir gutgeht (möglicherweise hast Du nach meiner rührseligen SMS von gestern Abend einen anderen Eindruck ...?)

Es freut mich, dass Du mit Leonie so glücklich zusammenlebst und Dich an einem Kind erfreuen kannst. Auch wenn uns dieses Glück nicht vergönnt war (wir haben es ja oft genug probiert☺), habe ich eine Vorstellung, was Matilda für Dich bedeutet. Ich hoffe allerdings, dass Dich das Zusammenleben mit der Kleinen (ich meine jetzt Matilda) nicht überfordert. Ich habe letztens gelesen, dass junge Eltern (die ja nicht unbedingt altersmäßig jung sind ☺) durchschnittlich nur sechs Stunden Schlaf bekommen. Ich weiß ja, wie sehr Du Deinen Schlaf brauchst, daher mache ich mir schon manchmal Gedanken, ob Dich Dein Leben als Vater nicht überfordert … ? (Das Herzinfarktrisiko bei Männern zwischen 40 und 50 ist extrem hoch, habe ich letztens gelesen)

Aber deshalb melde ich mich ja nicht, sondern nur um Dir zu sagen, dass mir die gestrige SMS leidtut. Wir hatten ja besprochen, dass ich nicht mehr schreibe (okay, viel Text war es ja auch nicht, neun Zeilen, wenn ich richtig zähle☺, aber Du weißt ja, dass Zahlen nicht so mein Ding sind). Alllsoooo, ich melde mich, sobald ich in Sachen Haus eine Entscheidung getroffen habe. Vielleicht bietet es sich ja an, dass Du dann noch einmal auf die Insel kommst, um alles zu besprechen …?

So, lieber Dietz (ich weiß, dass Leonie es nicht leiden kann, wenn ich Dich so nenne, aber ehrlich gesagt: Da habe ich wenig Verständnis. Dass wir nach 17 gemeinsamen Ehejahren, denen 7 Beziehungsjahre vorausgingen, so dass wir in gewissem Sinne beinahe Silberhochzeit hätten feiern können (Du siehst, manchmal zähle ich sehr gut!! ☺), Spitznamen füreinander haben, ist doch nun wirklich nicht tragisch. Ich habe Dich schon in der elften Klasse Dietz genannt, zu Zeiten, da Leonie zwei Jahre alt und noch auf Windeln angewiesen war.) Was ich sagen will:

*Schön, dass wir ein so aufrichtiges, unkompliziertes Ver-
hältnis miteinander haben. Das sollten wir uns nicht ka-
puttmachen lassen.*

In diesem Sinne sehr liebe Grüße

A.

Uff! Thomas ließ den Brief sinken und schaute wieder nach
draußen. Stockender Verkehr auf dem Rheinlanddamm.
Freitagnachmittag, alle außer ihm wollten nach Hause.

Er blickte noch einmal auf den Brief. Beziehungen waren
ein kompliziertes Ding. Von wegen, diese Ann interessierte
sich für Janek. Diese Ann hing noch an ihrem Mann wie
am ersten Tag.

Thomas ging zurück zum Schreibtisch und klickte sich ins
Intranet ein. Über einen Feiko Harms fand sich dort nichts,
er war also polizeilich nicht aktenkundig geworden. Okay,
dann eben in die Daten vom Einwohnermeldeamt. Treffer.
Feiko Harms hatte schon im Jahr 1985 seinen Namen geändert. Davor hatte er tatsächlich Hermann Rensing geheißen.
Ein Grund für die urkundliche Namensänderung war nicht
notiert.

Thomas lehnte sich zurück. Dass jemand bei den Behörden
Vor- und Nachnamen ändern durfte, war in Deutschland
ausgesprochen selten. Er konnte sich nur wiederholen. Er-
staunlich, wen Zofia so alles kannte.

---

*Er saß am Klavier. Und sie neben ihm. Wie immer auf der
rechten Seite. Sie spielten vierhändig, „Aura Lee", ein sehr
einfaches Stück. Sie verspielte sich, fluchte, nahm frustriert
die Hände von den Tasten. Er sagte nichts, wartete ab, dass sie
sich gesammelt hatte. Er korrigierte sehr wenig.*

Und dann, kurz bevor es losging, berührten sich ihre Ell-

bogen. Das passierte öfter, aber diesmal stoben sie nicht auseinander wie sonst. Auch nach der kurzen Schrecksekunde, in der beide abwarteten, was der andere tat, verharrten sie so. Wie im Kino, wenn aus einer zufälligen Berührung eine nicht-zufällige Berührung wurde. Ihre Ellbogen hatten nur wenig Kontakt, so wenig, dass er schon bald nicht mehr wusste, ob es den Kontakt überhaupt noch gab. Aber was es gab, war die Besonderheit der Situation. Weil nichts passierte. Janek hätte eine Ansage machen müssen, den Takt zählen, die Hände umlegen. Kirsten Jenssen hätte schimpfen können über ihren Fehler. Sie hätte fragen können: „Von vorn?"

Aber nichts passierte, und jetzt war sie deutlicher spürbar, die Berührung, und dann mit einem Mal nicht mehr. Stattdessen lag ihre Hand plötzlich auf seinem Oberschenkel, so dass ihm der Atem wegblieb. Nur einen Moment später fuhr ihre Hand weiter nach oben, berührte ihn, berührte seine Erregung, die so vollständig war, als hätte er stundenlang dagesessen und an sie gedacht. Umfasste sie durch seine dünne Stoffhose hindurch mit sicherem Griff, so dass er sich keinen Moment länger zurückhalten konnte. Er riss Kirsten hoch, schmiss beide Klavierschemel um, presste sie gegen das Klavier.

Sie stöhnte, ob vor Schmerz oder vor Verlangen konnte er nicht sagen. Ihr Kopf war nach hinten gestreckt, lag oben auf dem Klavier, er riss ihre Bluse auf, endlich endlich wollte er sie sehen, tausendmal hatte er davon geträumt. Er schob sich vor, presste sich an sie und nahm ihre rechte Brust in den Mund. Ließ seine Zunge über die harte Brustwarze fahren, hörte sie wimmern, und dann – dann – er kam, kam viel zu früh, seine Hose wurde nass.

Davon wachte er auf.

Er musste sich erst orientieren. Dann kam die Erinnerung – Baltrum, das Haus ganz im Westen, er lag auf dem Bett.

Und: Er war auf der Flucht. Er hatte Kirsten Jenssen ge-

funden. Kirsten Jenssen, von der er hundertmal geträumt hatte. An die er sich nicht herangetraut hatte. Obwohl nichts näher gelegen hätte als das. Schließlich hatte sie seinen Samen gewollt.

Mit Macht versuchte er die Gedanken zu verscheuchen. Und hörte plötzlich ein Geräusch! Ein Rollkoffer, er hielt den Atem an. Dzięki Bogu, das Geräusch wurde leiser. Es war Freitag, irgendwo in der Nachbarschaft musste jemand ausgezogen sein.

Seit er auf den Inseln lebte, hörte er diese Geräusche – Rollkoffer, Möwen, Pferdegetrappel. Außerdem fast immer den Wind und das Meer. All das hatte ihm immer gefallen, warum sehnte er sich mit einem Mal nach den Geräuschen seiner Kindheit zurück? Nach dem Gedudel des Billigradios, das seine Mutter in der Küche aufgestellt hatte. Nach dem Stottern des altersschwachen Treckers, mit dem sein Vater die Felder bestellte. Nach dem Kläffen von Burek, ihrem Spitz, der jeden Fremden verbellte. All diese Geräusche gab es nicht mehr. Der Hof war verkauft, sein Vater und Burek längst unter der Erde. Seine Mutter war todkrank und lebte bei Kaja. Kaja. Kaja!

Er tastete nach seinem Handy, hielt es eine Weile stumm in der Hand. Wie lange musste es an sein, damit man es orten konnte? Irgendwann hielt er sich nicht länger zurück, drückte den Knopf an der Seite, das Handy ging an.

Es klingelte genau zweimal, dann war Kaja am Apparat, mit einer furchtbar ängstlichen Stimme.

„Janek?“

„Kaja!“

„Janek“, sie weinte hysterisch, „wo bist du?“

„Das kann ich nicht sagen.“

„Man sucht dich, Janek. Sie sagen, du hast eine Frau umgebracht.“

„Ich weiß, Kaja, aber das stimmt nicht.“

„Sie sagen, da sind Spuren und dass du danach abgehauen bist.“

„Das sieht nur so aus. Es ist jemand anderes gewesen. Das werden sie herausfinden. So lange muss ich mich verstecken.“

„Sie werden dich finden. Und wenn du dir nichts vorzuwerfen hast –“

„Sie werden mir nicht glauben, Kaja, die Sache ist – ziemlich kompliziert – ich hab mich da auf etwas eingelassen – aber mit dem Mord hab ich nichts zu tun, das musst du mir glauben.“

„Janek, du kannst nicht einfach verschwinden“, Kajas Stimme war schrill. „Mama geht es sehr schlecht. Die Polizei hat mit ihr gesprochen. Und jetzt kriegt sie sich gar nicht mehr ein.“

„Das ist nicht meine Schuld, Kaja! Ich hab nichts gemacht. Ich war bloß zur falschen Zeit am falschen Ort –“

„Janek, ich kann das nicht mehr hören! Das habe ich zu oft gehört! Man ist nicht zufällig zur falschen Zeit am falschen Ort! Immer bist du das Opfer, immer waren es die anderen. Sei einmal im Leben ein Mann und –“

Und dann hörte er es, trotz Kajas Gekreische – die untere Tür fiel ins Schloss. Panisch drückte er sein Handy aus, lauschte. Gepolter, Stimmen, jemand ging in die untere Wohnung. Janek sah sich hektisch um, bewegte sich aber nicht. Er hatte schon vorher überlegt, ob er im Notfall aus dem Fenster springen konnte. Und ob er sich das am Ende wirklich traute –

„Guck mal hier –“, hörte er unten eine Frauenstimme sagen, man schien eine der Erdgeschoss – Wohnungen zu beziehen, dann fiel eine Tür ins Schloss, Stille.

Er musste hier weg, sofort. Griff die Stiefel, die Jacke, schlich die Treppe hinunter. Der Weg führte an der unteren Wohnung vorbei, er musste die Ruhe bewahren! Leise zog er die Stiefel

———

Anton sah von seinem Buch auf und lauschte dem Wind.
Morgen sollte es noch ungemütlicher werden. Von einer
Sturmflut war die Rede. Solche Wetterlagen waren für die
Ostfriesischen Inseln gefährlich, trotzdem konnte Anton
nicht verhehlen, dass er ein wenig gespannt war. Es ent-
sprach seiner derzeitigen Abenteuerlust, dass er solche Be-
sonderheiten mit großem Interesse wahrnahm.

Jetzt nahm er wieder sein Buch zur Hand, er hatte es
im Museum gekauft. Ein wissenschaftliches Fachbuch, es
ging um Antisemitismus in deutschen Kurorten, von Bad
Kissingen bis hinauf zu den Ostfriesischen Inseln. Was
Anton in dem Ausmaß nicht klar gewesen war: Schon
lange vor dem zweiten Weltkrieg, eigentlich schon zu Ende
des 19. Jahrhunderts, hatte es unglaubliche Ressentiments
gegen Juden gegeben. Später, in den 1920er Jahren, etliche
Gäste, die Juden vom Kurbetrieb ausschließen wollten.
Die Nachbarinsel Norderney war ein weltoffener Ferienort
gewesen, Borkum dagegen eine antisemitische Hochburg.
Ein Pastor hatte dort über Jahre gehetzt; Anton konnte
kaum glauben, wie jüdische Mitbürger dort schon in den
20ern drangsaliert worden waren.

Von Juist war wenig die Rede; nur ein historischer Zei-
tungsartikel aus einem jüdischen Journal erzählte von einem Vorfall in einem Café. Ein Tourist hatte von einem
Kellner verlangt, die jüdische Familie am Nebentisch nicht

zu bedienen. Der hatte sich geweigert, es war zu einer lautstarken Auseinandersetzung gekommen und sogar zu einer gebrochenen Nase. Der Krawallmacher, Emil Rensing mit Namen, war vom Kellner angezeigt worden, doch das Gericht sprach ihn frei. Zu der Zeit kein Einzelfall, so stand es im Buch.

Anton blickte auf. Rensing, Rensing, der Name kam ihm bekannt vor; er hatte ihn erst kürzlich in einem anderen Zusammenhang gehört. Er versuchte sein Gedächtnis zu aktivieren, lief im Kopf alle Themen ab, die ihn im Moment beschäftigten. Und dann, über den Umweg Zofia und Wohnung, fiel es ihm schließlich wieder ein. Zofia hatte behauptet, Feiko Harms habe früher unter einem anderen Namen firmiert: Hermann Rensing!

Gesa wollte niemanden sehen und niemanden sprechen, sie wollte einfach nur weg. Was Redolf ihr erzählt hatte, war auf eine so entsetzliche Weise traurig gewesen – mehr konnte sie unmöglich ertragen.

Von wegen, Kirsten und dieser Musiker hatten ein Verhältnis gehabt. Was man Gesa an Inselgerüchten zugetragen hatte, war schlichtweg falsch!

Sie hatten Janek als Vater ihres Kindes ausgeguckt, anders konnte man es einfach nicht sagen. Damals auf Norderney hatte Kirsten Janeks Klavierspiel gehört und Redolf begeistert davon erzählt. Einen Pianisten fürs Hotel, das war ein verwegener Gedanke gewesen, andererseits – fast jedes Wochenende gab es im Hotel eine Feier, und es war aufwendig, einen Live-Musiker vom Festland zu holen. Kirsten hatte mit einem Hotelpianisten die Konkurrenz ausstechen wollen – und Redolf von der Idee überzeugt.

Gesa erinnerte sich, sie hatte damals über ihre Mutter

davon erfahren. Die hatte geschimpft wie ein Rohrspatz, dass man Geld für einen Musiker ausgeben wollte. Redolf hatte es einfach überhört. Erst jetzt ging Gesa auf, dass er im Grunde ganz schön dickfellig war – oder zielstrebig, wenn man so wollte.

Als Janek im Hotel anfing, hatte Kirsten ihren Kindheitstraum wahrgemacht und selbst Klavierstunden genommen, so hatte es ihr Bruder eben erzählt. Auf diese Weise hatte sie Janek näher kennengelernt. Und Ähnlichkeiten zwischen ihm und Redolf entdeckt! Äußerlich sowieso, aber es ging weit darüber hinaus. Auch Janek war ein stiller, introvertierter Mensch. Und so hatte Kirsten gewagt, zum neuen Jahr eine Idee auszusprechen: Sie wollte keine Hormonbehandlung, keine Kinderwunschklinik und kein Theater. Und sie wollte keine Samenspende von irgendeinem Fremden – von Janek aber durchaus.

Man hatte sich geeinigt, das Ganze eine Weile sacken zu lassen. Doch schon bald hatte Redolf zugestimmt. Vermutlich, weil er wusste, dass seine Ehe daran hing. Kirsten wollte ein Kind. Er wollte es auch. Hätte er sich dieser Möglichkeit verweigert, hätte immer etwas zwischen ihnen gestanden.

Bei allem Mitgefühl war Gesa im Innersten gekränkt. Sie war Redolfs Schwester! Dennoch hatte er ihr zu keinem Zeitpunkt etwas von seinen Konflikten erzählt!

Laut Redolf waren 30.000 Euro ausgemacht, außerdem absolutes Stillschweigen und der Verzicht auf jeglichen Kontakt zu dem Kind. Sobald Kirsten schwanger war, sollte Janek die Insel verlassen.

„Gib mal bei *YouTube* ‚Selbstinsemination‘ ein", hatte Redolf eben mit belegter Stimme gesagt, „viel mehr als eine Einmalspritze und einen Katheterschlauch braucht man da nicht."

Gesa konnte es einfach nicht fassen. Dass ihr verklemmter Bruder so etwas mitgemacht hatte! Allein die Vorstellung, dass dieser Janek nebenan masturbiert und dann sein Becherchen bei Kirsten und Redolf abgegeben hatte!

Ganz nebenbei wollte sie immer noch nicht glauben, dass das medizinisch überhaupt ging. Naja, es hatte ja bei ihrem Versuch im Januar auch nicht funktioniert. Redolf hatte erzählt, wie sehr sie gehofft hatten. Dass die Periode tatsächlich nicht gekommen war! Und dann doch – mit sechs Tagen Verspätung! Gesa konnte nachfühlen, in welches Loch Redolf und Kirsten gefallen waren. Und dass sie nur kurz böse gewesen waren, als der nächste Termin wegen Janeks Polen-Reise ausfallen musste. In ein paar Wochen hätte der nächste Versuch stattfinden können, aber beide sahen das Ganze inzwischen mit Skepsis, zumal Kirstens Periode nicht mehr regelmäßig war. Am letzten Donnerstag dann hatte ihre Schwägerin die Geschäftsbeziehung beendet. Janek war sauer geworden und hatte sich an Kirsten gerächt. So jedenfalls sah es Redolf und tatsächlich sprach alles dafür!

Und die ganze Tragödie auch deshalb, weil Gesa ihren Bruder angestachelt hatte! Das Personal hatte über Kirstens „Affäre" gesprochen, die ganze Insel wusste offenbar Bescheid und zerriss sich über Redolf das Maul. Der hatte sich nach Gesas Hinweis an Kirsten gewandt und ein Ende der Sache verlangt. Kirsten hatte zugestimmt, auch weil sonst das Hotel Schaden nahm. Janek sollte umgehend von der Insel verschwinden und eine hohe Abfindung bekommen. Trotzdem war das Ganze in einer Tragödie geendet!

Gesa fühlte sich mitschuldig. Wenn sie sich bloß nicht eingemischt hätte! Jetzt war die Situation unerträglich – und Redolf von einer einzigen Frage besetzt: Von wem war Kirsten schwanger? Hatte sie nach seiner Reise natürlichen

Sex mit Janek gehabt? Oder gab es noch einen anderen? Gesa wollte nicht mitspekulieren. Sie wollte weg. Nach Hause, zu ihren Hunden, ins Bett.

Gerade, als sie meinte, sie hätte es durchs Treppenhaus geschafft, lief sie dem Kommissar in die Arme. Er telefonierte. Gesa wollte eilig vorbei, aber sobald er sie wahrgenommen hatte, unterbrach er sein Gespräch. „Könnte ich Sie kurz eben sprechen?"

„Unmöglich! Ich bin völlig fertig und meine Hunde –"

„Es dauert nicht lange." Er hatte Autorität. So jungenhaft er auch aussah, allein aufgrund seiner Stimme hatte er Autorität. Und das ärgerte Gesa.

Eben im Gespräch hatte sie Redolf gedrängt, der Polizei alles zu erzählen, von dem Deal, von der Insemination, einfach alles. Aber Redolf hatte sich geweigert. „Das gehört nur Kirsten und mir", hatte er gesagt. „Die Polizei muss Janek finden, das ist alles, was ich verlange."

Der Kommissar lotste Gesa jetzt in den Salon. Der Kerl bewegte sich inzwischen so selbstverständlich in ihren Räumen, als würde er ab Montag das Hotel übernehmen. Generös bot er ihr einen Stuhl an.

„Warum verschwenden Sie Ihre Zeit hier im Hotel?" Gesa funkelte ihn an. „Anstatt meinen Bruder fertig zu machen, könnten Sie netterweise endlich nach dem Richtigen suchen."

„Sie meinen Herrn Sinkiewicz?" Er tippte auf sein Handy. „Die Kollegen haben ihn soeben geortet."

„Was?", Gesa ruckte nach vorn. „Wo?"

„Das darf ich Ihnen nicht sagen, aber glauben Sie mir, wir sind auf dem Sprung. Und zwar im wahrsten Sinne des Wortes. Morgen fliege ich aufs Festland, ich will bei der Vernehmung dabei sein."

„Dann wüsste ich nicht, was es zwischen uns noch zu

besprechen gäbe", Gesa wollte aufstehen.

„Da hätte ich schon ein paar Ideen –"

Plötzlich klopfte es. Der Kommissar stand verärgert auf und riss die Tür auf. Gesa erkannte Bartosz, der erschrocken zurückwich.

„Entschuldigung", stotterte der Barmann. „Hieß es, ich sollte noch einmal –"

„Später", der Kommissar knallte die Tür zu.

In Gesa wuchs der Widerstand. Was war das für ein Benehmen?

„Ich habe wirklich keine Zeit, hier zu sitzen und –"

„Frau Jenssen, haben Sie eine Beziehung?"

Gesa glaubte nicht recht zu hören. „Wie meinen Sie das?"

Der Kommissar schaute sie an. „Sind Sie mit Maren Küster liiert?"

Gesa fehlten die Worte. „Was erlauben Sie sich?"

„Ich erlaube mir, Ermittlungen durchzuführen. Dazu gehört, das persönliche Umfeld des Opfers zu erkunden."

Gesa versuchte sich zu sammeln. Atmen, einfach nur atmen.

„Hören Sie, wenn ich ein Verhältnis mit Maren Küster hätte – was ich nicht habe – dann ginge Sie das einen Scheißdreck an."

„Grundsätzlich ja, aber nicht in dieser Ermittlung. Wenn Sie eine lesbische Beziehung unterhalten und Ihre komplette Familie nichts davon weiß, dann ist das interessant. Vielleicht hat Ihre Schwägerin Sie und die Vikarin gesehen. Vielleicht hat sie Ihnen gedroht, es öffentlich zu machen. Vielleicht hatten Sie deshalb allen Grund, Ihre Schwägerin zu töten."

Gesa rutschte auf ihrem Stuhl zurück. „Sie spinnen ja total."

„Sie leben hier auf einer Insel, die soziale Kontrolle ist enorm, Maren Küster ist zudem Vikarin, das erhöht das

allgemeine Interesse noch mehr. Wie steht die evangelische Kirche eigentlich zu diesem Thema?“

Gesa konnte es nicht fassen, sie schüttelte den Kopf.

„Und selbst wenn der liebe Gott nichts dagegen hat“, machte der Kommissar ungeniert weiter, „auf Ihre Mutter trifft das möglicherweise weniger zu.“

Gesa lachte auf, das Ganze war einfach absurd.

„Wissen Sie was?“, beugte sie sich irgendwann vor. „Auf dieser Insel gibt es viele tolle Frauen. Und obwohl ich nicht lesbisch bin, wäre ich mit jeder von ihnen lieber zusammen als mit einem männlichen Schwachkopf wie Ihnen.“

Mit einem Krachen schob sie ihren Stuhl zurück. „Und noch eins: Diese Insel ist flach. Man kann sehr weit schauen. Man kann jedem Insulaner in die Suppenschüssel schauen. Aber tatsächlich sieht man über den Tellerrand hinweg. Auch wenn Sie mit Ihrem begrenzten Horizont sich das nicht vorstellen können – die Menschen hierzulande sind sehr tolerant. Kein Zufall, dass homosexuelle Paare hier gern ihren Urlaub verbringen.“

Der Kommissar sah sie aufmerksam an. Leider wirkte er kein bisschen beeindruckt.

„Dann hätte ich gleich noch eine Frage“, sagte er, als hätte sie nicht gerade die Rede Ihres Lebens gehalten.

„Eine Touristin hat uns angerufen. Sie ist längst wieder zu Hause, hat aber von dem Mordfall gehört und etwas Interessantes berichtet. Am vergangenen Freitag, dem Abend des Mordes, hat sie eine Person in großer Eile die Billstraße entlangfahren sehen. Auf dem Fahrrad bei sehr schlechtem Wetter.“

Gesa antwortete nicht. Warum sollte sie dieser ganze Mist noch interessieren?

„Die Person hatte einen grünen Regenmantel an. Fällt Ihnen dazu irgendwas ein?“

Gesa erstarrte.

Der Kommissar sah sie ganz unbefangen an. Nie im Leben hatte Gesa einen derart unbekümmerten Menschen gesehen. Entweder war er extrem dumm oder extrem klug.

Gesa setzte sich wieder hin. „Ja", sagte sie dann. „Dazu fällt mir was ein."

„Hallo da oben?"

Zofia fuhr zusammen. Eine Stimme. Im Haus! Von einem Mann. Sie sprang aus dem Sessel und hastete zur Tür.

Unten am Treppenabsatz stand Feiko Harms. Er hielt noch seinen Schlüssel in der Hand und er sah zerstrubbelt aus und ein bisschen nass. Eigentlich sahen auf dieser Insel immer alle ein bisschen zerstrubbelt aus und ein bisschen nass.

„Oh", sagte Zofia erschrocken. Tausend Dinge schossen ihr durch den Kopf. Da unten stand ein Mann mit zwei Namen. Und dieser Mann wollte erst am Sonntag zurückkommen! Wenn er aber jetzt schon zurück war, dann würde er hier wohnen wollen, in seiner eigenen Wohnung. Das war ganz normal, nur wo blieb dann sie? Natürlich war genug Platz, er hatte ja oben so etwas wie eine Unterwohnung in der eigenen Wohnung, aber wollte sie das – mit ihm unter einem Dach? Wo alles um ihn herum so undurchsichtig war?

„Ich habe umgeplant", meinte er und kam mit seinen nassen Schuhen die Treppe hinauf. Zofia hätte beinah etwas gesagt – wegen des Teppichs – aber noch rechtzeitig hielt sie sich zurück. „Gott sei Dank hab ich noch die Fähre erreicht. Morgen soll's ja eine Sturmflut geben, dann wäre ich womöglich nicht mehr auf die Insel gekommen."

In Zofias Kopf brodelte es. War es bei einer Sturmflut

nicht besser, von einer Insel herunterzukommen als auf sie hinauf? Aber was noch dringender war: Konnte sie wohl heute Nacht auf einer Couch in Herrn Antons Pensionärspension schlafen?

Feiko Harms ging an ihr vorbei. Er hatte eine sehr schicke Tasche dabei, die lässig über seiner Schulter hing.

„Na, Sie haben sich aber nicht gerade gemütlich eingerichtet", sagte er, als er das Wohnzimmer betrat. „Haben Sie überhaupt irgendetwas benutzt?"

„Den Ofen", rutschte es Zofia heraus, auch wenn das eigentlich der Kommissar gewesen war. Zofia hatte eben eine halbe Stunde lang die Scheibe geputzt, damit alles wieder aussah wie neu.

„Aber der Ofen ist aus", stellte Feiko fest, was nicht sehr schwer war. Dabei streifte er seine Jacke ab und warf sie nachlässig aufs Sofa. Seine Schuhe hatte er aber immer noch an. Und anstatt sie endlich auszuziehen, griff er sich nun die Streichhölzer, öffnete die Klappe und entzündete das Feuer, das Zofia vorbereitet hatte. Er hatte das ja zuvor für sie auch so gemacht.

„Ich bin froh, wieder hier zu sein", eine Weile betrachtete er die immer größer werdende Flamme, dann wandte er sich um. „Kann es sein, dass Sie sich nicht getraut haben sich einzurichten?" Er lächelte. „Das finde ich – niedlich."

Zofia fand das gar nicht niedlich, sondern normal. Dieser Fremde mit den zwei Namen hatte ihr seine Luxuswohnung zur Verfügung gestellt. Die Vorstellung, dass er vorzeitig ins Haus geschneit war und sie im Schlafanzug und mit Chips vor dem Fernseher hätte vorfinden können, behagte ihr gar nicht. So aber konnte sie in zwei Minuten ihre Sachen packen und von hier verschwinden. Fragte sich nur, wohin. Es war bestimmt schon halb zehn. In der Pensionärspension schliefen womöglich schon alle.

„Setzen Sie sich doch, ich mache uns einen Wein auf. Immerhin dafür konnten Sie sich ja begeistern."

Wieder lag es Zofia auf der Zunge, dass das die Idee des Kommissars gewesen war. „Besser, ich suche mir einen anderen Unterkunft", sagte sie stattdessen. „Ist es ja schon ein bisschen spät."

Feiko Harms sah sie an, als spräche sie eine Sprache, die er nicht verstand. „Eine andere Unterkunft, warum?" Dann erhellte sich plötzlich sein Gesicht. „Ach, Sie können das nicht wissen. Es gibt oben noch ein zweites Schlafzimmer. Kein Problem, wir kommen uns nicht in die Quere."

Er war schon auf dem Weg in die Küche, den Rotwein holen. Zofia biss sich auf die Lippen. Was sollte sie tun?

„Es gibt doch einen Problem", sagte sie, als er zurückkam. „Wer ist Hermann Rensing?"

Feiko Harms ließ beinahe die Flasche fallen. Er griff sie danach umso fester und starrte sie an, als wäre die Antwort auf dem Etikett aufgedruckt. Als er schließlich hochblickte, sah er fürchterlich alt aus, trotz seiner jugendlichen Brille.

„Die Polizei überprüft alle Personen", beeilte sich Zofia zu sagen, weil das ja irgendwie stimmte; Tomasz war Polizei. „Sie haben vor vielen Jahren den Namen gewechselt."

Feiko Harms blickte sie weiterhin an, die Stirn in dicke Falten gelegt. Schließlich ließ er sich in einen Sessel fallen, den Korkenzieher schlaff in der Hand, die Flasche ungeöffnet auf dem Schoß. „Das ist eine lange Geschichte."

Zofia hätte hinübergehen sollen, in ihr Schlafzimmer, um ihre Sachen zu packen, aber irgendetwas an der Situation hielt sie ab. Sie hatte eine Bombe platzen lassen, jetzt musste sie auch sehen, was weiter passierte. Irgendwann fasste sie sich ein Herz und setzte sich Feiko Harms gegenüber. „Habe ich Zeit."

Ein paar Minuten saß er einfach nur da und starrte vor

sich hin. Dann nahm er die Flasche Rotwein aus seinem Schoß und stellte sie auf den Tisch. Den Korkenzieher legte er daneben. Er wirkte jetzt ruhig.

„Zofia, wie stehen Sie zu Ihren Eltern?"

Zofia musste überlegen. Das war eine komische Frage. „Sie meinen, ob ich habe ein gutes Verhältnis?"

Er nickte. „Das meine ich. Wie ist Ihr Verhältnis zu Ihren Eltern?"

„Sie sind tot", erklärte Zofia. „Meine Mutter ist gestorben, da war ich ein Kind. Mein Vater ist vor drei Jahren gestorben."

„Verstehe. Und wie war Ihr Verhältnis zu Ihrem Vater?"

Zofia lehnte sich zurück. Warum musste sie mit diesem Mann über so etwas sprechen? Das wollte sie nicht. Andererseits: Sie verlangte, dass dieser Mann über sich sprach. Dann musste sie auch etwas geben.

„Ich hatte keine Mutter. Mein Vater musste alles für mich sein. Dabei war er so ein trauriger Mann."

Feiko Harms sah sie aufmerksam an. Und schwieg.

„Er hat immer gekämpft. Dass er genug Geld verdiente für uns beiden. Und dass er ein guter Vater war. Aber am meisten er hat gegen seine schlechten Gefühle gekämpft."

„Schlechte Gefühle?", Feiko Harms schien jetzt noch interessierter. „Warum hat er schlechte Gefühle gehabt?"

„Meine Mutter ist gestorben auf den Weg ins Krankenhaus – im Auto von meinen Vater. Mein Bruder musste geboren werden, aber die Straßen waren voller Schnee. Mein Vater hat sich festgefahren, es ging nicht mehr weiter und keine Hilfe kam vorbei. Dann meine Mutter hat die Geburt in den Auto erlebt, aber es war keine normale Geburt. Das Kind war falsch herum in meiner Mutter", Zofia schluckte. Es fiel ihr schwer, darüber zu reden, auch wenn sie die Geschichte selbst nur aus Erzählungen kannte. „Und dann ist sie verblutet. Und auch mein Bruder hat das nicht

überlebt. Mein Vater war dabei und konnte und konnte nichts tun."

„Mein Gott."

Zofia betrachtete starr die ungeöffnete Flasche auf dem Tisch. Ab jetzt würde sie nichts mehr sagen. Der Kloß in ihrem Hals war zu groß.

„Wissen Sie, Zofia, am Ende geht es doch immer um Schuld."

„Um Schuld?", wiederholte Zofia vorsichtig.

Feiko ließ sich Zeit. „Sie sind ohne Mutter aufgewachsen, ich ohne Vater. Er hat sich mit 44 Jahren erhängt."

„O Boże!", rutschte es Zofia heraus.

„Als ich nachfragte, hieß es, er habe Depressionen gehabt. Die hatte er, ich habe es als Kind selber erlebt. Tagelang saß er auf seinem Zimmer. Ging nicht zur Arbeit. Tat nicht, was andere Väter mit ihren Söhnen tun. Er hatte Depressionen, ja, aber der Grund dafür war mir lange nicht klar."

Zofia hielt den Atem an.

„Meine Mutter wollte mir nichts Genaueres sagen. Sie wollte mich schonen. So erwischte die Wahrheit mich kalt, als ich sechzehn Jahre alt war. Ein Artikel in unserer Heimatzeitung. Über einen Nazi-Schergen. Der war mein Opa."

Zofia hörte angespannt zu. Sie musste sich sehr konzentrieren, um alles zu verstehen.

„Mein Großvater hieß Emil Rensing und er war Schuhmachermeister", Feiko Harms holte tief Luft. „Ich weiß nicht, ob die Nazi-Zeit in Polen aufgearbeitet wurde, aber vielleicht fragt man sich auch bei Ihnen, wie das alles passieren konnte. Wer „die Nazis" waren und ob alle anderen wirklich nichts wussten." Feiko beugte sich vor und sah sie jetzt durchdringend an. „Ich kann Ihnen nur eins sagen: Mein Großvater war einer der Schlimmsten, durch Men-

schen wie ihn bekam das Grauen ein Gesicht."

Zofia saß bewegungslos da. Feiko Harms dagegen lehnte sich wieder zurück, das machte es etwas besser.

„Er trat früh in die NSDAP ein, ein „Alter Parteigenosse", das war etwas Besonderes, keiner der späteren – *Trittbrettfahrer*."

Die letzten Worte hatte er ironisch gesprochen. Zofia kam nicht mit. Trittbrettfahrer, was meinte Feiko damit? Sie wagte nicht zu fragen, er machte schon weiter.

„Er ging in die SS, später Waffen-SS, und da machte er richtig Karriere."

Zofia schluckte. Die SS kannte sie. Jeder in Polen kannte die SS. Wenn man dort Karriere gemacht hatte, dann –

„Er war im KZ Flossenbürg eingesetzt, das liegt auf halber Strecke zwischen Nürnberg und Prag und war vor allem für Zwangsarbeiter gedacht."

Feiko blinzelte sie an. „Ich habe sein Leben genau recherchiert. Er hat es bis zum Leiter des zweitgrößten Außenlagers Hersbruck gebracht. *„Vernichtung durch Arbeit"* war dort das Prinzip. Mein Großvater hat mindestens 22 Menschen eigenhändig erschossen, weil sie nicht mehr arbeiten konnten, zwei davon waren keine achtzehn Jahre alt, so jung wie sein eigener Sohn."

Eine dunkle Wolke machte sich in Zofia breit. Was sie da hörte, war so unvorstellbar grauenerregend – wenn Feiko immer mit dieser Wolke leben musste, tat er ihr leid.

„Mein eigener Vater war neunzehn, als der Krieg zu Ende ging. Er musste selbst noch zur Flak, aber hat überlebt. Was er nicht überlebt hat, war die Erinnerung an seinen Vater", Feiko rieb sich die Stirn. „Seine Kindheit muss furchtbar gewesen sein. Seine Familie hat den Urlaub immer hier auf der Insel verbracht, obwohl mein Großvater schlecht ertrug, dass hier auch Juden verkehrten. Als Junge hat mein

Vater erlebt, wie der Alte in die Gemeindeversammlung stürmte. Er hat herumgebrüllt, es sei eine Schande, dass es keine NSDAP-Ortsgruppe gebe, und er würde Himmel und Hölle in Bewegung setzen, um das zu ändern."

Zofia schluckte. Er hatte also auch hier auf der Insel sein Unwesen getrieben. „Wie ist es nach dem Krieg mit ihm weitergegangen?"

„Er hat sich im Gefängnis erhängt, um einem Prozess zu entgehen. Mein Vater ist ihm viele Jahre später gefolgt, auf unserem Speicher, damals war ich acht." Feiko beugte sich vor. „Glauben Sie mir, Zofia, ich weiß, wie es ist, wenn ein Elternteil immerzu kämpft. Meine Mutter hat nicht lange durchgehalten. Der Krebs hat sie zerfressen, als ich gerade Abitur gemacht habe. Kurz vor ihrem Tod hat sie mir einen großen Koffer gegeben, darin alle Dokumente meines Großvaters. Urkunden, Briefe, Berichte. Ich habe allein drei Jahre gebraucht, um sie durchzuarbeiten, aber noch viel länger, um damit auch nur im Mindesten fertigzuwerden. Immer habe ich nach so etwas wie Reue gesucht. Nach einem Hinweis, dass mein Großvater nicht einverstanden war. Dass er litt unter der Situation. Aber ich habe nichts dergleichen gefunden." Feiko schüttelte den Kopf. „Über Jahre war ich in Therapie – dort habe ich die Entscheidung gefällt, ein paar äußere Zeichen zu setzen, um abschließen zu können. Ich habe mein Elternhaus verkauft und mir einen neuen Namen gegeben. Das war ein ziemlicher Akt; am Ende hat das dringliche Gutachten meines Psychiaters den Ausschlag gegeben. Seitdem bin ich nicht mehr Hermann Rensing, sondern Feiko Harms."

Zofia nickte stumm. Obwohl sie wusste, dass man mit manchen Dingen niemals abschließen konnte.

„Warum Feiko Harms?", kam es ihr plötzlich in den Sinn. „Das ist ein komischer Name."

Feiko rieb sich die Stirn. „Ein norddeutscher Name. Mein Vater hat immer von Juist geschwärmt, obwohl er sich nie wieder hergetraut hat – wegen seines Namens und aus Angst, dass man ihn erkennt. Völlig irrational – aber was ist schon rational, wenn man Kind eines Nazi-Täters ist? Das weiß sogar ich als Enkel.“

Feiko hob die Augenbrauen. „Immerhin – während meiner Therapie bin ich auf die Insel gereist. Ich wollte sehen, warum mein Vater die Insel so mochte. Und tatsächlich fühlte ich mich hier mit ihm verbunden. Ich habe gespürt, was er hier liebte, und ich habe mich selbst in alles verliebt. In die Nordsee, in die Vögel, in die sperrigen Menschen, die es hier gibt.

„Deshalb Sie sind einer von ihnen geworden.“

„Ich habe es zumindest versucht. Aber so ganz ist es mir wohl niemals gelungen. Leute wie ich tun sich schwer mit Bindung und Heimat. Ich bleibe ein Zerrissener. Nicht ganz so schlimm wie mein Vater, der zwischen Abscheu und Liebe zu seinen Eltern zermalmt worden ist. Aber auch ich komme nicht zur Ruhe. Reise zwischen meiner Hamburger Firma und der Insel hin und her. Kann mich auf keine Beziehung einlassen.“

„Das tut mir sehr leid“, sagte Zofia und meinte es aus ganzem Herzen. Ihre eigene Geschichte kam ihr plötzlich so klein vor. Feiko Harms musste mit ganz anderen Bildern leben. Mit den schlimmen Bildern von Erniedrigung und Vernichtung. – Und mit einem Vater, der in einer Schlinge auf dem Dachboden hing.

Dann kam Zofia plötzlich etwas ganz anderes in den Sinn. „Und hier auf der Insel niemand weiß von Hermann Rensing?“

Feiko Harms erstarrte. Wo er vorher schlaff und verzweifelt gewesen war, krampfte sich plötzlich etwas zu-

sammen.

„Kirsten", sagte er schließlich. Und seine Stimme klang gepresst und ganz kalt. „Sie hat mich damit konfrontiert, unter vier Augen."

Zofia erschrak. Damit hatte sie nicht gerechnet. Beim besten Willen hatte sie damit nicht gerechnet. Was bedeutete das?

„Sie hat über mich recherchiert. Über meine Firma, mit der ich vor Jahren zu Geld gekommen bin. Aber das hat ihr nicht gereicht, über einen Bekannten in der Verwaltung hat sie sich Zugang zum Melderegister verschafft. So ist sie auf Hermann Rensing gestoßen. Der Rest war ein Kinderspiel."

„Und hat sie – meine ich –", Zofia wurde es flau. Feiko war in seiner Existenz bedroht worden. Wozu hatte ihn das getrieben?

„Sie wollte, dass ich ins Hotel investiere. Das ist ja für mich kein Problem. Sie hat gemeint, sie verliert nie wieder ein Wort über Hermann Rensing, wenn ich mit zwei Millionen bei ihr als Investor einsteige."

Zofia schluckte. „Und ihr Mann – hat er gewusst?"

„Natürlich nicht. Redolf wäre vor Scham in Grund und Boden versunken. Er sollte denken, es sei meine Idee gewesen, und vermutlich hätte Redolf das Konzept dann wirklich geschluckt. Er hat diese Frau ja geliebt."

Feikos Gesicht war ganz rot. Er sah ungesund aus, als hätte er einen zu langen Waldlauf gemacht.

„Ich weiß, das klingt jetzt für Sie –", Feiko Harms rieb sich die Oberschenkel, „– Sie müssen jetzt denken – aber so ist es nicht. Ich habe Kirsten gesagt, dass ich es mir überlege. Nicht weil ich Angst vor ihr hatte, sondern weil es für mich eine reale Option war, in die Hotelbranche zu investieren. Noch dazu bei einem guten Freund."

Zofia konnte das nachvollziehen. Feiko hatte die Erpres-

sung einfach wegformuliert. Geblieben war die Frage, ob er investieren wollte. Die Drohung lag darunter, nur für Feiko spürbar und für Kirsten Jenssen.

„Kirsten sagte, vor dem übernächsten Jahr sei sowieso nicht an einen Umbau zu denken. Bis dahin habe sie ein anderes Projekt. Damit hat sie wohl ihren Kinderwunsch gemeint", Feiko lachte auf, es war ein seltsames Lachen. „So war sie. Ein Kind als Projekt. Das ist ziemlich krank."

Zofia dachte darüber nach. Ja, das fand sie auch. Und ihr fiel etwas ein. Tomasz hatte erzählt, dass Kirsten Jenssen ihrem Bruder Aufschub gewährt hatte, was das Erbe anging. Vielleicht auch wegen dieses „Projekts".

„Aber Sie haben Kirsten Jenssen nicht gemocht. Und Sie sind an Samstag von der Insel gereist. Am Tag nach dem Mord."

„Ich fahre oft übers Wochenende nach Hamburg. Dann mache ich etwas Kultur und treffe mich mit zwei, drei Mitarbeitern exklusiv, um über das weitere Vorgehen in der Firma zu sprechen. Was ist daran –", er hielt plötzlich inne, „Zofia, Sie denken doch nicht –", dann rutschte er plötzlich vor. „Zofia, Sie müssen mir glauben. Nie im Leben hätte ich Kirsten etwas angetan. Ich fand sie hinterhältig, ich fand sie nicht richtig für meinen Freund, aber das habe ich ihm niemals gesagt und noch viel weniger hätte ich mich an ihr vergangen." Er gab einen Ton von sich, der wie ein Seufzen klang, ein verzweifeltes Seufzen. „Seit ich denken kann, versuche ich mich abzugrenzen. Versuche ich zu zeigen, dass nichts an mir ist wie mein Großvater. Verstehen Sie nicht? Wenn ich einen Menschen umbrächte, würde ich mich gemein machen mit diesem Verbrecher. Eher würde ich mich selber umbringen." Er hatte das Gesicht in die Hände gelegt, er sah dadurch sehr jammervoll aus. Dann hob er plötzlich den Kopf. „Wissen Sie, Zofia, ich liebe diese

Insel, ja. Aber wenn das Schicksal es gewollt hätte, dann hätte ich sie auch wieder verlassen und mir ein anderes Plätzchen gesucht. Und ganz nebenbei: Es geht um meinen *Großvater*. Natürlich, ich reiße mich nicht darum, von ihm zu erzählen. Andersherum würde mich dafür heute keiner mehr ächten. Zumal ich mich so deutlich von ihm distanziere."

Zofia nickte, das konnte sie verstehen.

„Mir ist wichtig, dass Sie mir glauben: Nichts und niemand hätte mich dazu gebracht, zum Mörder zu werden, nicht mal diese ehrgeizige Frau aus dem Sauerland."

Feiko Harms starrte einen Moment vor sich hin, dann stand er plötzlich auf. Griff seine Jacke und seine Tasche. „Ich gehe jetzt. Bleiben Sie ruhig bis Sonntag hier."

Zofia sprang auf. „Aber was ist dann mit Ihnen?"

Er drehte sich nicht um. „Ich habe meine Möglichkeiten."

Zofia wollte ganz viel sagen. Dass sie auch gehen konnte. Und dass es sowieso kein Problem war. Sie kamen sich ja nicht in die Quere. Aber da war er schon die Treppe hinunter. Einen Moment später hörte sie die Tür ins Schloss fallen.

Und dann stellte sich doch so etwas wie Erleichterung ein. Er war weg. Und mit ihm die Frage, ob er wirklich unschuldig war.

Fahrig sah Zofia sich um. Auf dem Teppich waren dunkle Flecken zu sehen, dort wo Feiko Harms mit seinen nassen Schuhen aufgetreten war.

6

Janek zitterte am ganzen Körper, als er den Griff umfasste. Er hatte die Nacht in einem Wetterhäuschen verbracht, drüben im Wald. Es hatte furchtbar gestürmt und es stürmte noch immer. Er musste sich irgendwo aufwärmen, notfalls in der katholischen Kirche.

Die Tür war verschlossen. Psiakrew, die Welt hatte sich gegen ihn verschworen! Wann, verdammt nochmal, machten hier die Gotteshäuser auf?

Beinah hätte er vor die Tür getreten, zügelte sich aber im letzten Moment, dies war eine Kirche! Er wollte sich gerade abwenden, als sein Blick am Türgriff hängenblieb. Seltsames Konstrukt. Ein großer Fisch, in den sich ein Mensch hineinschob, wenn die Tür geschlossen war. Jona, der im Meer vom Wal verschluckt wurde. Religionsunterricht in der ersten Klasse bei Priester Jerzy Adamowicz.

Fröstelnd wandte Janek sich ab und lief zum Aufwärmen an der Kirchenmauer entlang; der Wind riss ihm dabei fast die Kapuze vom Kopf.

Die ganze Nacht über hatte er wachgelegen. Wegen des Sturms und der Kälte. Aber auch, weil Kajas Worte ihn ins Mark getroffen hatten. „Immer bist du das Opfer. Ich kann das nicht mehr hören."

Seitdem er Kirsten Jenssen tot aufgefunden hatte, hatte genau dieser Satz in ihm gekreist: „Immer bin ich das Opfer!"

Weil es auch stimmte! In Kraków hatte er die Doktoran-

denstelle nicht bekommen, weil angeblich ein anderer besser
war als er. Aus dem Orchester hatte man ihn rausgemobbt,
weil es hieß, er sei unkollegial. Die verabredeten 30.000
Euro waren plötzlich perdu, weil die Jenssens es sich anders
überlegt hatten.

Janek hätte noch hundert andere Beispiele aufzählen
können, das Folgenreichste war letzten Freitag passiert:
Erst hatte ihn dieser Magen-Darm-Infekt niedergestreckt,
trotzdem hatte er sich zum Hammersee aufgemacht – und
dort Kirstens Leiche entdeckt. Viel schlimmer konnte einem
das Schicksal nicht mitspielen!

Für ihn war sofort klar gewesen, warum man sie umgebracht
hatte: wegen des Geldes. Er hatte ihre Taschen durchsucht
und sich bestätigt gesehen. Die 10.000 Euro waren weg. Also
war jemand der Chefin gefolgt, hatte sie niedergeschlagen
und ihr das Geld abgenommen.

Zu spät war ihm klargeworden, dass er die Leiche niemals
hätte anfassen dürfen, dass man denken würde, er habe das
Geld versteckt und dann die Polizei angerufen. Als er dann
gekotzt hatte, war sowieso alles verbockt. Die Leiche musste
verschwinden und er gleich mit.

Seitdem grübelte er, wer seine 10.000 Euro eingesteckt
hatte. Matus vielleicht. Er hasste Janek für seine Privile-
gien. Außerdem war er überkatholisch und hielt es für un-
moralisch, sich mit einer verheirateten Frau allein in einem
Raum aufzuhalten. Matus hatte auch die Chefin nicht
gemocht. Mit ihr war Unheil über die Jenssens gekommen, so sah Matus das. Aber konnte man als gläubiger
Christ einen Menschen ermorden? Bestimmt, der Zweck
heiligte die Mittel. Vielleicht hatte Matus das Geld schon
gespendet.

Später war Janek der Gedanke gekommen, dass die
10.000 Euro nicht unbedingt das Motiv waren. Mehrere

Menschen hatten etwas gegen die Chefin gehabt. Dieser Feiko Harms zum Beispiel, der ihn nie eines Blickes würdigte und auch die Chefin ignorierte, wenn es eben ging. Natürlich brauchte der kein Geld, aber vielleicht hatte er einen Raubmord vorgetäuscht.

Möglicherweise war es sogar Redolf Jenssen gewesen, der seine Frau umgebracht hatte. Er hatte manchmal eifersüchtig gewirkt – und Janek hätte sich gewünscht, er hätte Grund dazu gehabt.

Janek hatte Kirsten Jenssen immer gewollt. Nicht geliebt, aber gewollt! Er hatte die Pornohefte nicht gebraucht, die man ihm hingelegt hatte; es hatte gereicht, einfach nur an die Chefin zu denken. Aber das war eine einseitige Sache gewesen, Kirsten Jenssen hatte nie auf ihn reagiert. Er war nur ein Vasall, der einen Dienst hatte ableisten sollen. Der für 30.000 Euro ein paarmal auf dem Gästeklo hatte abspritzen sollen, um dann aus dem Leben der Jenssens zu verschwinden. Nie würde er vergessen, wie der Chef ihn wegen seines Polen-Urlaubs angeschnauzt hatte. „Meine einzige Schwester heiratet", hatte Janek gemeint. „Meine Familie bringt mich um, wenn ich nicht zu der Feier komme."

„Und wen interessiert das?", hatte Redolf Jenssen gesagt. Er mochte gutmütig wirken, aber wenn es um ihn und seine Frau ging, war er alles andere als das.

„Immer bist du das Opfer!" Es verletzte Janek, wie Kaja über ihn dachte. Er war nicht zu Hause geblieben, er hatte sich immer durchkämpfen müssen – das war nicht so leicht!

„Man ist nicht zufällig zur falschen Zeit am falschen Ort." Auch das hatte Kaja gesagt. Aber konnte man ihm vorwerfen, dass er sich zum Hammersee aufgemacht hatte? Kirsten Jenssen hatte am Donnerstagabend sein Arbeitsverhältnis beendet, auch als Pianist konnte er da nichts mehr reißen. Er war ja selbst aus allen Wolken gefallen, als die Chefin ihn mit

5.000 Euro abspeisen wollte.

Er habe die 30.000 verplant, hatte er gegenüber Kirsten Jenssen behauptet, aber die ließ nicht mit sich reden. Umso glücklicher war er gewesen, als sie ihm in ihrer SMS plötzlich 10.000 Euro anbot. Da wollte er nicht länger zögern.

„Man ist nicht zufällig zur falschen Zeit am falschen Ort."

Kajas Satz bohrte in ihm. War es tatsächlich kein Zufall gewesen, dass er kurz nach dem Mord eingetroffen war? Hatte der Mörder von der SMS gewusst? Oder hatte er sie am Ende selber geschrieben? Die Chefin hatte nie einen Zugangscode benutzt!

Dieser letzte Gedanke wühlte Janek auf. Konnte das sein? War er vom Mörder in eine Falle gelockt worden? Hatte jemand Kirsten getötet und ihn danach zum Tatort bestellt? Dazu passte, dass Kirstens Handy weg gewesen war. Genau wie das Geld hatte er es nicht in ihren Taschen gefunden. Weil der Täter es verscherbeln wollte? Oder um Spuren zu vernichten?

Janek keuchte. Was war er für ein Idiot! Wie ein braver Chorknabe war er zum Tatort gerannt, hatte dort ordentlich Spuren verteilt und dann auch noch die Leiche ins Wasser gezogen. Mehr Geschenke konnte man einem Täter nicht machen! Fragte sich nur, wer dieser Täter war!

Verzweifelt riss er seinen Kopf hoch, setzte sich vollständig dem Sturm aus. Es war eiskalt, aber irgendwie befreiend. Zum ersten Mal ließ er seinen Gedanken freien Lauf – wie bei einer Jazz-Session ließ er es fließen – variierte die Versatzstücke – Rache – Geld – Zeit – und mit einem Mal tauchte eine Person in seinem Kopf auf. Jäh brach er ab, fuhr sich durchs Gesicht. Konnte das sein?

Plötzlich atmete er, als wäre er hundert Meter gelaufen. Konnte das tatsächlich sein?

Kaja hatte gesagt, er solle ein Mann sein. Das würde er,

diesmal würde er das, er würde das klären. Vielleicht kam Jona dann ja tatsächlich noch aus dem Fischbauch heraus.

———

Zofia war übernächtigt, als sie um viertel nach sieben ihre gelben Turnschuhe anzog. Der Sturm hatte an ihrem Fenster gerüttelt und stundenlang hatte sie wachgelegen und an das gestrige Gespräch denken müssen. Sie hätte Feiko nicht gehen lassen dürfen! Was, wenn er sich etwas antat?

Irgendwann war die Spannung abgefallen, sie hatte loslassen können. Feiko Rensing-Harms war ein erwachsener Mann. Er traf die Entscheidungen über sein Leben allein.

Aber heute Morgen waren alle Fragen wieder da. Hatte Feiko in allem die Wahrheit gesagt? Oder hatte er doch mit Kirsten Jenssens Ermordung zu tun? Wie war es, ein so schweres Familienerbe zu tragen? Wie viel Kraft kostete es, sich davon zu befreien? Kein Zufall, dass sie auch an Polen hatte denken müssen, an ihren Vater, an ihr Elternhaus und alles, was sie damit verband.

Zwei Minuten später hatte sie ihre Jacke übergezogen und sich mit Mütze und Schal dick eingepackt. Der Wind war so stark, dass sie Kraft aufwenden musste, um die Haustür zu öffnen. Draußen wehte es ihr heftig um den Kopf, aber egal, sie wollte ans Meer.

Eine halbe Stunde stand sie an der Wasserkante und Tränen liefen ihr übers Gesicht. Der Wind, redete sie sich ein, das kommt alles vom Wind. Dann fasste sie einen Entschluss. Sie würde ihr Elternhaus verkaufen. Die alte Werkstatt, das renovierungsbedürftige Haus – es war nicht mehr richtig für sie. Wenn sie jemals nach Polen zurückkehren würde, dann nicht mehr dorthin.

Noch immer liefen die Tränen, aber sie fühlte sich befreit,

als sie zum Haus zurückging. Der Rückenwind schubste sie beinah, vielleicht war das ein Zeichen. Bald schon machte sie sich den Spaß und trat in die Spuren, die sie im Sand hinterlassen hatte. Eins – zwei – eins – zwei – sie lachte wie ein Kind, *o Boże*, sie war wirklich mit den Nerven am Ende – doch dann blieb sie stehen.

Da waren nicht mehr nur ihre Spuren. Da waren noch andere, frischer als ihre und größer. Jemand war ihr bis zu diesem Punkt gefolgt, wahrscheinlich ein Mann.

Wer war das? Feiko? Oder jemand, der ihr Nachricht von Herrn Anton bringen wollte? Sie lief schneller, ließ sich vom Wind beinahe tragen, dann kam der Steinweg, keine Spuren mehr da. Sie hastete zum Haus, und da saß tatsächlich jemand vor Feikos Haustür.

„Guten Morgen!“, rief Broni auf Polnisch gegen den Sturm. Seine dunklen Haare hatte der Kellner heute unter einer Mütze versteckt. „Jagda hat behauptet, du würdest hier wohnen. Viel länger hätte ich aber nicht mehr gewartet.“

Sie drängten schnell ins Haus, schlossen die Tür gegen den Sturm, gingen aber nicht die Treppe hinauf, Broni musste gleich wieder weg. „Beata hat uns zum Putzen eingeteilt. Sie will die Hotelschließung nutzen und das Hotel auf Vordermann bringen. Ich sag dir, die findet immer was, um uns zu quälen. Ich bin froh, dass ich mich wenigstens ein Stündchen abgesetzt hab.“

Und dann kam ein schneller polnischer Fluss. Inselklatsch, sagte Broni, aber Zofia hätte ja gemeint, sie sollten ihr mitteilen, wenn sie etwas Neues erführen. Es gebe einen neuen Verdacht. Broni war am Vortag in der Kneipe gewesen und da hatte man erzählt, eine Touristin habe am Tatabend jemanden vom Bill kommend Richtung Loog fahren sehen. Jemanden in einem grünen Regenmantel. Und wenn man auf der Insel ‚grüner Regenmantel‘ höre,

dann wisse man sofort, wer gemeint wär.

„Nämlich?", fragte Zofia.

„Die Verrückte", sagte Broni, „also diese Künstlerin. Die trägt einen froschgrünen Regenmantel, und zwar nicht irgend so ein Plastikteil, sondern was Edles."

Zofia spürte, wie sich alles an ihr anspannte. „Weiß die Polizei davon?", fragte sie nach.

„Ja klar, die Touristin hat bei der Polizei ausgesagt. Wurde jedenfalls in der Kneipe erzählt. Aber die Geschichte wird noch viel besser: Die Künstlerin hat am Freitagabend im Hotel nach ihrem Mantel gefragt, weil sie ihn angeblich am Donnerstag vergessen hatte. Sie behauptete, sie hätte ihn vor der Bar an die Garderobe gehängt, aber der Mantel war nicht da. Ela und ich haben alles abgesucht, obwohl wir gar keine Zeit hatten, das Abendessen stand an. Die Künstlerin ist dann unverrichteter Dinge wieder abgezogen. Nachher hat Ela dann Beata gefragt, und die hat gesagt, da hätte nie ein Mantel gehangen."

Zofia hielt sich den Kopf. Das war alles sehr kompliziert. Vor allem, wenn man zu wenig Schlaf gehabt hatte.

„Wir glauben", sagte nun Broni, „dass die Verrückte ganz bewusst nach dem Mantel gefragt hat. Sie ist nach dem Mord jemandem begegnet, dem der Mantel aufgefallen ist, und deshalb ist sie zum Hotel gefahren und hat nach dem Mantel gefragt."

Broni schaute Zofia an, als sei das die plausibelste Erklärung der Welt, für die er jetzt nur noch eine Bestätigung brauchte. Als die nicht kam, legte er nach.

„Verstehst du nicht? Indem sie gefragt hat, sah es so aus, als hätte sie den Mantel wirklich nicht gehabt. Raffiniert, findest du nicht?"

„Ja, raffiniert", gab Zofia zu.

„Wir haben sie unterschätzt."

Zofia atmete aus. Sie war zu müde, um klar zu denken, aber an dieser Theorie stimmte irgendwas nicht. „Und ihr meint, sie hat Frau Jenssen getötet, weil sie eifersüchtig war?"

„Ja klar. Die Frau ist voll frustriert wegen ihrem Ex. Nun hatte sie mit Janek endlich jemand Neues gefunden, den sie toll finden konnte, und dann kam die Chefin und schnappte ihn weg. Ist doch gemein!"

Zofia konnte sich lebhaft vorstellen, wie Jagda und Martha und Broni gestern Abend in der Küche gesessen und über „die Verrückte" diskutiert hatten, bei dem ein oder anderen Glas Wodka natürlich. Schon beim letzten Mal waren ihre Schlüsse ein bisschen vorschnell gewesen. Andererseits fiel Zofia ein weiterer Grund ein, warum die Künstlerin zornig auf die Hotelchefin gewesen sein könnte: Die hatte ihre Ausstellung gekappt!

„Sag mal", kam es Zofia plötzlich in den Sinn, „von wem wisst ihr eigentlich, dass Kirsten Jenssen mit Janek was hatte? Im Hotel haben die beiden es doch gar nicht gezeigt."

„Er hat ihr Klavierunterricht gegeben", sagte Broni, als sei gemeinsam Klavierspielen dasselbe wie gemeinsam einen Pornofilm drehen.

„Das heißt ja noch nichts", meinte Zofia.

„Na, alle erzählen es halt. Und deshalb hat Beata auch gesagt, wir sollen es nicht weitertragen, um dem Hotel nicht noch weiter zu schaden."

„Verstehe", sagte Zofia. Aber so richtig verstand sie es nicht.

„Gehen wir es noch einmal kurz durch", Zofia setzte sich auf die Treppe. „Wann ist Frau Jenssen joggen gegangen?"

„Um viertel vor sechs, habe ich der Polizei schon gesagt."

„Okay, und wann hat diese Touristin jemanden im grünen Mantel gesehen?"

„Um halb sieben auf der Billstraße, passt doch genau."

„Und wann hat die Künstlerin im Hotel nach dem Mantel

gefragt?“

Broni wollte wieder euphorisch antworten, dann aber rutschten ihm die Gesichtszüge weg. „Um sechs“, brummelte er, „das weiß ich, weil sie genau ankam, als das Abendessen begann. Da haben wir im Service überhaupt keine Zeit und sollten trotzdem zu zweit nach dem scheiß Mantel suchen.“

Zofia schwieg. Heißsporn Broni hatte etwas übersehen. „Psiakrew!“, meinte er enttäuscht.

„Stimmt!“, sagte Zofia. Das war tatsächlich ein ziemlicher Mist!

Broni rieb sich die Stirn und überlegte. „Na, dann hat sie halt erst nach dem Mantel gefragt – vorsorglich sozusagen – und ist erst danach losgefahren, um die Chefin zu killen.“

„Vielleicht“, sagte Zofia wenig überzeugt. In ihr stieg ein anderes Bild auf. Das Bild vom Kommissar im zu engen, geliehenen Mantel. „Aber vielleicht war‘s auch ganz anders.“

Der Wind war so stark, dass die Autotür quasi von alleine zuschlug. Es wurde ungemütlich hier oben im Norden.

Im Gebäude der Auricher Polizeiinspektion fragte er sich durch. Nein, Herr Hauptkommissar Bruns sei nicht im Hause, der sei zu einer Ermittlung auf Juist.

„Nicht mehr“, sagte Thomas. Schließlich hatte der Hauptkommissar ihn herbestellt, damit man nicht immer nur übers Telefon kommunizierte. „Wo ist denn sein Büro?“

Als er Bruns sah, fiel er fast um. Die tiefe Stimme hatte ihn getäuscht. Ein großer Junge, der aus der Form gewachsen war.

„Wir brechen in zehn Minuten nach Baltrum auf“, sagte er. „Weitere Ortungsdaten haben wir nicht empfangen, aber Sinkiewicz ist vermutlich noch auf der Insel. Bist du dabei?“

Thomas hatte es ursprünglich vorgehabt, deshalb war er

in der Mitte der Nacht aufgebrochen und über die Autobahn geheizt. Aber je näher er seinem Ziel gekommen war, desto weniger Lust hatte er plötzlich gehabt. Er war todmüde und für eine Suchaktion nicht richtig in Form. Außerdem zog es ihn zu Zofia.

„Ich wollte nur Hallo sagen", erklärte er knapp. „Ich fahre gleich rüber nach Juist."

„In Ordnung", Bruns wirkte nicht sonderlich überrascht. Außerdem schien ihm plötzlich etwas einzufallen. „Trifft sich gut, du könntest für mich etwas mitnehmen."

Einen Moment später zog er aus einer Schublade ein Paar rote Socken hervor. „Gibst du das bitte eurer polnischen Pflegekraft zurück?"

„Ja klar", stotterte Thomas. Zofia blieb für ihn unergründlich.

Um dem Sturm nicht ausgesetzt zu sein, presste sich Zofia dicht an die Haustür. Das Wetter wurde immer schlimmer, gerade flog in Höchstgeschwindigkeit eine Tüte vorbei.

Bevor sie klingelte, ging sie in Gedanken noch einmal alles durch. Bronis Geschichte stank einfach zum Himmel! Zu gern hätte sie ja an die Künstlerin als Mörderin geglaubt, aber so verrückt konnte selbst Ann B. nicht sein, dass sie im knallgrünen Regenmantel loszog, um die Hotelchefin zu töten – nachdem sie vorher den Mantel im Hotel als vermisst gemeldet hatte.

Aber Zofia waren noch ganz andere Fragen gekommen: Warum hatte die Hotelchefin Janek an den See bestellt, nachdem sie ihn eigentlich zu Hause hatte aufsuchen wollen? Noch dazu, da er Magen-Darm-Grippe hatte? Oder hatte sie Angst vor ihm gehabt? Aber dann hätte sie ihn doch auch nicht bei Nieselwetter an einen unbelebten Ort

zitiert!

Und dann diese Sache mit dem Geld. Warum hätte die Hotelchefin Janek mit 10.000 Euro locken und dann mit 5.000 abspeisen wollen? Da war der Ärger doch vorprogrammiert.

Gut, Janek war verschwunden, das machte ihn über und über verdächtig. Und dennoch: Es gab so viele Ungereimtheiten. Zofia wurde das Gefühl nicht los, dass da jemand ein bitterböses Spiel trieb, in dem Janek bloß eine Schachfigur war. Fragte sich nur, wer das war. Tausend Ideen waren ihr gekommen: Vielleicht hatte jemand vom Personal die 5.000 Euro haben wollen. Beata hatte von dem Geld gewusst, vielleicht auch noch andere. Dann war das Ganze ein Raubüberfall und man hatte ihn Janek nur in die Schuhe geschoben. Was war zum Beispiel mit diesem Bartosz, dem Barkeeper, der just nach Frau Jenssens Verschwinden abgetaucht war?

Aber natürlich war auch Feiko in Zofias Kopf hochgeschwappt. Er war ein zierlicher Mann. Und er war durch einen taillierten Regenmantel doppelt getarnt. Niemand hätte geglaubt, dass dort ein Mann unterwegs war.

Es half alles nichts – es gab nur einen Weg, um der Antwort näherzukommen: über den froschgrünen Regenmantel von dieser Ann. Deshalb hatte sich Zofia durch den Sturm gekämpft und stand jetzt vor ihrer Tür. Nein, anders, sie stand an die Tür gepresst und wartete auf das letzte Quentchen Mut. Eben in Feikos Wohnung hatte sie noch vor Jagdfieber gebebt, nun war sie nicht mal mehr sicher, ob sie überhaupt zu dieser Ann hingehen sollte. Man musste sehr gute Gründe haben, wenn man vor neun irgendwo klingelte. Und dann noch bei Sturm!

Als sie geläutet hatte, passierte überhaupt nichts. Was für ein Mist! Wenn die Künstlerin im Bett lag, mussten ihre

Gründe noch besser sein als sehr gut.

Zofia wollte gerade noch einmal klingeln, als sich plötzlich die Tür öffnete. Nein, sie öffnete sich nicht, sie wurde aufgerissen. Vom Sturm. Zofia fuhr erschrocken zurück, und die Künstlerin war ebenso überrascht. Offenbar hatte sie vom Wetter noch nicht allzu viel mitbekommen. Und danach sah sie auch aus. Sie sah aus, als käme sie geradewegs aus dem Bett. Oder wie eine Frau, die sich sonst immer schminkte, aber heute nicht dazu gekommen war. Oder als ob sie Magen-Darm-Grippe hätte.

„Sind Sie krank?", sagte Zofia statt „Guten Morgen!"

„Ja", rief die Künstlerin gegen den Sturm. „Die Galerie ist heute geschlossen."

Immerhin, die Frau sprach heute nicht in ihrem komischen Singsang. Sie sprach ganz normal.

„Komme ich nicht wegen den Bildern", rief Zofia, „komme ich wegen den grünen Regenmantel."

„Hören Sie auf!", die Frau klang so schrill wie die Frauen in den schlechten Fernsehserien, die Zofia manchmal beim Zappen erwischte. „Ich habe es gestern Abend schon dem Kommissar und allen Leuten gesagt: Ich war am Freitag nicht mit dem Regenmantel unterwegs. Und das hat mir der Kommissar auch geglaubt."

„Ich glaube es auch", rief Zofia ganz schnell, weil sie befürchtete, dass die Künstlerin sonst die Haustür zuschlug. „Glaube ich, dass jemand den Mantel aus dem Hotel genommen hat, so dass alle denken, Sie waren damit unterwegs."

Die Künstlerin stutzte. Sie sah wirklich zerrupft aus. So, als hätte sie in der Nacht nicht gut geschlafen. Vielleicht half es, dass Zofia wegen des Sturms bestimmt ähnlich aussah.

„Das ist interessant", rief die Künstlerin, „der Gedanke ist mir auch schon gekommen."

„Würde ich gern mit Ihnen darüber sprechen", rief Zofia
zurück. „Ich bin eine Freundin von Janek. Und glaube ich,
da spielt jemand einen ganz bösen Spiel."

Die Künstlerin zögerte einen Moment, dann machte sie
die Tür weiter auf. Zofia schlüpfte hinein; der Sturm blieb
Gott sei Dank draußen.

Die Künstlerin führte sie in ein Wohnzimmer, das mit
Büchern und Bildern vollgestopft war. Zofia fragte sich, wie
viele Schiffe man wohl brauchte, falls die Künstlerin jemals
aufs Festland zurückkehren wollte.

Vor einem Bücherregal stand ein Sofa mit zwei ver-
knuddelten Wolldecken drauf. Ganz offensichtlich hatte
die Künstlerin letzte Nacht dort geschlafen. Zofia setzte
sich auf einen Sessel, der mit einem Schaffell ausgelegt war.

„Sie haben da gerade etwas Interessantes gesagt", meinte
Ann B., während sie sich auf ihrem Sofa niederließ. Sie
hatte ihr Künstlergehabe tatsächlich abgelegt. So, wie sie
ihre Gummibärchen-Ohrringe abgelegt hatte. „Wie gesagt,
heute Nacht ist mir der Gedanke auch schon gekommen."

„Vielleicht Sie erzählen nochmal", wich Zofia aus, „erzählen Sie, wie das mit Ihrem Regenmantel war."

„In Ordnung", Ann legte ihre Hände aneinander, als
wollte sie beten oder Yoga machen oder etwas in der Art.
„Ich war am Donnerstag im Hotel", führte sie aus, „in der
Bar etwas trinken. Das tue ich manchmal, wenn ich sehr
intensiv gearbeitet habe."

Zofia dachte sich ihr Teil. Die Künstlerin trank zu viel.
Auch hier im Zimmer lag etwas in der Luft.

„Ich hatte dazu meinen grünen Regenmantel an, und ich
habe ihn an die Garderobe vor der Bar gehängt, da bin ich
mir sicher", die Künstlerin sah aus, als müsste sie sich beim
Sprechen sehr konzentrieren. „Als ich abends zurückging,
muss ich den Mantel vergessen haben, denn als ich ihn am

nächsten Tag suchte, war er nicht da."

Das klang irgendwie schwammig. „Sie können nicht ganz genau erinnern?", fragte Zofia nach.

„Nun", die Künstlerin wirkte verlegen. „Es war am Donnerstag spät, ich war müde, ich hatte auch ein Gläschen getrunken. Hundertprozentig weiß ich es nicht."

„Aber war es nicht kalt ohne Jacke?", bohrte sie nach. „Hätten Sie nicht gemerkt, dass da etwas fehlt?"

„Ich hatte einen dicken Blazer an." Ann strich sich ihr Haar aus dem Gesicht. „Und draußen regnete es nicht. Ich habe den Regenmantel offenbar nicht vermisst."

Offenbar. Zofia hüstelte und wechselte das Thema. „Haben Sie an den Donnerstag noch Janek gesehen?"

„Ja, er war da, aber nur, als ich kam. Er ist dann sehr schnell gegangen."

„Wissen Sie, warum?"

„Keine Ahnung, aber er wirkte sehr blass. So etwas nehme ich wahr. Ich habe eine sehr gute Wahrnehmung durch meinen Beruf."

Zofia fand, dass die Künstlerin bei sich selbst nicht so eine gute Wahrnehmung hatte. „Wann haben Sie denn an Freitag bemerkt, dass Ihr Regenmantel nicht da war?"

„Erst am Abend. Ich hatte den ganzen Tag gearbeitet. Gegen halb sechs wollte ich eine Bekannte besuchen und konnte meinen Mantel nicht finden. Sie wohnt im Loog, daher bin ich auf dem Hinweg am Hotel vorbei, um den Mantel zu holen. Ohne Erfolg, er ließ sich nicht finden. Dann bin ich trotz Nieselregens zu meiner Bekannten, doch sie war nicht zu Hause." Die Künstlerin sah gekränkt aus. Vielleicht nahm sie es persönlich, wenn man nicht zu Hause hockte und abwartete, ob sie zufällig vorbeikam.

„Meine Bekannte war nicht da, ihre Hunde aber schon. Sie haben ein Heidentheater gemacht. Eine Nachbarin von

Gesa hat mich vor der Tür stehen sehen, ohne Mantel, das hab ich dem Kommissar alles gesagt."

Zofia horchte auf. Da war von der Hotelschwester die Rede. Und sie war nicht da gewesen am Freitagabend.

„Ich bin dann zurück und nach Hause. Dort stand eine Kundin vor meiner Galerie. Auch sie hat mich ohne Mantel gesehen. Deshalb weiß der Kommissar, dass ich völlig unschuldig bin."

Zofia nickte. „Wie ging es dann weiter mit dem Mantel?"

Die Künstlerin wirkte zerknirscht. „Er lag im Atelier. Am Samstagmorgen habe ich ihn gefunden."

„Moment!", hielt Zofia fest. „Den ganzen Freitag Sie haben gearbeitet im Atelier und ihn nicht gesehen, und am Samstag Sie haben ihn gefunden?"

„Er lag in der Ecke, ganz zusammengeknüllt. Möglicherweise habe ich ihn im Rausch der Arbeit übersehen. Ich habe ja nicht nach ihm gesucht."

Zofia dachte darüber nach. Ann B. wusste nicht, ob sie am Donnerstagabend den Mantel angehabt hatte. Sie wusste nicht, ob er am Freitag in ihrem Atelier gelegen hatte und wie er dahingekommen war. Kriegte die Frau überhaupt irgendwas mit?

„Haben Sie schon mal einen *za mienie pami ci* gehabt, also so etwas wie ein – ich weiß nicht den richtigen Wort."

„Einen Filmriss meinen Sie?", die Künstlerin wurde verlegen. „Nein – ja – also, ich nehme Medikamente. Die derzeitige Situation zwingt mich dazu. Da kommt es manchmal zu Wechselwirkungen, wenn ich ein Gläschen zu viel trinke. Ich habe deshalb so ein Blackout ein paarmal erlebt."

Zofia schwieg. Was bedeutete das? Dass diese Frau nicht wusste, wann und wo und in welchem Mantel sie sich gerade bewegte? Und dass sie unberechenbar war?

Zofia war hergekommen, weil diese ganze Regenmantel-

geschichte, wie Broni sie erzählt hatte, hinten und vorne nicht stimmte. Jetzt war ihr Eindruck, dass mit dieser ganzen Frau etwas nicht stimmte.

„Sie haben eben etwas sehr Gutes gesagt", baute sich Ann B. nun wieder auf. „Sie haben gesagt, jemand anderes könnte den Mantel genommen haben, um auszusehen wie ich."

„Der Gedanke kam mir, weil diesen Regenmantel sehr bekannt ist. Jeder hier auf der Insel denkt bei diesen Regenmantel an Sie."

„Das stimmt", die Künstlerin wurde jetzt sehr aufgeregt. „Und er hing für jeden zugänglich an der Garderobe im Hotel. Man musste nicht mal an der Rezeption vorbei, um ihn zu holen. Es reichte, einfach von außen ins Restaurant zu gehen. Da kommt man an der Garderobe vorbei."

„Das stimmt", gab Zofia zu. „Das müsste dann eine Frau gewesen sein oder ein zierlicher Mann. Aber ich frage mich, wer will einen Mord begehen und geht deshalb in einen Hotel, um einen Mantel zu borgen?"

„Das ist die Frage. Mir jedenfalls fällt da spontan jemand ein. In der Familie Jenssen lief nämlich beileibe nicht alles rund." Die Künstlerin stand auf. „Ich habe furchtbaren Durst. Möchten Sie vielleicht auch etwas trinken?"

Der Yachthafen auf Baltrum lag ein Stück östlich vom Fährhafen. Zwei Motorboote schaukelten dort im unruhigen Wasser herum, auf einem vierten war trotz des heftigen Windes Betrieb. Ein paar junge Leute bereiteten alles zum Ablegen vor.

Janek schaute eine Weile aus der Ferne zu, dann endlich traute er sich näher heran. „Moin", rief er leutselig gegen den Sturm an. „Fahrt ihr bei dem Wetter noch los?"

Einer, dem die Locken unter der Mütze herauslugten, blickte hoch. „Yep, wir fahren rüber zum Festland! Warum fragst du, willst du mit?"

Janek warf einen Blick auf die Yacht, bestimmt zehn Meter lang, ordentliche Kajüte, Innenfahrstand. Da hatte sich einer der Jungs was Gutes vom Papa geliehen.

„Wäre super! Wenn ihr noch Platz für mich hättet –"

„Passt schon", rief der mit den Locken.

Die anderen unterbrachen ihre Arbeit nicht, sie wollten so schnell wie möglich los, schätzte Janek. Bloß nicht wegen Sturms drei Tage auf Baltrum festsitzen!

„Kann ich was helfen?", schrie Janek gegen den Sturm an.

„Räum doch schon mal die Seesäcke runter!"

Janek packte an. Er war ein Mann, er zog das jetzt durch.

Seitdem er eine Ahnung hatte, wie alles abgelaufen war, konnte er an nichts anderes mehr denken. Sein Ziel war jetzt klar: Dieser Person noch einmal gegenüberzutreten!

Zofia fühlte sich unwohl, sie wollte aus diesem Wohnzimmer heraus. Endlich Herrn Anton sprechen, endlich Tomasz anrufen, endlich –

Als die Künstlerin zurückkam, schluckte sie trotzdem alle Wünsche hinunter.

Ann B. hatte sich etwas geholt, was wie ein Wasserglas aussah, aber Zofia war sicher, dass da etwas anderes drin war als nur Wasser. Nicht unbedingt Wodka, auch wenn man den in Polen durchaus aus dem Wasserglas trank, aber bestimmt irgend so ein hochprozentiges Reichengetränk, Gin Tonic oder so.

Seitdem sie aus der Küche zurück war, schien der grüne Regenmantel plötzlich tabu, stattdessen erzählte Ann B. von ihrer Arbeit. Allzu gut konnte die Wahrnehmung der

Künstlerin wirklich nicht sein, wenn sie nicht mitbekam, dass Zofia keinen Kopf dafür hatte.

Als Ann einmal das Glas zum Mund nahm, sah Zofia ihre Chance gekommen. „Habe ich auf einem Ihrer Bilder Janek gesehen."

Die Künstlerin verschluckte sich. Es dauerte eine ganze Weile, bis sie wieder im Normalzustand war. „Was ich dargestellt habe", sagte sie, als sie endlich so weit war, „ist keine konkrete, sondern eine stilisierte Person."

„Dann Janek ist eine stilisierte Person", konterte Zofia.

„Mag sein, dass meine Arbeit durch äußere Parameter beeinflusst ist, ohne dass ich es merke."

Zofia hatte keine Ahnung, wovon Ann gerade sprach, aber dass sie nicht alles merkte, war schon mal klar.

Ann trank aus ihrem Glas. Diesmal verschluckte sie sich nicht.

„Sie wollten einen Ausstellung im Hotel machen, habe ich gehört. Waren Sie sauer auf Frau Jenssen, weil sie nicht wollte?"

Die Künstlerin sah entrüstet hoch. „Wie kommen Sie denn darauf? Das ist ja absurd. Wir haben uns geeinigt, das besser zu einem späteren Zeitpunkt zu machen."

Kirsten Jenssen hatte es geschickt verpackt, dachte Zofia, sie war eine gute Geschäftsfrau.

„Hatten Sie einen guten Beziehung zu Frau Jenssen? Ich meine, sie hatte einen Affäre mit Janek, sagen alle."

„Hatte sie das? Wenn ja, interessiert es mich nicht", die Künstlerin wirkte verärgert. „Auf dieser Insel wird viel geredet."

Das fand Zofia interessant. Zum ersten Mal überhaupt stellte jemand die Affäre in Frage.

„Haben Sie einmal mit Janek gesprochen darüber? Über Kirsten Jenssen?"

„Wie käme ich dazu? Ich habe mit Janek gelegentlich über Musik gesprochen, mehr nicht. Überhaupt wird es mir zu viel, wie Sie hier fragen. Ich dachte, Sie könnten etwas beitragen zu dem ganzen Geschehen. Stattdessen spielen Sie sich als Ermittlerin auf!"

Zofia stand auf. Sie hatte den Bogen überspannt, besser, sie ging jetzt.

„Ihren Regenmantel", wagte sie eine letzte Frage im Stehen. „War er ganz normal, wie er da in Ihren Galerie herumlag?"

Die Künstlerin zögerte mit einer Antwort. „Er war feucht", murmelte sie irgendwann brummig. „Ich dachte, er wäre noch nass von Donnerstagabend. Aber die Galerie ist meistens auf. Möglicherweise war es ganz anders und jemand hat ihn Freitagnacht –", abrupt brach sie ab.

„Wer könnte das gewesen sein?", versuchte Zofia es trotzdem. „Sie haben da etwas von Familie gesagt."

Die Künstlerin stand auf, ihre Geduld war offensichtlich am Ende. „Das kläre ich selbst", sagte sie barsch. „Ich lebe hier auf der Insel. Mir erschließt sich das eher als Leuten, die von sonst woher kommen."

„Naturlich", sagte Zofia.

Sie war froh, als sie endlich aus der Tür heraus war.

Sie waren weg! Erleichterung machte sich in Gesa breit. Außerdem war Kirstens Leiche freigegeben worden. Maren würde nachher vorbeikommen, um die Beerdigung zu besprechen. Mehr und mehr gewann Gesa den Eindruck, dass ihre Mutter recht gehabt hatte. Es half nichts, hier zu sitzen und zu grübeln. Besser war es, sich dem Alltag zu stellen.

Redolf saß immer noch herum und sprach kaum ein Wort. Tadine war energisch, aber zu alt, um sich zu küm-

mern. Es war jetzt an ihr, das Hotel wieder ans Laufen zu kriegen. Aber sie brauchte Verbündete; um elf Uhr würden sie und Beata sich treffen.

Beata kam um drei Minuten vor. Die Frau war perfekt und so sah sie auch aus. Akkurater Pagenschnitt, aufmerksamer Blick, sehr korrekte Kleidung. Gutes Personal war die Grundlage von allem, hatte ihre Mutter immer gesagt. Sie hatte sich die Bemerkung verkniffen, dass das besonders zutraf, wenn die eigenen Kinder nicht taugten.

„Sie sind weg", sagte Beata zur Begrüßung und zog einen Notizblock heraus. „Wir haben das Hotel wieder für uns."

Gesa nickte zustimmend und doch war sie ein wenig irritiert. Vielleicht war Beata schon zu lange bei ihnen. Man konnte ihr kaum zurückgeben, was sie an Herzblut investierte. So etwas war auf Dauer nicht gut.

„Wir müssen jetzt nach vorn schauen", erklärte Gesa. „Gleich wird der Beerdigungstermin festgelegt werden. Danach sollten wir so schnell wie möglich wiedereröffnen."

„Das sehe ich auch so", sagte Beata. „Ich denke, Mittwoch wäre ein guter Termin."

„Das scheint mir etwas knapp", wandte Gesa ein. „Dann müsste spätestens am Dienstag die Beerdigung stattfinden."

„Was spricht dagegen?"

Gesa war gleich nochmal pikiert. Sie fand Beata deutlich zu forsch. Offenbar hatte die es aber selbst schon gemerkt. „Entschuldigen Sie, das war nur ein Vorschlag."

„Sind nicht sowieso die Reservierungen bis Freitag gecancelt?"

„Nein, nur bis Mitte der Woche."

„Hatten wir das nicht anders besprochen?"

„Ich hatte gedacht, ich sage nach und nach ab, es war ja noch nicht absehbar, wann es wieder losgehen soll."

Beata notierte jetzt irgendetwas auf ihrem Block; Gesa

indes versuchte sich abzuregen. Sie war sicher, dass sie es anders abgesprochen hatten. Beata nahm sich definitiv zu viel heraus, damit hatte ja schon Kirsten gekämpft. Anders als Gesa war Kirsten gekommen, um Chefin zu sein. Sie hatte Beata von der Direktionsassistentin zur Empfangsleiterin zurückgestuft. Das war nur formal, denn Beata wuselte sowieso in allen Bereichen herum. Kein Wunder, dass sie und Kirsten nie warm geworden waren.

Gesa stutzte plötzlich. Der Kommissar hatte sie mehr als einmal gefragt, ob Kirsten Feinde gehabt hatte. Sie hatte es immer verneint, schon aus Prinzip. War Beata Kirstens Feindin gewesen? Nun, sicher keine Freundin, aber Beata war mit dem Hotel so eng verbunden, sie hätte nie etwas getan, was dem Betrieb geschadet hätte.

„Wir eröffnen nicht vor Freitag", sagte Gesa, als Beata endlich mit ihrem Gekritzel fertig war.

„Natürlich", sofort war Beata vollständig devot. „Ich werde sofort die Gäste informieren."

„Warten Sie erst den Termin der Beerdigung ab. Wenn er am Freitag ist, müssen wir auf Samstag oder Montag gehen. Aber das ist nicht zu erwarten."

Gesa sah Beatas Adamsapfel nach oben wandern. Offenbar hielt sie sich nur mit Mühe zurück. Gesa versuchte, ihre Perspektive zu verstehen. Es war sicher kein Spaß, Stammgästen zu sagen, dass ihr Urlaub ausfiel.

„Und wenn die Beerdigung am Dienstag ist, können wir vielleicht tatsächlich am Mittwoch starten."

Beata nickte stumm. Gesa versuchte in ihrem Gesichtsausdruck keine Befriedigung zu sehen.

„Ich denke, wir müssen nach dem Tod meiner Schwägerin die Aufgabengebiete neu überdenken. Ich würde vorschlagen, dass wir dazu –"

Es klopfte. Einen Moment später steckte Bartosz den Kopf

zur Tür herein. „Verzeihung, wollte ich nur fragen –", dann sah er Beata und zog sich zurück, „oh – möchte ich nicht stören." Gesa wollte hinterherrufen, dass er hereinkommen sollte, aber da war es schon zu spät.

Mist! Gesa war unzufrieden. Sie musste sich verfügbar halten fürs Personal. „Wo waren wir stehengeblieben?"

„Bei den Aufgabengebieten", Beatas Stimme knarrte. Ihre blauen Augen sahen Gesa aufmerksam an.

Dann klopfte es wieder. Gesa entwich ein Stöhnen. Im nächsten Moment stand Ela in der Tür. „Entschuldigen Sie bitte. Die Frau Vikarin würde Sie gern sprechen."

„Stimmt!" Maren drängte sich schon an der jungen Servicekraft vorbei. „Ist ja wie bei Hofe, wenn man zu dir will."

Gesa sah Beata bedauernd an. „Ich fürchte, wir müssen uns vertagen."

„Überhaupt kein Problem", Beata stand auf. „Ich habe genug anderes zu tun."

Gesa nickte. Gutes Personal war tatsächlich etwas wert.

———

Zofia nahm den Hintereingang vom Hotel. Dort hatte sie damals das Personal hineingehen sehen. Wenn sie Glück hatte, erwischte sie hier einen ihrer Spezis. Sie hatte Glück. Broni saß in einer Art Aufenthaltsraum und drückte sich erneut vor der Arbeit.

Zofia hielt sich nicht lange mit Begrüßungsfloskeln auf. „Ich muss etwas wissen: Woher wisst ihr, dass Janek und die Hotelchefin etwas miteinander hatten?"

Broni hob die Schultern. „Das wurde überall erzählt."

„Das hast du schon einmal gesagt. Aber jetzt will ich es genau wissen. Erinnere dich, von wem habt ihr es erfahren?"

Broni nahm sich tatsächlich einen Augenblick Zeit. „Das erste Mal habe ich es von Beata gehört. Sie hat mich beisei-

tegenommen und gemeint, es verbreite sich das Gerücht, dass Janek etwas mit Frau Jenssen habe, und es sei unsere Pflicht, das nicht weiterzutragen."

„Bis dahin hattet ihr das Gerücht aber noch gar nicht gehört?"

Broni stutzte. „Nein, eigentlich nicht."

Zofia überlegte fieberhaft. Dann nahm sie ihr Handy. Sie musste jetzt endlich Herrn Anton anrufen.

———

Anton hatte immer Mühe, das Handy zu greifen. Und dann noch den kleinen Knopf zu erwischen, auf dem der grüne Hörer abgebildet war. Aber diesmal hatte er es rechtzeitig geschafft.

„Zofia! Ich dachte schon, Sie hätten ohne mich die Insel verlassen."

„Nein, bin ich nur viel unterwegs. Jetzt gerade bin ich im Hotel. Herr Anton, geht es Ihnen gut?"

„Mir geht es gut." Er blickte auf die Blokus-Steine vor seiner Nase. Frau Schwarz grübelte über den nächsten Zug, er hatte sie arg in Bedrängnis gebracht. „Und ich hoffe, bei Ihnen ist das genauso."

„Jaja, aber muss ich etwas wissen", Zofia klang furchtbar erregt. „In Ihren Pension, da sind ja Leute von der Insel. Können Sie fragen, wie sie wissen von Janek und Frau Jenssen, also, dass sie hatten einen Affäre?"

Anton stutzte. Was war denn das für eine Frage? „Habe ich Sie richtig verstanden? Ich soll Lukas fragen, woher er von Janek und Frau Jenssen weiß?"

Anton registrierte, dass Frau Schwarz interessiert hochblickte.

„Genau das muss ich wissen! Ich habe Broni gefragt, ich frage Sie und ich werde auch diesen Vikarin noch fragen,

ob und woher sie es weiß."

„Aber warum?"

„Weil alle immer sagen: ,es wird erzählt‘, aber keiner weiß wirklich. Vielleicht sie haben tatsächlich nur Klavier zusammen gespielt. Warum kann das nicht sein?"

„Nun ja, weil –"

„Gestern wir haben herumgedacht mit Gesa Jenssen. Dass sie vielleicht ist homoseksualna. Dabei wissen wir gar nichts. Wir haben auch wer weiß was über Feiko gedacht und jetzt alles mit ihm ist ganz anders", Zofia klang aufgewühlt. Und resolut.

„Wo Sie es gerade sagen", wagte Anton einen Einschub. „Ich habe gestern in einem Buch gelesen, seitdem habe ich die Vermutung, dass Feiko Harms –"

„– ist der Enkel von einen Nazi, ich weiß. Ich weiß, weil er es mir gesagt hat. Er selbst hat mir gesagt. Aber mit diesen Affäre weiß ich nicht so genau", Zofia schien furchtbar unter Druck. „Vielleicht das ist ein Gerücht, und dann ich möchte wissen, wer dieses Gerücht hat gemacht. Und noch viel mehr möchte ich wissen, warum."

„Verstehe." Anton blickte zur offenen Tür hinüber. Tatsächlich wuselte Lukas dort irgendwo herum. „Das braucht etwas Zeit", meinte er, „ich rufe zurück."

Gesa konnte Bartosz nicht finden. Er war nicht im Aufenthaltsraum, dort saß nur Broni und spielte mit seinem Handy herum. Er war auch nicht in der Bar, um die Gläser durchzugehen. Offenbar war er nur ins Hotel gekommen, um mit ihr zu sprechen. Sie fand auch Beata nicht mehr, nur Jagda, Martha und Ela kletterten im Speisesaal schlechtgelaunt auf einer Leiter herum, um in drei Metern Höhe die Gardinenstangen zu säubern. Gesa konnte es gar nicht

mitansehen.

„Ihr könnt Schluss machen“, sagte sie knapp. „Wir sehen uns morgen um zehn zu einer Besprechung. Und habt ihr irgendwo Bartosz gesehen?“

„Beata hat auch schon ihn gesucht“, sagte Jagda. Ihre Laune war schlagartig besser. Kurz darauf hatten die drei Mädchen die Leiter zusammengeklappt und waren auf und davon.

Gesa hatte die Suche nach Bartosz schon aufgegeben, als sie im Treppenhaus plötzlich von ihm eingeholt wurde. „Frau Jenssen?“

Bartosz war von Natur aus ein leiser Mensch, jetzt aber war seine Stimme beinah ein Flüstern. Er sah aufgewühlt aus, fahrig ging er sich mit der Hand über die Glatze. „Kann ich Sie einen Augenblick sprechen?“

Gesa stutzte. Wenn Bartosz unruhig war, hatte es etwas zu bedeuten. Er war der perfekte Barmann, ihn brachte nichts aus der Fassung. „Wir gehen nach oben in die Wohnung“, sagte sie bestimmt. Redolf war sowieso noch im Bett.

Bartosz folgte ihr in angespannter Haltung. Als Gesa die Wohnungstür öffnete, hörte sie unten im Treppenhaus ein Geräusch. Schnell ließ sie Bartosz hinein und schloss hinter ihm die Tür. Sie wollte mit dem Barmann allein sein.

„Was gibt es?“, fragte sie, als sie am Esstisch Platz genommen hatten.

„Habe ich ein komisches Gefühl“, Bartosz schwieg nach dieser Bemerkung. Gesa ließ ihm Zeit.

„Von Samstag bis Mittwoch war ich in Urlaub, bei einen Cousin. Aber jemand hat den Polizisten meine Handy-Nummer gegeben. “

Gesa nickte. „Was wollten sie wissen?“

„Ging es um den Mittwochabend. Janek hatte ein Gespräch mit einem Mann. Der frühere Mann von dieser

Künstlerin, die immer in der Bar hockt."

„Herr Brinkschulte", sagte Gesa, obwohl sie ihn als „Dietmar" deutlich besser kannte.

„Die Polizei hat gefragt, worüber sie haben gesprochen. Und ich habe alles erzählt, was ich mitbekommen habe."

„Und das wäre?"

„Der Mann hat erzählt, dass in seiner Heimat Fachkräfte fehlen, so wie hier auf der Insel, und dann sie haben überlegt, dass man könnte junge Leute aus Polen anwerben."

„Verstehe", meinte Gesa. Sie sah noch nicht den Punkt.

„Janek hat gemeint, er könnte sich drum kümmern, junge Leute anwerben und sie betreuen." Bartosz machte ein skeptisches Gesicht. Gesa wusste, warum. Janek war ein guter Pianist, aber niemand, der sich kümmerte. Er machte seine Musik und wollte dafür verehrt werden, so hatte ihn Gesa erlebt.

„All das habe ich der Polizei erzählt", sagte Bartosz, „und auch, dass mich am Tag danach, am Donnerstag, die Chefin deswegen befragt hat. Sie hatte die beiden an meinem Tresen gesehen und wollte wissen, was sie haben gesprochen."

„Aha", jetzt wurde es interessant.

„Glaube ich, die Chefin hatte Angst, dass Janek zu viel erzählt hat. Etwas Persönliches vielleicht." Bartosz sah Gesa an, als hoffte er auf ein verstehendes Nicken. Sie tat ihm den Gefallen. Es ging jetzt nicht darum, etwas richtigzustellen. Vielleicht hatte Kirsten tatsächlich befürchtet, dass der Pianist den Baby-Deal ausgeplaudert hatte.

„Und? Hat Janek etwas Intimes erzählt?"

„Nein, nicht dass ich weiß. Aber die Chefin wollte trotzdem, dass ich erzähle, was das Thema von den beiden war. Und dann habe ich etwas gesagt, was ich der Polizei nicht gesagt habe."

„Warum nicht?"

„Weil ich fand es nicht wichtig", Bartosz hob die Brauen. Er hatte keine Haare mehr, aber schöne Brauen, fand Gesa. „Weil ich es bei der Chefin nur so hingesagt hatte. Die Polizei war vor allem an Janek interessiert."

„Verstehe", Gesa fühlte einen Klumpen im Magen. „Was haben Sie zu Kirsten gesagt?"

Bartosz schluckte. „Ich habe gesagt, dass es solche Leute früher schon gab. Dass ich auch Geld gezahlt habe für die Vermittlung. 1000 Złoty, das war damals für meine Eltern viel Geld."

„Aha", sagte Gesa. Es war ihr neu, dass ihre Eltern in früheren Jahren eine Agentur beauftragt hatten. Soweit sie wusste, war das Personal aus Polen allein durch Mund-zu-Mund-Propaganda gekommen.

„Habe ich gesagt, dass Beata hat die Leute vermittelt. Offiziell war es ihre Schwester, Evelina. Aber Beata hat die Leute angeguckt und gesagt, ob sie haben eine Chance."

„Wie bitte?" Gesa fiel fast vornüber.

„Bin ich Beata heute noch dankbar", beeilte sich Bartosz zu sagen. „Hat sie mir eine gute Stelle besorgt, ich arbeite sehr gerne hier in Hotel."

„Das ist schön", murmelte Gesa.

Bartosz war trotzdem verunsichert. „Sehen Sie, Ihre Schwägerin hat auch sehr komisch reagiert. Ich verstehe nicht, warum, aber ich merke, irgendwas ist nicht in Ordnung. Ich wollte daher Polizei sagen, jetzt wo ich bin wieder hier, aber Polizei hatte keine Zeit und jetzt ist sie weg. Da wollte ich es Ihnen sagen, denn Herr Jenssen ist krank, sagen die Leute. Ich wollte Ihnen sagen eher als Beata. Denn ich merke, Beata ist hinter mir her. Vielleicht sie will nicht, dass ich darüber spreche. Sie sucht mich, aber ich bin ihr entwischt. Ich wollte mit Ihnen reden zuerst."

„Das ist gut, Bartosz!" Gesa überlegte krampfhaft, was

jetzt zu tun war.

„Aber sagen Sie mir – was ist jetzt schlimm?“

„Alles –", Gesa suchte nach den richtigen Worten. „Wissen Sie, Bartosz, Beata genießt hier im Haus großes Vertrauen. Sie ist seit Ewigkeiten hier und hat überall Einblick. Dass sie sich etwas dazuverdient, indem sie ihre Leute in Polen abzockt, ist absolut nicht okay. Genau deshalb wird sie es über ihre Schwester abgewickelt haben. Ich nehme an, sie hat Sie zum Schweigen verpflichtet?“

Bartosz nickte beklommen. „Evelina, ja. Hat sie gesagt, in Deutschland ist üblich, dass man über Vermittlung nicht spricht.“

Gesa schüttelte ungläubig den Kopf. „Und alle haben sich brav daran gehalten. Wahrscheinlich auch aus Angst vor Beata. Sie hatte hier ja immer das Sagen.“

„Ja – nein – ich war ja damals auch sehr froh, dass ich –“

„Schon klar, Bartosz. Aber ganz ehrlich, wenn von einer Agentur Leute angeworben werden, zahlen in der Regel allein die Firmen. Beata hat das offenbar anders gehandhabt – und es deshalb heimlich gemacht. Klar, sie hat dem Hotel Angestellte besorgt, das wird meiner Familie sehr recht gewesen sein, aber dass sie Geld dafür genommen hat –“

Gesa hatte plötzlich eine Ahnung, was in Kirsten vorgegangen war. Zum ersten Mal seit ihrem Dauerkonflikt hatte sie etwas gegen Beata in der Hand gehabt. Das hätte sie Redolf nach seiner Rückkehr brühwarm erzählt. Möglicherweise hatte Beata genau das zu verhindern gewusst!

Bartosz zog die Nase hoch. „Wenn ich richtig verstehe, hat Beata jetzt ein Problem?“

„Ja, das hat sie“, sagte Gesa. „Besser, Sie halten sich strikt von ihr fern.“

———

Es war wie verhext. Zofia war in die evangelische Kirche gegangen, um die Vikarin zu sprechen und auch sie nach der Affäre zu fragen. Am liebsten hätte sie sich bei allen erkundigt, die sie irgendwie kannte, aber sie hatte kein Glück gehabt, die Vikarin war diesmal nicht zum Basteln da gewesen.

Schließlich war Zofia ins Hotel zurückgekehrt, um nochmal mit Broni zu sprechen, aber der war auch nicht mehr da. Eine Weile hatte sie nach ihm gesucht und dabei diesen Raum entdeckt, in dem sie einen Moment allein sein und nachdenken konnte. Das hier war das Spielzimmer, ein Raum mit nur einem schmalen Fensterstreifen oben an der Decke, aber dafür einer großen Leinwand für Filme. Davor ein Dutzend kleiner Stühle, außerdem eine Rutsche aus Plastik, ein Kriechtunnel und Spielzeugautos auf einem Teppich. Dieser Raum wurde ohne Gästekinder im Haus garantiert nicht genutzt.

Zofia setzte sich auf eines der Stühlchen und dachte nach. In ihrem Kopf wirbelte alles wild durcheinander. Während sie in der Kirche war, hatte sich Herr Anton gemeldet und gemeint, Lukas habe eine Weile gebraucht, um sich zu erinnern. Das allererste Mal habe er über Ilona, seine polnische Angestellte, von Frau Jenssens Affäre gehört. Ilona wiederum habe es in der Fahrradwerkstatt von der Empfangsleiterin des *Hotel Friesengold* geflüstert bekommen, mit dem Hinweis, man solle es bloß nicht verbreiten. Später habe Lukas mit einer Kollegin aus dem Schwimmbad darüber gesprochen, und dann habe er es hinter vorgehaltener Hand eigentlich überall gehört.

Es konnte immer noch ein dicker, fetter Zufall sein, aber so vieles passte zusammen. Beata hatte Zugang zu dem grünen Regenmantel gehabt. Sie hätte Kirsten Jenssen auf die 5.000 Euro angesprochen und sie damit in eine un-

angenehme Lage gebracht. Beata ackerte seit vielen Jahren für dieses Hotel, das hatte sie selber gesagt. Aber dann war eine bildschöne Kirsten Jenssen ins Haus geschneit und hatte alles an sich gerissen. Die Hotelchefin mochte eine ehrgeizige Person gewesen sein, aber Beata war es sicher noch mehr!

Zofia überlegte, was zu tun war. Sie musste mit Tomasz sprechen, aber bei dem lief nur die Mailbox. Sie hatte ihm jede Menge wirres Zeug drauf gesprochen, doch das half jetzt nicht weiter. Verflixt nochmal, warum war die Polizei nicht mehr da? Hatte man sich inzwischen ganz auf die Suche nach Janek verlegt? Und warum, *cholera jasna*, war der eigentlich verschwunden? Weil Kirsten Jenssen ihn rausgeschmissen hatte? Oder weil er mit drinsteckte in dem ganzen Salat?

Zofia umfasste ihre Oberarme. Wen konnte sie jetzt ansprechen? Broni und seine Mädchen waren offenbar nicht mehr im Hotel. Eigentlich fiel ihr jetzt nur noch eine Person ein und das war die Schwester vom Chef. Da musste sie hin.

Zofia hatte gerade die Spielzimmertür aufgezogen, als sie hinter der nächsten Tür eine Stimme vernahm – eine Stimme, die auf Polnisch telefonierte. Zaghaft ging Zofia einen Schritt vor, lauschte mit angehaltenem Atem. Sie hatte sich nicht getäuscht, es war Beata, die dort aufgeregt sprach. Zofia konnte durch die geschlossene Tür nicht alles verstehen, aber was sie verstand, reichte, um ihr das Blut in die Beine sacken zu lassen. Es ging darum, dass Beata ihr Leben hier aufgeben musste. Es ging darum, schnell von der Insel zu kommen. Es ging darum, dass sie genug Geld zur Verfügung hatte, frisches Bargeld aus dem Tresor und dann ja noch die 5.000 Euro! Zofia entwich ein Kieksen – mit wem telefonierte Beata? Mit Janek? Dann hörte sie einen Namen – Evelina.

Beata schwieg jetzt, wahrscheinlich hatte diese Evelina eine Idee.

Egal, Zofia musste hier weg. Sie ging in Zeitlupe, hatte Angst, dass sie vor lauter Aufregung ohnmächtig wurde. Beata, ausgerechnet die perfekte, begabte Beata, warum hatte sie bloß – plötzlich hinter ihr ein Geräusch, Zofia fuhr herum, sah etwas in der Luft – im nächsten Moment war alles schwarz.

———

Endlich an Land! Die Überfahrt war eine Katastrophe gewesen. Ihr Boot hatte wie eine Nussschale in den Wellen geschaukelt, mehr als einmal hatte er an Jona gedacht. Aber, djikie Bogu!, sie hatten es geschafft!

Er sah sich um. Der Hafen in Neßmersiel war noch kleiner als der in Norddeich. Aber da stand ein Bus. Und dieser Bus fuhr irgendwo hin. Janek fasste in die Tasche, fühlte nach dem 20 Euro – Schein, den er den jungen Leuten abgeschwatzt hatte. Dann setzte er sich in Bewegung.

———

Sie sah im Halbdunkel ein Auto, ein sportliches Auto mit offenem Verdeck. Aber leider konnte man nicht damit fahren, es war sehr klein. Zofia wusste das, weil neben dem Auto eine Hand lag, und die war so groß wie das Auto. Also war das Auto sehr klein. Oder die Hand sehr groß.

Zofia bewegte sich. Und da bewegte sich auch die Hand. Es war also ihre.

So langsam formten sich Gedanken. Klarere Gedanken. Sie lag irgendwo. Sie lag in dem Spielzimmer, das sie eben aufgesucht hatte. Und neben ihr lag dieses Auto. Ein Spielzeugauto mit offenem Verdeck.

Jemand hatte sie niedergeschlagen. Nein, nicht jemand,

sondern Beata. Beata, die nur noch einen Plan hatte: Runter von der Insel und sich von niemandem aufhalten lassen! Sie musste den Kopf verloren haben, denn sie hatte keine Chance.

Zofia schloss die Augen, ihr dröhnte der Kopf. Beata hatte einen harten Gegenstand benutzt, um sie niederzuschlagen. So hatte sie es wohl auch mit der Hotelchefin gemacht und die war jetzt tot. Zofia lebte noch, sie konnte sich also nicht wirklich beschweren.

Sie machte die Augen wieder auf, versuchte sich zu bewegen. Sofort schmerzte ihr Kopf noch viel schlimmer. Sie tastete ihn vorsichtig ab. Eine Wunde. Oben auf ihrem Kopf war alles verklebt.

Sie zog ihren Arm heran, tastete nach ihrem Handy. Es war nicht in ihren Jackentaschen, wo sie es sonst immer trug, nicht in der Brusttasche und auch nicht in ihrer Hose. Vor Schreck hob sie den Kopf, aber soweit sie das in dem halbdunklen Raum sah, lag das Handy auch nicht auf dem Boden. Es gab nur eine Möglichkeit: Beata musste es ihr abgenommen haben.

Erschrocken rappelte Zofia sich hoch, versuchte den Schwindel zu ignorieren, rutschte auf Knien zu einem der Kinderstühlchen, stemmte sich daran empor. Sie musste noch einmal warten, bis der Schwindel weniger wurde. Schließlich traute sie sich die zwei Schritte zur Tür.

Das Licht funktionierte, aber die Tür war verschlossen. Zofia rüttelte daran, obwohl sie wusste, wie sinnlos das war. Beata hatte sie hergeschleift, damit sie sie hier einschließen konnte!

Resigniert sah sie sich um. Auch bei Licht entdeckte sie kein Handy auf dem Boden. Und was noch schlimmer war: Die Oberlichter waren hoch und ohne Griff – keine Chance, sie zu öffnen.

———

Thomas stand in Norddeich Mole und wurde immer nervöser. Er hatte nach Abhören der Mailbox in Aurich angerufen, dort hatte man seinen Bericht über Zofias Nachricht *„interessiert zur Kenntnis genommen"* und wollte sie *„umgehend mit den Hauptkommissaren Bruns und Malecki besprechen"*, sobald sie zurück waren.

Bei Bruns selbst lief nur die Mailbox. Verdammt, was sollte er tun?

Zofia hatte ihm aufgeregt auf die Box gesprochen, dass möglicherweise die Empfangsdame Beata *„mit den sehr blauen Augen und den sehr blauen Brille"* Kirsten Jenssen umgebracht hatte. Sie hatte auch etwas von 5.000 und 10.000 Euro geredet. Und davon, dass es *„doch ganz seltsam komisch war"*, dass die Gerüchte über Janeks Affäre mit der Hotelchefin immer auf Beata zurückgingen.

Übers Handy hatte Thomas den Kollegen in Aurich Zofias Nachricht vorgespielt und noch während sie lief, hatte er gewusst, dass das ein Fehler war. Zofia klang völlig durcheinander – und warum sie diese Empfangsdame Beata für die Mörderin hielt, wusste man nachher eigentlich nicht.

Jetzt stand Thomas am Anleger, stemmte sich gegen den Sturm, verfluchte, dass er keine Mütze hatte, und wartete auf die Fähre. Es gab Gerüchte, dass sie wegen des Sturms gar nicht mehr auslaufen würde. Aber das durfte nicht sein, das durfte einfach nicht sein! Er musste auf die Insel, sofort!

Ihr Hals schmerzte. Ihr Kopf schmerzte. Aber vor allem schmerzte ihr Herz. Dass sie auf diese Frau hereingefallen war! Auf ihre Freundlichkeit und ihren Ehrgeiz und ihr Gerede! Zofia fühlte sich so sehr betrogen, Beata durfte nicht ungeschoren davonkommen! Deshalb schrie Zofia weiter, obwohl ihre Stimme schon ganz heiser war. Und sie

hämmerte unverdrossen mit einem Holzkegel gegen die Tür. Normalerweise hätte Zofia gedacht, man durfte eine Tür nicht so ruinieren. Jetzt dachte sie gar nichts, sie wollte nur, dass man Beata erwischte.

„Hallo?" Eine Stimme von draußen. Zofia hielt den Atem an. Wer war das? Beata? Natürlich nicht. Beata war auf und davon.

„Hallo?", rief Zofia zurück. „Ich bin das hier. Zofia. Und ich brauche Hilfe. Sofort."

Hinter der Tür war nichts zu hören. Eine Ewigkeit lang, naja, immerhin drei Sekunden.

„Die Tür ist verschlossen", sagte die Stimme.

‚Ach', wollte Zofia sagen, ‚habe ich noch gar nicht bemerkt.' Aber sie sagte nichts, sie hatte eine Ahnung, wer da draußen stand. Die evangelische Vikarin.

„Ich frage nach einem Schlüssel. Warten Sie einen Moment!"

„Naturlich. Kann ich sowieso nichts anderes machen."

Zofia sank erschöpft auf die Knie. Endlich, endlich, endlich.

Endlich kam sie hier raus.

Die Enttäuschung hatte sich wie eine nasse Hand in seinen Nacken gelegt. Exakt in dem Moment, da das Fährschiff am Horizont aufgetaucht war, hatte eine Stimme die Durchsage gemacht. Das Schiff fuhr wegen des Sturms nicht mehr zur Insel zurück. Alles Warten umsonst!

Zofia hatte er immer noch nicht auf dem Handy erreicht, seinen Vater ebenso wenig. Er war buchstäblich zum Nichtstun verdammt.

Frustriert sah er zu, wie die Menschen vom Schiff traten. Die meisten schienen erleichtert, viel zu viel Seegang, man

war froh, wieder festen Boden unter den Füßen zu haben.

Und dann sah er sie. Eine Frau mit sehr blauen Augen und einer sehr blauen Brille. Sie hatte es eilig, ging mit zügigen Schritten an ihm vorbei.

Sofort blinkten in seinem Inneren alle Alarmleuchten rot. Ohne zu zögern, schloss er sich an.

———

„Ich säubere die Wunde", sagte die Schwester vom Hotelchef ganz ruhig. „Bei meinen Hunden habe ich das schon hundertmal gemacht."

Zofia lag auf dem Sofa im Raum an der Rezeption. Wie eine Verrückte hatte sie auf die Frauen eingeredet. Dass Beata an allem schuld war. An ihrer Wunde. Und an dem Tod von Frau Jenssen. Die Hotelschwester hatte sie beruhigt. Sie hätte dem Kommissar schon dasselbe gesagt, aber sie werde gleich noch einmal anrufen und ihm die neuesten Entwicklungen darlegen.

„Jetzt sofort!", hatte Zofia gebrüllt, da sie mit den Nerven ganz durch war. Die beiden Frauen hatten sich angeblickt, dann hatte die Vikarin gesagt „Ich erledige das" und war verschwunden.

Das war vor etwa einhundert Stunden gewesen oder zumindest vor fünf Minuten. Seitdem lag Zofia auf dem Sofa und ließ sich verarzten. Dabei war so viel Unruhe in ihrem Inneren, sie hielt es kaum aus.

„Woher wissen Sie das mit Beata?", sprudelte es aus ihr heraus. „Wollte sie Sie auch niederschlagen?"

„Gott sei Dank nicht. Ich hatte ein Gespräch mit unserem Barmann." Diese Gesa tupfte auf Zofias Haaren herum. Hoffentlich kam sie nicht auf die Idee, dass sie wegrasiert werden mussten. „Beata hat Zusatzgeschäfte gemacht. Meine Schwägerin hat davon erfahren und Beata damit

konfrontiert. Zumindest glaube ich, dass es so war. Beata hat hier eine Top-Stellung, die sah sie plötzlich gefährdet."

Zofia war überrascht. Sie war davon ausgegangen, dass sie sehr viel herausgefunden hatte. Trotzdem bekam sie jetzt noch Neues zu hören.

„Ich bin zeitlich alles durchgegangen", erklärte Gesa. „Wenn ich es richtig sehe, ist Kirsten joggen gegangen und hat auf dem Weg nach draußen Beata getroffen."

„Wollte sie nicht nur joggen", korrigierte Zofia. „Wollte sie auch Janek das Geld bringen. Das hat sie in eine SMS geschrieben, hat der Kommissar mir erzählt."

„Interessant", sagte Gesa verschnupft, „so auskunftsfreudig war er bei mir nie. Wie auch immer – Kirsten wird bei der Begegnung Beatas Geschäfte erwähnt haben und auch, dass sie Redolf nach seiner Rückkehr davon erzählt. Vielleicht hat sie ihr sogar mit Kündigung gedroht."

„Deshalb Beata ist losgefahren, hinter der Hotelchefin her", sagte Zofia, „und ich weiß auch, womit!"

„Mit dem Fahrrad", sagte die Schwester von Jenssen.

„Nein – ja – aber auch mit den grünen Regenmantel, der da hing an der Garderobe vom Hotel." Die Schwester hörte verdutzt auf zu tupfen.

„Den hatte die komische Künstlerin am Abend vorher vergessen. Beata hat ihn in der Eile gegriffen – oder sogar sie hat ganz bewusst ihn genommen, damit alle denken, die Künstlerin ist da unterwegs."

Gesa Jenssen nickte versunken. „Meine Schwägerin ist jedenfalls immer dieselbe Strecke gelaufen. Beata muss ihr aufgelauert und sie dann erschlagen haben." Sie ließ ihren Tupfer sinken. „Entsetzlich zu wissen, was da passiert ist, während ich mit Maren die Konfi-Vorbereitung durchgegangen bin."

Zofia stutzte, wieder dieses Konfi-Dings, aber das war

jetzt nicht wichtig. Wichtig war, wie alles abgelaufen war. Möglicherweise.

„Glaube ich, Beata hat dann das Handy von Frau Jenssen genommen. Sie hat gesehen die SMS mit der Abfindung drin. Deshalb sie hat einen zweiten SMS an Janek geschickt, dass er zum See kommen soll wegen 10.000 Euro.“

„10.000 Euro?“, Gesa Jenssen sah sie fragend an. „Ich dachte, 5.000 Euro.“

„Hat Beata extra geschrieben, damit Janek unbedingt kommt und dass es aussieht, dass er dann unzufrieden ist mit der Summe.“

„Das gibt's nicht“, die Schwester vom Hotelchef schüttelte fassungslos den Kopf. „Aber vor der SMS hat sie noch die Leiche in den See gezogen.“

„Vielleicht“, sagte Zofia. „Aber vielleicht hat auch Janek gemacht. Er hat die tote Frau Jenssen gesehen, bestimmt das fand er eklig, er musste brechen und dann er hat Panik bekommen. Er hat die Leiche in den See gezogen und ist dann verschwunden.“

„Wenn das stimmt, hat er Beata natürlich perfekt in die Karten gespielt. Die muss erwartet haben, dass man Kirstens Leiche noch am selben Tag findet. Dass vielleicht sogar Janek selbst die Polizei ruft und in den Fokus gerät, weil er vor Ort war.“

„Stimmt“, sagte Zofia. Sie hatte sich diese ganzen Gedanken auch schon gemacht. „Hat sie zwei Spuren gelegt. Einmal Janek, einmal die Künstlerin mit den Mantel.“

Gesa Jenssen schnaubte. „Beata hat gut improvisiert. Als die Leiche nicht entdeckt wurde und auch Janek wegblieb, hat sie das Märchen vom durchgebrannten Liebespaar gestreut. Auch mich hat sie am Montag angerufen, voller Sorge, weil die Chefin nicht auffindbar war.“

Zofia wollte nicken, ließ es aber, als sie merkte, wie weh

das ihrem Kopf tat. „Mir hat sie auch das erzählt am ersten Abend im Hotel. Ist sie wirklich sehr klug. Und durchtrieben. Denn hat sie ja vorher schon Gerüchte erzählt über Janek und Ihren Schwagerin, um ihr zu schaden. Vielleicht hat sie gedacht, dass es stimmt, aber auf jeden Fall sie hat es allen und jedem berichtet."

Die Schwester vom Hotelchef nickte nur stumm.

„Gesa? Kannst du mal kommen?" Die Vikarin stand plötzlich im Türrahmen, sie wirkte geschockt. „Der Kommissar ist informiert. Er hat noch am Telefon alles in die Wege geleitet. Aber als er hörte, dass ich im Hotel bin, wollte er auch Redolf noch sprechen. Vielleicht schaust du mal besser nach ihm."

Gesa sprang auf. „Was ist denn los?"

„Kirsten war schwanger."

„Das weiß ich. Und Redolf weiß es auch."

„Was er aber nicht wusste: Das Kind war von ihm."

———

Es konnte ein Irrtum sein, aber ein Irrtum war nicht sehr wahrscheinlich. Das da vorne war wohl Beata.

Die Frage war nur, ob Zofia mit ihrer Vermutung recht gehabt hatte. Mit ihrer Vermutung, dass die Frau mit der blauen Brille, die da vor ihm Richtung Taxistand ging, tatsächlich Kirsten Jenssens Mörderin war. Zumindest war sie nervös und unverhältnismäßig auf ihren Weg fokussiert.

Dann kam ihm eine Idee, um zumindest ihre Identität sicher zu klären. Sie hatte ihm mit ihrem Smartphone diese Skizze geschickt. Ihre Nummer war also auf seinem Handy gespeichert, er konnte zurückrufen und schauen, ob sie ans Telefon ging.

Er war nur einen Augenblick lang unaufmerksam. Der Moment, da er sein Handy aus der Jackentasche zog und

aufs Display blickte.

In diesem Moment ging vor ihm die Frau mit der blauen Brille zu Boden. Jemand hatte sie von der Seite niedergestreckt.

———

Nach der 14. Partie konnte Anton nicht mehr.

„Pause", sagte Frau Schwarz und legte ihre Spielsteine in einen Beutel. „Normalerweise würde ich jetzt an die Luft gehen, aber da draußen fliegt man ja weg."

Anton hörte kaum zu, er suchte sein Handy. Vor Stunden hatte er doch mit Zofia telefoniert. Wo, verflixt nochmal, hatte er das Gerät danach deponiert?

„Ich würde gern etwas mit Ihnen besprechen", Frau Schwarz sah ihm jetzt fest in die Augen, „etwas Persönliches, das uns beide betrifft."

Anton bekam einen Schreck. Was wollte Frau Schwarz?

„Ich suche mein Handy!", brummelte er und stand schwerfällig auf. „Für eine Besprechung hab ich im Moment keine Zeit."

Er ruckelte sich seinen Rollator zurecht und schlurfte hinüber in sein Zimmer, nicht ganz ohne schlechtes Gewissen. Aber für solche Beziehungsdinge war er nicht der richtige Mann.

Das Handy lag auf dem Tisch. Es dauerte, bis er es endlich in der Hand hielt und sah, was inzwischen passiert war. Drei Anrufe von Thomas, keiner von Zofia. Er ließ es trotzdem erst bei ihr klingeln. Niemand ging dran. Dann hörte er Thomas' Nachricht ab – und erstarrte. Sein Sohn sagte etwas von Beata und dass er sich Sorgen machte wegen Zofia. Seine Stimme klang angespannt, als er um eine schnelle Rückmeldung bat. Aufgeregt drückte Anton seine Nummer. Einmal Klingeln, zweimal. Nach dem fünf-

ten Mal schließlich die Mailbox. „Ich weiß nichts über Zofia", stammelte Anton, „aber ich mache mich jetzt auf zum Hotel. Dieser verdammte Sturm hält mich nicht auf!"

———

Alles passierte gleichzeitig. Da war plötzlich dieser unheimlich aussehende Typ mit den Gummistiefeln und den dunklen Ringen unter den Augen. Janek! Er riss Beata hoch, nachdem er sie eben zu Fall gebracht hatte. Von hinten hielt er ihr ein Messer an die Kehle, das mehr als eindrucksvoll war.

„Stopp!", brüllte er, als Thomas einen Schritt auf ihn zuging. „Keinen Meter weiter!"

„Okay!", Thomas versuchte, ruhig und sachlich zu klingen. Aber das war nicht ganz einfach. Die Frau war in Panik, hing an Janeks Arm, als könnte sie so das Messer wegdrücken. Ihre Brille lag auf dem Boden.

„Zamknij się!" Dieser Janek fasste sie fester und legte das Messer noch dichter an ihren Hals. Es schnitt jetzt sichtbar in ihre Haut! Sie hatte verstanden und rührte sich nicht. Nur ihre Augen sprachen von panischer Angst.

„Ganz ruhig!", Thomas hob beschwichtigend die Hand. Erst jetzt merkte er, dass er noch sein Smartphone in den Fingern hielt. Auch Janek schien es zu sehen.

„Nimm dein Handy!", brüllte er ihn an. „Und dann filmst du, was du hier siehst!"

Thomas glaubte, nicht recht zu verstehen. „Ich soll doch nicht – Janek, Sie haben keine Chance! Schauen Sie sich um, überall Menschen!"

Janek blickte sich um. Sah auf die Taxifahrer, die sich in sicherer Entfernung zusammengerottet hatten. Auf die Frauen, die entsetzt zu ihnen herüberstarrten. Thomas war sicher, der ein oder andere hatte die Polizei angerufen.

„Gut so", meinte der Pole. „Alle sollen mitbekommen, was sie gleich sagt. Und du nimmst das auf!"

Jetzt endlich kapierte Thomas. Er wollte ihr ein Geständnis abringen. Ein öffentliches Geständnis.

„Janek", sagte er ruhig, „solch ein erzwungenes Geständnis hat vor Gericht keinen Wert. Und sich selbst bringen Sie damit um Kopf und Kragen!"

„Aber für mich hat es Wert!", brüllte Janek. „Und für meine Schwester! Es ist kein Zufall, dass Beata mir hier über den Weg läuft. Ich soll das klären und deshalb filmst du das jetzt!"

Er ruckte mit dem Messer an Beatas Hals herum. Die schrie auf.

Thomas nahm sein Handy, registrierte flüchtig, dass ein Anruf eingegangen war. Er musste die Situation irgendwie stabilisieren und dann kamen hoffentlich bald die Kollegen.

„Okay", rief er Janek zu, während er auf Aufnahme drückte, „alles bereit."

„Komm näher ran!", brüllte Janek. „Man muss sie auch hören!"

Thomas ging mit dem gezückten Handy einen Schritt vor, dann einen zweiten.

„Stopp!", rief Janek. „Jetzt kann es losgehen. Beata, wer hat Kirsten Jenssen getötet?"

Man hörte ein Quieken. Nichts, was wie ein Wort klang.

„Sag schon, wer hat Kirsten Jenssen getötet?"

Wieder kein Wort, bestenfalls ein Wimmern.

„Janek", versuchte es Thomas, „das hat keinen Zweck! Sie soll ihr Geständnis bei der Vernehmung ablegen."

„Beata!", brüllte er ihr jetzt aus nächster Nähe ins Ohr. „Wer hat Kirsten Jenssen getötet?"

Sie sagte etwas, das man nicht verstand.

„Lauter!", brüllte er sie an. Sein Messer machte an ihrem

Hals eine Bewegung.

„Ich", wimmerte sie.

„Du hast Kirsten Jenssen getötet?"

„Tak."

„Sprich Deutsch!"

„Ja."

„Weil du das Geld wolltest!"

„Nein."

„Warum dann?"

Sie wimmerte nur.

„Warum dann?"

„– hat gesagt, dass ich meine Stelle verliere."

„Aha, interessant. Und deshalb bist du ihr gefolgt?"

„Ich wollte das nicht."

„Du wolltest das nicht?"

„– hat mir alles genommen. Ich – die Kontrolle verloren. Diesen Mantel gegriffen, das Fahrrad –"

Ihre Augen sahen schrecklich aus. Rot unterlaufen. Sie kriegte zu wenig Luft. Wann kamen endlich die Kollegen?

„Wie hast du's gemacht?"

Sie atmete schwer.

„Wie?"

„Mit einem Ast."

„Du hast Kirsten Jenssen mit einem Ast erschlagen?"

„Ja."

„Von hinten, nehme ich an?"

„Ja."

„Was hast du dann gemacht?"

„Eine Nachricht geschrieben –", ihre Stimme klang erstickt.

„An wen?"

„Dich."

„Von welchem Handy?"

„Handy – Chefin."

„Was passierte dann?"

„In den See", sie konnte kaum mehr sprechen.

„Was – in den See?"

„Das Handy – in den See."

„Du hast das Handy der Chefin in den See geworfen?"

„Ja."

„Und dann?"

„Weg."

„Du bist abgehauen?"

„Ja."

„Du wusstest, dass man mich verdächtigen würde?"

„Ja."

Dann plötzlich war ein Martinshorn zu hören. Endlich!

„Janek", sagte Thomas beschwichtigend. „Wir haben es alle gehört. Jetzt ist es gut."

Der Pole überlegte, sah zu dem Streifenwagen hinüber, der nun auf den Platz raste.

„Es ist gut", wiederholte Thomas und ließ das Handy demonstrativ sinken.

Dann ließ Janek ab. Stieß Beata weg und sagte etwas Polnisches, das Thomas nicht verstand.

Ein Stein fiel Thomas vom Herzen. Auch wenn er sich die erste Begegnung mit Zofias polnischen Freunden wahrlich anders vorgestellt hatte!

***

Sie kamen nicht gut voran, der Sturm war zu stark. Dabei gab Frau Schwarz als Rollstuhlschieberin alles – trotz seines Anraunzers eben. Sie war schon eine patente Person.

„Kurze Pause!", schnaufte sie jetzt von hinten. „Die Hälfte haben wir ungefähr geschafft."

Anton nickte. Obwohl er im Grunde seines Herzens vol-

ler Ungeduld war.

„Ich möchte Ihnen endlich etwas sagen", brüllte Frau Schwarz, jetzt direkt an seinem Ohr. „Wir haben ja in den letzten Tagen viel Zeit miteinander verbracht." Schlagartig überkam Anton wieder ein mulmiges Gefühl.

„Ich sage es jetzt. Wer weiß, wann ich sonst dazu komme."

Er wollte das nicht. Er wollte nichts Derartiges hören. Am liebsten würde er ihr zuvorkommen. Sagen, dass sie eine sehr nette Frau war. Klug und patent und belesen. Aber dass er nun mal – auch nach Jahren als Witwer – dass er nach Theres – also, dass es einfach nicht ging.

„Ich hab Sie wirklich gern", brüllte Frau Schwarz ihm ins Ohr. „Aber ich möchte, dass Sie sich keine Hoffnungen machen. Meine Freundin Anita und ich sind schon seit 36 Jahren ein Paar."

Dann klopfte sie ihm mit ihren behandschuhten Fingern sanft auf die Schulter. „Weiter geht's!", sagte sie und schob wieder an.

Bestimmt hätte Anton über Stunden kein Wort herausgebracht, wäre ihnen nicht in diesem Moment eine ungewöhnliche Person entgegengekommen. Eine Frau. Mit einem Turban.

„Herr Anton", Zofia war trotz Turban ganz aus dem Häuschen, „bin ich gerade auf den Weg zu Ihnen." Dann nahm sie ihn in den Arm. Nein, eigentlich sprang sie ihm fast auf den Schoß.

„Zofia", sagte er und schmeckte etwas Salziges. Das waren ihre Tränen. Oder seine. Vielleicht war es auch der nasskalte Wind. Anton wusste es nicht so genau.

7

„Weißt du, was das Beste an Meer ist?", fragte Zofia.

Thomas schüttelte den Kopf, aber das konnte sie natürlich nicht sehen. Sie standen am Strand mit Blick auf das Meer; er hatte von hinten seine Arme um ihre Hüfte gelegt. Wenn es nach ihm ginge, konnten sie ewig so stehen.

„Man kann sich darauf verlassen. Es verschwindet, aber es kommt auch immer wieder zurück."

„Stimmt. So hab ich's noch gar nicht gesehen."

Sie schmiegte sich enger an seine Brust. „Meinst du, dein Vater wartet auf uns?"

„Nein, tut er nicht. Er spielt Blokus, die 23. Partie schätzungsweise."

„Aber vielleicht sollte ich noch einmal Kaja anrufen."

„Zofia, du hast gestern mit ihr gesprochen. Es geht ihr gut, seit Janek entlastet ist."

„Ja, hast du recht."

Er spürte ihre Haare an seinem Mund. Sie rochen nach ihrem polnischen Shampoo, und ein bisschen rochen sie nach Meer.

„Es ist schön, dass wir der Tanzgruppe zugeguckt haben. Ich glaube, Feiko hat sich gefreut."

Thomas sagte nichts. Zofia war so aufgedreht. Gut, dass sein Vater versorgt war, vielleicht kam sie so besser zur Ruhe.

„Gehen wir ein paar Schritte?“, wollte er wissen.

„Ja“, sagte sie und drehte sich zu ihm um. „Das ist gut für die Bronchien. Und gut auch fürs Herz.“

Einen Moment sah er sie an, dann küsste er sie. Die paar Schritte konnten sie immer noch gehen. Sie hatten ja Zeit.

275

Was auch noch wichtig ist …

Die Ostfriesischen Inseln sind Sehnsuchtsorte für mich. Ich lebe im Sauerland und liebe seine Berge und Wälder. Die Nordsee bietet dazu einen wunderbaren Kontrast. Am Strand entlanglaufen, in die Brandung schauen, sich vom Wind durchpusten lassen – es gibt im Urlaub nichts Schöneres für mich.

Schon lange wollte ich deshalb auf den Inseln einen Roman spielen lassen. Als ich bei einem meiner Besuche wahrnahm, wie viel polnisches Leben es dort gibt, war eine Idee geboren: Meine Romanfigur Anton und seine polnische Pflegekraft Zofia sollten auf einer Insel ermitteln.

Ein Glücksfall, dass ich im Jahr 2017 das Stipendium „Tatort Töwerland" zugesprochen bekam. Ich durfte zwei Wochen auf Juist leben und mich im Hotel Friesenhof verwöhnen lassen. In dieser Zeit konnte ich schreiben und recherchieren. Inselbuchhändler Thomas Koch stand mir dabei mit Rat und Tat zur Seite. Ihm, allen Mitorganisatoren sowie dem Hotel Friesenhof meinen herzlichen Dank!

Zofia schlägt sich wacker im Norden Deutschlands. Damit auch wir sie besser verstehen, hier ein paar wichtige Ausdrücke auf Polnisch:

Tak	Ja
O Boże	Oh Gott
Psiakrew	Verdammte Sch...
Dziękuje	Danke
Cholera jasna	Verdammt nochmal
Przepraszam	Entschuldigung
Na zdrowie	Prost
„Gdy bym miał gitarę"	„Wenn ich eine Gitarre hätte"
O kurde	Mist
Ratunku	Hilfe
Bezczelność	Frechheit
Dzięki Bogu	Gott sei Dank
Zamknij się	Halt den Mund

... und vielleicht das Wichtigste:

Tęsknię za tobą	Ich vermisse dich

Kathrin Heinrichs im Blatt-Verlag:

Vincent Jakobs' 9. Fall:

Heimatrausch

ISBN 978-3-934327-14-6 | 9,80 €

Ein feucht-fröhlicher Silvesterabend im Kreis von netten Menschen – Vincent Jakobs scheint endlich angekommen im Sauerland. Als dann jedoch der Sohn einer befreundeten Familie spurlos verschwindet, beginnt ein Albtraum, den man seinen schhlimmsten Feinden gönnt ...

www.Kathrin-Heinrichs.de